Kommissar Martin Beck und seine Kollegen von Riksmordkommissionen haben schon viele Tote gesehen, aber der Anblick des ermordeten Kollegen ist auch für sie ein Schock. Kommissar Stig Nyman ist in seinem Krankenzimmer in der Sabbatsberg-Klinik viehisch abgeschlachtet worden …

Stig Nyman gehörte der Ordnungspolizei an. Er hatte Polizeiaspiranten ausgebildet, zeitweilig verschiedenen Revieren vorgestanden, den Polizeischutz bei Demonstrationen geleitet. «Ein harter Mann», gibt endlich einer der befragten Kollegen zu. Aber das Bild, das schließlich in den widerstrebend gegebenen Aussagen Kontur gewinnt, sieht sehr viel negativer aus. Stig Nyman, nach seinem Heimatort «das Ekel aus Säffle» genannt, ist als Ausbilder ein Schinder schlimmster Sorte gewesen; als Polizist ein Bulle, der jeden von vornherein zum «asozialen Gelichter» zählte – und entsprechend behandelte –, der von der Streife aufgegriffen worden war, aus welchem Grund auch immer … Und das alles «zum Wohl des Staates, zum Schutz der Bevölkerung» – aus ehrlicher Überzeugung …

Der vorliegende Band ist der siebte Roman mit Kriminalkommissar Martin Beck.

Per Wahlöö, 1926 in Lund, Schweden, geboren, machte nach dem Studium der Geschichte als Journalist Karriere, ging in den fünfziger Jahren nach Spanien. Er wurde 1956 vom Franco-Regime ausgewiesen und ließ sich nach längeren Reisen, die ihn um die halbe Welt führten, wieder in Schweden nieder und arbeitete dort als Schriftsteller. Zusammen mit seiner Frau Maj Sjöwall schrieb er einen Zyklus von zehn Kriminalromanen, die zu Welterfolgen wurden. Per Wahlöö starb 1975 in seiner Heimatstadt.

MAJ SJÖWALL / PER WAHLÖÖ

Das Ekel aus Säffle

Roman

Deutsch von
Eckehard Schultz

Wunderlich Taschenbuch

Herausgegeben von Bernd Jost

Neuausgabe März 2006

Veröffentlicht im Rowohlt Taschenbuch Verlag,
Reinbek bei Hamburg, Dezember 1973

Die Originalausgabe erschien bei P. A. Norstedt & Söners Förlag, Stockholm,
unter dem Titel «Den vedervärdige mannen från Säffle»

Umschlaggestaltung any.way, Barbara Hanke/Cordula Schmidt
(Foto: © Jan Greune/LOOK)
Satz Minion PostScript, PageMaker;
Pinkuin Satz und Datentechnik, Berlin
Druck und Bindung Clausen & Bosse, Leck
Printed in Germany
ISBN 13: 978 3 499 26603 4
ISBN 10: 3 499 26603 2

Das Ekel aus Säffle

1

Kurz nach Mitternacht gab er das Grübeln auf.

Davor hatte er einiges aufgeschrieben, nun aber lag der blaue Kugelschreiber auf der Zeitung vor ihm, genau parallel zu dem rechten äußeren Rand des Kreuzworträtsels. Er saß auf einem abgenutzten Holzstuhl vor dem niedrigen Tisch in der kleinen Mansarde, kerzengerade und völlig ruhig. Über seinem Kopf hing ein gelblicher runder Lampenschirm mit langen Fransen. Die Stoffbespannung war ausgeblichen, und das Licht der schwachen Glühbirne fiel undeutlich und wie durch einen Schleier auf den Tisch.

Im Hause war es ruhig. Aber nicht völlig still; drei Menschen atmeten darin, und von außen konnte man ein undefinierbares Summen hören, undeutlich und kaum wahrnehmbar. Wie der Verkehr auf einer Autobahn, die in einiger Entfernung vorbeiführt, oder wie man von weitem eine Brandung hört. Das Geraune von einer Million Menschen. Von einer großen, unruhig schlafenden und von Albträumen geplagten Stadt.

Der Mann in dem kleinen Zimmer trug einen kurzen, gefütterten Mantel, eine graue Skihose, ein maschinengestricktes schwarzes Polohemd und braune Skistiefel. Sein Schnurrbart sah gepflegt aus und war ein wenig heller als das glatte, schräg nach hinten gekämmte Haar. Das Gesicht war schmal, mit klarem Profil und ausgeprägten Konturen, und hinter der steifen Maske anklagender Unzufriedenheit und unerschütterlicher Hartnäckigkeit konnte man einen fast kindlich weichen Zug erkennen, ratlos und Hilfe suchend, aber dann doch wieder ein klein bisschen berechnend.

Der Blick seiner klaren hellblauen Augen war fest, aber leer. Er sah aus wie ein kleiner Junge, der ganz plötzlich gealtert ist.

Der Mann saß eine Stunde lang regungslos auf seinem Stuhl. Seine Handflächen lagen auf den Oberschenkeln, und die ausdruckslosen Augen waren die ganze Zeit auf den gleichen Punkt des Blumenmusters auf der verschossenen Tapete gerichtet.

Dann stand er auf, durchquerte den Raum, öffnete die Schranktür, streckte den linken Arm aus und nahm etwas aus dem Hutfach. Einen länglichen Gegenstand, umwickelt mit einem weißen Küchenhandtuch mit roter Borte.

Der Gegenstand war ein Seitengewehr.

Er wickelte es aus und wischte sorgfältig das gelbe Fett ab, bevor er die Waffe in die stahlblaue Scheide steckte.

Obwohl er groß und ziemlich schwer war, bewegte er sich schnell und geschmeidig, und seine Handbewegungen waren ebenso gewandt und sicher wie der Blick seiner Augen.

Er schnallte den Gürtel auf und führte ihn durch die am Seitengewehr befestigte Lederschlaufe. Dann zog er den Reißverschluss an seiner Jacke hoch, zog Handschuhe an, setzte eine karierte Tweedmütze auf und verließ das Haus.

Das Haus war alt und klein und lag an einem Hang oberhalb der Landstraße. Die Nacht war kühl und sternklar.

Der Mann mit der Tweedmütze bog um die Hausecke und ging mit schlafwandlerischer Sicherheit zur Auffahrt hinter dem Haus.

Er öffnete die linke Tür seines schwarzen Volkswagens, setzte sich hinters Lenkrad und rückte das Seitengewehr zurecht, das nun an seiner rechten Hüfte lag.

Er ließ den Motor an, schaltete die Scheinwerfer ein, setzte zurück auf die Straße und fuhr in nördlicher Richtung davon.

Das kleine schwarze Auto rollte durch die Nacht, unaufhaltsam und zielbewusst, so wie ein schwereloses Raumfahrzeug.

An seinem Weg wurde die Bebauung dichter und die Stadt unter ihrer hellen Lichtglocke kam näher. Die große, kalte und öde Stadt, der man alles Leben genommen hatte, die nur noch aus großen Flächen von Metall, Glas und Beton bestand.

Selbst in der Innenstadt war um diese Stunde niemand mehr unterwegs. Mit Ausnahme von einzelnen Taxis, zwei Ambulanzen und einem Streifenwagen war alles wie ausgestorben. Das Polizeiauto war schwarz mit weißen Kotflügeln, und sein Motor dröhnte laut, als es den Volkswagen zügig überholte.

Die Verkehrsampeln schalteten von Rot auf Gelb auf Grün auf Gelb auf Rot mit sinnloser mechanischer Monotonie.

Das schwarze Auto hielt sich genau an die Verkehrsregeln, der Mann fuhr nicht ein einziges Mal schneller als erlaubt, verlangsamte seine Geschwindigkeit vor Kreuzungen und hielt bei jeder roten Ampel an.

Jetzt fuhr er über Vasagatan, am neu erbauten Sheraton-Hotel und am Hauptbahnhof vorbei, bog auf Norra Bantorget nach links ab und fuhr Torsgatan in nördlicher Richtung hinauf.

Auf dem Platz stand ein Lichterbaum, und der Bus 591 wartete an der Haltestelle. Über S:t Eriksplan stand der zunehmende Mond, und die blauen Neonzeiger der Uhr oben am Bonnier-Haus zeigten die Zeit an. Zwanzig Minuten vor zwei.

In diesem Augenblick war der Mann im Auto genau 36 Jahre alt.

Er fuhr jetzt Odengatan in östlicher Richtung entlang, vorbei am menschenleeren Vasapark mit seinen kalten weißen Lampen, die ein Licht warfen, das von Zehntausenden von kahlen Ästen und Zweigen wie von Adern durchzogen war.

Das schwarze Auto bog wieder nach rechts ab, rollte Dalagatan 125 Meter in südlicher Richtung hinunter, bremste und hielt an.

Der Mann mit Mantel und Tweedmütze parkte bewusst nachlässig mit zwei Rädern auf dem Bürgersteig direkt vor der Treppe des Eastman-Instituts.

Er stieg hinaus in die Nacht und schlug die Tür hinter sich zu.

Dies geschah am 3. April 1971, einem Sonnabend.

Der Tag war erst eine Stunde und vierzig Minuten alt, die Zeit also noch viel zu kurz, als dass schon etwas Nennenswertes hätte geschehen können.

2

Um Viertel vor zwei ließ die Wirkung des Morphiums nach.

Er hatte die letzte Spritze kurz vor zehn Uhr bekommen, die Betäubung wirkte demnach nicht ganz vier Stunden.

Der Schmerz kam in kurzen Abständen zurück, erst rechts oben im Bauch, wenige Minuten später auch links. Dann breitete er sich strahlenförmig zum Rücken hin aus und zuckte schließlich durch den ganzen Körper, grausam und stechend, so als ob hungrige Geier an seinen Eingeweiden zerrten.

Er lag auf dem Rücken in dem hohen, schmalen Metallbett und starrte auf die weiß gekalkte Zimmerdecke, an der der schwache Schein der Nachtlampe sowie Licht und Reflexe von außen ein rechtwinkliges, nichts sagendes Schattenmuster bildeten, das genauso kalt und abstoßend war wie der ganze Raum.

Die Decke war nicht eben, sondern bestand aus zwei flachen Wölbungen und schien weit weg zu sein. Das Zimmer war knapp vier Meter hoch und unmodern wie alles andere in diesem Gebäude. Das Bett stand in der Mitte auf dem Steinfußboden, und außer ihm gab es nur noch zwei weitere Möbelstücke in diesem Krankenzimmer: den Nachttisch und einen Holzstuhl mit hoher, gerader Lehne.

Die Gardinen waren nicht ganz zugezogen und das Fenster nur angelehnt. Durch den fünf Zentimeter breiten Spalt strömte die frische, kalte Luft der Frühjahrsnacht herein, und trotzdem bereiteten ihm der Geruch der verwelkenden Blumen auf dem Tisch sowie die Ausdünstungen seines eigenen geschundenen Körpers solche Übelkeit, dass er sich fast erbrechen musste.

Er hatte nicht geschlafen, sondern wach gelegen, ganz ruhig, und nur den einen Gedanken gehabt, dass die Betäubung bald nicht mehr wirken würde.

Es musste vor etwa einer Stunde gewesen sein, da hatte er die Nachtschwester gehört, die in ihren Holzschuhen durch die doppelte Tür auf den Flur zurückgegangen war. Danach hatte er keinen Laut mehr vernommen außer dem Geräusch seines eigenen Atems und vielleicht seines Blutes, das langsam und unregelmäßig durch den Körper pulsierte. Aber das waren keine bestimmten Laute, sondern eher eine Art nervöser Wachträume, natürliche Folgen der Furcht vor dem Schrecklichen, das bald kommen würde, und der besinnungslosen Angst vor dem Sterben.

Der Kranke war immer ein harter Mann gewesen, der nur selten und ungern die Schwächen und Fehler anderer tolerierte und niemals zugegeben hätte, dass er selbst möglicherweise einmal in die Lage kommen könnte, physisch oder psychisch nachgeben zu müssen.

Jetzt hatte er Angst und fühlte sich überrumpelt und im Stich gelassen. Während der Wochen im Krankenhaus hatten sich seine Sinne geschärft, er war unnatürlich empfindlich gegen alle Formen physischen Schmerzes geworden, ihm schauderte sogar vor Injektionsnadeln und dem Stich in die Armbeuge, wenn die Krankenschwestern die tägliche Blutprobe nahmen. Außerdem hatte er Angst vor der Dunkelheit und konnte das Alleinsein nicht mehr aushalten. Er hatte gelernt, genau auf Geräusche zu achten, die er früher nicht einmal wahrgenommen hatte.

Die regelmäßigen Proben, Untersuchungen, wie die Ärzte es zu allem Überfluss auch noch zu nennen pflegten, setzten ihm hart zu, und er fühlte sich danach stets schlechter als vorher. Und je schwächer er sich fühlte, umso mehr steigerte sich seine Angst vor dem Sterben, bis er Tag und Nacht nur noch an dies eine denken konnte und die Todesangst ihn in einen schutzlosen Zustand seelischer Nacktheit und beinahe obszönen Egoismus versetzte.

Draußen vor dem Fenster raschelte etwas. Ein Tier natürlich, das durch das Laub auf den Rosenrabatten lief. Ein Maulwurf oder ein Igel, vielleicht eine Katze. Aber hielten zu dieser Jahreszeit die Igel nicht ihren Winterschlaf?

Das kann nur ein Tier sein, dachte er und hob, ohne sich der Bewegung bewusst zu sein, die Hand, um die elektrische Klingel zu ergreifen, deren Kabel um ein Rohr des Bettgestells hinter seinem Kopf geschlungen war und die er daher ohne Anstrengung erreichen konnte.

Aber als seine Finger sich an der kalten Metallstange entlangtasteten, begann seine Hand zu zittern, ein unkontrolliertes Zucken, dabei stieß er gegen das Kabel mit dem Klingelknopf, das zur Seite rutschte und polternd zu Boden fiel.

Dieses Geräusch bewirkte, dass er hellwach wurde und sich zusammennahm.

Wenn er das Kabel erreicht und den weißen Knopf gedrückt hätte, würde eine rote Signallampe über seiner Tür auf dem Korridor aufgeleuchtet haben, und bald danach wäre die

Nachtschwester mit klappernden Holzschuhen in sein Zimmer gekommen.

Da er nicht nur Angst hatte, sondern sich auch ein wenig genierte, war es ihm jetzt ganz recht, dass er keine Möglichkeit gehabt hatte, Hilfe herbeizurufen.

Die Nachtschwester wäre ins Zimmer gekommen, hätte die Deckenbeleuchtung eingeschaltet und ihn fragend angestarrt, ihn, der da hilflos und jämmerlich in seinem Bett lag.

Er lag eine Weile ganz still und fühlte, wie der Schmerz kam und dann wieder abebbte, in schnellen Intervallen, und in seiner Fantasie kamen ihm seine Beschwerden wie ein Schnellzug vor, der von einem geisteskranken Lokomotivführer entführt worden ist.

Und dann spürte er mit einem Mal etwas anderes. Er musste Wasser lassen.

Eine Flasche stand in Reichweite, sie befand sich in dem gelben Plastikeimer hinter dem Nachttisch. Aber er hatte keine Lust, sie zu benutzen. Er durfte ja aufstehen, wenn er wollte. Einer der Ärzte hatte sogar gesagt, dass es gut für ihn sei, wenn er sich etwas Bewegung verschaffe.

Er wollte aus dem Bett steigen und durch die Doppeltür auf die Toilette gehen, die sich genau gegenüber seinem Zimmer auf der anderen Seite des Ganges befand. So hatte er ein wenig Abwechslung, etwas Praktisches zu tun, eine Beschäftigung, die seine Gedanken für kurze Zeit ablenken würde.

Er schlug die Decke und das Überschlaglaken zur Seite, setzte sich mühsam aufrecht hin, saß einige Sekunden auf dem Bettrand und ließ die Beine hängen, zog das weiße Nachthemd zurecht und hörte dabei die Plastikunterlage auf der Matratze rascheln.

Dann ließ er sich vorsichtig hinuntergleiten und fühlte den kalten Steinfußboden an seinen vom Schweiß feuchten Fußsohlen. Er versuchte sich aufzurichten und schaffte es auch, obwohl die breiten Pflasterstreifen um seine Hüften und an den Oberschenkeln sich spannten. Er hatte immer noch Druckverbände aus Schaumgummi an den Leisten nach der Aortographie am Tag vorher.

Die Pantoffeln standen vor dem Nachttisch. Er zog sie an und ging schlurfend auf die Doppeltür zu, öffnete die erste nach innen und die zweite zum Gang hin und ging quer über den schwach beleuchteten Korridor in die Toilette.

Als er fertig war und sich die Hände mit kaltem Wasser gewaschen hatte, blieb er auf dem Weg zurück in sein Zimmer auf dem Flur stehen und horchte. Weit hinten hörte er den gedämpften Klang vom Radio der Nachtschwester. Er hatte wieder Schmerzen, seine Angst begann von neuem, und er überlegte, ob er hingehen und um ein paar Tabletten bitten sollte. Die würden zwar kaum eine Wirkung haben, aber die Schwester war gezwungen, den Medizinschrank aufzuschließen, das Glas herauszunehmen und ihm dann ein wenig Saft zum Nachspülen zu geben, wodurch ein menschliches Wesen wenigstens kurze Zeit gezwungen war, sich mit ihm zu beschäftigen.

Das Zimmer der Nachtschwester war ungefähr zwanzig Meter weit entfernt, und er nahm sich viel Zeit. Ging langsam und schleppend, und das vom Schweiß feuchte Nachthemd schlug gegen seine Waden.

Im Schwesternzimmer brannte Licht, aber es war niemand da. Nur aus dem Transistorradio, das zwischen zwei halb leeren Kaffeetassen stand, tönte leise Musik.

Die Nachtschwester und die Pflegerin waren natürlich in einem anderen Zimmer der Abteilung beschäftigt.

Ihm wurde schwarz vor den Augen, er musste sich gegen den Türrahmen lehnen. Nach einigen Minuten fühlte er sich besser und ging langsam durch den düsteren Flur zurück zu seinem Zimmer.

Die Türen standen angelehnt, so wie er sie zurückgelassen hatte. Er schloss sie sorgfältig hinter sich, ging die paar Schritte zum Bett, streifte die Pantoffeln ab, legte sich auf den Rücken, zog mit einem Schaudern die Decke bis zum Kinn hoch. Lag mit weit geöffneten Augen ganz ruhig da und fühlte den Schnellzug durch seinen Körper rasen.

Irgendetwas hatte sich verändert. Das Muster an der Decke war ein klein wenig verschoben.

Das stellte er beinahe sofort fest.

Aber wodurch waren die Schatten und Reflexe verändert worden?

Er sah sich die kahlen Wände an, wandte den Kopf nach rechts und blickte zum Fenster.

Das war jetzt geschlossen.

Schlagartig kam die Angst zurück, und er hob die Hand, um nach der Klingel zu fassen. Aber die war nicht mehr an ihrem Platz. Er hatte vergessen, die Schnur mit dem Klingelknopf vom Boden aufzuheben.

Seine Finger schlossen sich fest um das Metallrohr, an dem das Kabel befestigt gewesen war; unverwandt starrte er auf das Fenster.

Der Spalt zwischen den beiden dichten Vorhängen betrug immer noch eine Handbreit, aber ihr Faltenwurf hatte sich verändert, und das Fenster war geschlossen.

Konnte jemand vom Personal im Zimmer gewesen sein?

Das schien nicht wahrscheinlich.

Er fühlte, wie ihm der Schweiß ausbrach, und spürte das Hemd kalt und klebrig auf der empfindlichen Haut.

Hilflos seiner Furcht ausgesetzt und ohne den Blick vom Fenster losreißen zu können, begann er, sich langsam aufzurichten.

Die Vorhänge hingen völlig still, trotzdem war er sicher, dass jemand dahinter stand.

Wer?, dachte er.

Wer?

Und dann mit einem letzten Rest von Verstand: Das muss eine Sinnestäuschung sein.

Der Kranke stand jetzt neben dem Bett, zitternd mit den Füßen auf dem Steinfußboden. Ging zwei Schritte weit auf das Fenster zu. Blieb stehen, leicht gebeugt mit bebenden Lippen.

Die Person in der Fensternische schlug mit der rechten Hand den Vorhang zur Seite und zog gleichzeitig mit der linken das Bajonett heraus.

Lichtreflexe blitzten auf der langen, breiten Scheide.

Der Mann in dem kurzen, gefütterten Mantel und mit der Tweedmütze trat zwei schnelle Schritte vor und blieb breitbeinig stehen, groß und kerzengrade und mit der Waffe in Schulterhöhe.

Der Kranke erkannte ihn sofort; er wollte den Mund öffnen, um zu schreien …

Da traf ihn schon der schwere Griff der Waffe quer über den Mund; er fühlte, wie seine Lippen platzten und der Unterkiefer splitterte.

Das war das Letzte, was er bewusst erlebte.

Alles Übrige ging zu schnell. Seine Uhr war abgelaufen.

Der erste Hieb traf ihn am rechten Rippenbogen und das Seitengewehr sank bis zum Schaft in seine Eingeweide.

Der Kranke stand immer noch aufrecht mit zurückgeworfenem Kopf, als der Mann im Mantel die Waffe zum dritten Mal hob und ihm die Kehle durchschnitt, vom rechten bis zum linken Ohr.

Zu hören war nur der brodelnde, leicht zischende Laut aus der offenen Luftröhre.

Mehr nicht.

3

Es war ein Freitagabend, und Stockholms Restaurants und Gaststätten hätten voll von gut gelaunten Menschen sein müssen, die nach einer anstrengenden Arbeitswoche ausspannten. Das war jedoch nicht der Fall, und man konnte sich den Grund leicht ausrechnen. Während der letzten fünf Jahre waren die Preise in den Restaurants auf das Doppelte gestiegen, und nur wenige Leute waren in der Lage, hin und wieder auswärts essen zu können. Die Gastwirte hatten Grund zur Sorge und sprachen von einer Krise; diejenigen unter ihnen, die ihre Räume nicht in Diskotheken oder Pubs umgewandelt hatten, um die zahlungskräftige Jugend anzulocken, machten ihr Geschäft mit der wechselnden Zahl von Geschäftsleuten, die Kreditkarten oder Spesenkonten zur Verfügung hatten und es vorzogen, ihre Besprechungen mit dem Besuch eines feinen Restaurants zu kombinieren.

Der *Gyldene Freden* in der Stockholmer Altstadt unterschied sich in diesem Punkt nicht von anderen feinen Lokalen. Sicher war es schon spät, aus dem Freitag war Sonnabend geworden, doch hatten in der ganzen letzten Stunde nur zwei Gäste in einer Nische im oberen Speisesaal gesessen. Ein Mann und eine Frau. Sie hatten jeder ein Steak gegessen und saßen nun bei Kaffee und Schwedenpunsch und unterhielten sich leise über den Tisch hinüber, der zwischen ihnen stand.

Zwei Kellnerinnen saßen an einem kleinen Tisch gegenüber der Eingangstür und falteten Servietten. Die jüngere, die rote Haare hatte und müde aussah, stand auf und blickte zur Wanduhr über der Kasse. Sie gähnte, nahm eine Serviette und ging zum Tisch der Gäste.

«Darf ich noch etwas bringen, ehe die Kasse schließt?», fragte sie und wischte mit dem Tuch einige Tabakkrümel vom

Tischtuch. «Vielleicht noch ein Kännchen Kaffee, Herr Kommissar?»

Zu seinem Erstaunen merkte Martin Beck, dass er sich geschmeichelt fühlte, weil die Kellnerin ihn erkannte. Normalerweise störte es ihn, wenn er daran erinnert wurde, dass er als Chef von Riksmordkommissionen eine der Öffentlichkeit mehr oder weniger bekannte Person war. Aber nun war es schon längere Zeit her, dass sein Bild in den Zeitungen oder im Fernsehen erschienen war, und dass die Kellnerin ihn erkannte, nahm er als Zeichen dafür, dass er zu den Stammgästen im *Freden* gerechnet wurde. Und das mit gutem Recht. Seit zwei Jahren wohnte er ganz in der Nähe, und wenn er überhaupt einmal zum Essen ausging, dann meistens in dieses Restaurant. Ungewöhnlich war, dass er sich, wie an diesem Abend, in Gesellschaft befand.

Das junge Mädchen ihm gegenüber war seine Tochter. Sie hieß Ingrid, war neunzehn Jahre alt, und wenn man davon absah, dass sie hellblond und er dunkelhaarig war, sahen sich die beiden auffallend ähnlich.

«Noch etwas Kaffee?», fragte Martin Beck.

Ingrid schüttelte den Kopf, und die Kellnerin ging fort, um die Rechnung zusammenzustellen. Martin Beck nahm die kleine Punschflasche aus dem Eisbehälter und goss den Rest in die beiden Gläser. Ingrid nippte an ihrem Glas.

«So was müssten wir öfter machen», sagte sie.

«Punsch trinken?»

«Der ist gut. Aber ich meinte eigentlich, wir sollten uns öfter treffen. Das nächste Mal lade ich dich zum Essen ein. Zu Hause in Klostervägen. Du hast dir noch nicht ein einziges Mal angesehen, wie ich da wohne.»

Ingrid war von zu Hause weggezogen, drei Monate bevor ihre Eltern sich trennten. Martin Beck überlegte manchmal, ob er es überhaupt geschafft hätte, aus seiner verfahrenen Ehe mit

Inga auszubrechen, wenn Ingrid ihn nicht dazu ermuntert hätte. Sie selbst hatte sich zu Hause nicht wohl gefühlt und sich zusammen mit einer Schulfreundin ein Zimmer gesucht, noch ehe sie mit dem Gymnasium fertig war. Nun studierte sie Soziologie an der Universität und hatte vor kurzer Zeit eine Einzimmerwohnung in Stocksund gefunden. Vorläufig wohnte sie dort zur Untermiete, aber es bestand Aussicht, dass der Mietvertrag auf ihren Namen umgeschrieben wurde.

«Mama und Rolf haben mich vorgestern besucht», fuhr sie fort. «Ich hatte eigentlich gehofft, dass du auch kommen würdest, konnte dich aber nicht erreichen.»

«Nein. Ich war ein paar Tage in Örebro. Wie geht's ihnen denn?»

«Gut. Mama hat einen ganzen Koffer voll Sachen mitgebracht. Handtücher und Servietten und das blaue Kaffeeservice und ich weiß nicht was noch alles. Wir haben über Rolfs Geburtstag gesprochen. Mama möchte, dass wir an dem Tag alle zum Essen zu ihnen kommen. Wenn du kannst.»

Rolf war drei Jahre jünger als Ingrid. Die beiden waren so verschieden, wie Geschwister nur sein können, hatten sich aber immer gut verstanden.

Die Rothaarige kam mit der Rechnung. Martin Beck bezahlte und leerte sein Glas. Er sah auf seine Armbanduhr. Es war ein paar Minuten vor eins.

«Sollen wir gehen?», fragte Ingrid und beeilte sich, den letzten Schluck Punsch auszutrinken.

Sie schlenderten Österlånggatan in nördlicher Richtung hinunter. Der Himmel war sternklar, und es war ziemlich kalt. Ein paar angetrunkene Jugendliche, die Drakens Gränd heraufkamen, schrien und lärmten so laut, dass ihr Gegröle von den altertümlichen Hauswänden zurückgeworfen wurde.

Ingrid hakte sich bei ihrem Vater ein und passte sich seinem Schritt an. Sie hatte lange Beine und war schlank. Beinahe zu dünn, dachte Martin Beck, aber sie selbst behauptete immer, dass sie dringend abnehmen müsse.

«Willst du noch mit raufkommen?», fragte er, als sie an die Stelle kamen, wo es zum Köpmantorget hinaufgeht.

«Ja, aber nur, um mir einen Wagen zu bestellen. Es ist schon spät, und du musst schlafen.»

Martin Beck gähnte. «Ich bin tatsächlich ziemlich müde.»

Am Sockel des Denkmals von St. Georg und dem Drachen hockte ein Mann und schien mit dem Gesicht auf den Knien zu schlafen.

Als Ingrid und Martin Beck vorbeigingen, hob er den Kopf und brabbelte irgendetwas Unartikuliertes vor sich hin, streckte die Beine von sich und schlief wieder ein. Das Kinn sank ihm auf die Brust.

«Darf denn der seinen Rausch nicht auf der Revierwache Nikolai ausschlafen?», wunderte sich Ingrid. «Er muss doch ziemlich frieren, wenn er da so sitzt.»

«Da wird er auch über kurz oder lang landen», gab ihr Vater zur Antwort. «Wenn sie Platz haben. Im Übrigen ist es lange her, dass ich mich um Betrunkene kümmern musste.»

Sie gingen ohne zu sprechen Köpmangatan entlang.

Martin Beck dachte an den Sommer vor 22 Jahren, als er Streifenpolizist auf der Revierwache Nikolai gewesen war. Gamla Stan, die Altstadt, war damals ein richtiges Kleinstadtidyll gewesen. Mehr Armut und Trunkenheit und Elend natürlich, ehe man sanierte und restaurierte und die Mieten so anhob, dass die früheren Bewohner keine Möglichkeit mehr hatten, hier wohnen zu bleiben. Hier zu wohnen galt jetzt als besonders fein, und nun gehörte er selbst zu den Privilegierten.

Mit dem Fahrstuhl, der bei der Renovierung eingebaut worden war und zu den wenigen in Gamla Stan überhaupt gehörte, fuhren sie in die oberste Etage. Die Wohnung war vollständig modernisiert worden und bestand aus einer Diele, einer kleinen Küche, Bad und zwei Zimmern an der Fensterfront, die an der Westseite eines großen, offenen Hofes lag. Die Räume waren unsymmetrisch und wirkten mit den tiefen Fensternischen und niedrigen Decken sehr gemütlich. Im hintersten Zimmer, das mit Sesseln und niedrigen Tischen möbliert war, befand sich ein Kamin. Im Raum davor stand ein Bett, eingerahmt von tiefen, an der Wand befestigten Regalen und Schränken, und vorne am Fenster stand ein großer Arbeitstisch mit Aktenschränken an der Seite.

Ohne den Mantel auszuziehen, ging Ingrid hinein, setzte sich an den Arbeitstisch, nahm den Hörer ab und wählte die Nummer der Taxizentrale.

«Willst du nicht noch ein Weilchen hier bleiben?», rief ihr Martin Beck aus der Küche zu.

«Nein. Muss nun wirklich nach Hause und schlafen gehen. Ich bin todmüde, und du übrigens auch.»

Martin Beck widersprach nicht. Er fühlte sich plötzlich überhaupt nicht mehr müde, hatte aber den ganzen Abend über gegähnt, und im Kino – sie hatten sich Truffauts *Sie küssten und sie schlugen ihn* angesehen – wäre er mehrmals beinahe eingeschlafen.

Nachdem Ingrid das Taxi bestellt hatte, kam sie in die Küche und küsste ihren Vater auf die Wange. «Vielen Dank für den Abend. Wir treffen uns auf Rolfs Geburtstag, wenn nicht früher. Schlaf gut.»

Martin Beck brachte sie zum Fahrstuhl und flüsterte gute Nacht, bevor er die Tür schloss und in seine Wohnung ging.

Er goss das Bier, das er aus dem Kühlschrank genommen hatte, in ein großes Glas, ging ins Zimmer und stellte es auf seinen Arbeitstisch. Dann ging er zum Plattenspieler, der neben dem Kamin stand, suchte zwischen den Platten Bachs 6. *Brandenburgisches Konzert* heraus und legte es auf. Das

Haus war gut gegen Schall isoliert, und er wusste, dass er die Musik ziemlich laut stellen konnte, ohne die Nachbarn zu stören. Er setzte sich an den Schreibtisch, trank von seinem Bier, das kalt war und schäumte, und spülte den Geschmack des süßen, klebrigen Punschs hinunter. Er kniff das Papiermundstück einer Florida zusammen, steckte sich die Zigarette in den Mund und riss ein Streichholz an. Dann stützte er das Gesicht auf die Hände und starrte aus dem Fenster.

Der Frühjahrshimmel wölbte sich tiefblau und sternklar über den mondbeschienenen Dächern auf der anderen Seite des Hofes. Martin Beck lauschte der Musik und ließ seinen Gedanken freien Lauf. Er fühlte sich völlig entspannt und ruhig.

Als er die Schallplatte umgedreht hatte, ging er zum Regal und nahm aus dem Fach über seinem Bett ein halb fertiges Modell des Segelklippers *Flying Cloud* heraus. Beinahe eine Stunde lang arbeitete er an Masten und Rahen, bevor er das Modell ins Regal zurückstellte.

Während er sich auszog, betrachtete er nicht ohne Stolz die beiden fertigen Modelle der *Cutty Sark* und des Schulschiffs *Danmark.* Bald war die *Flying Cloud* fertig bis auf die Takelage, die schwierig herzustellen war und am meisten Zeit und Geduld erforderte.

Er ging nackt hinaus in die Küche und stellte Aschenbecher und Bierglas auf den Spültisch. Dann knipste er alle Lampen aus, bis auf die über dem Bett, öffnete das Schlafzimmerfenster einen Spalt und legte sich hin. Er zog den Wecker auf, der jetzt fünf Minuten vor halb drei war, und kontrollierte, ob der Weckmechanismus auch abgestellt war. Da er aller Voraussicht nach einen freien Tag vor sich hatte, konnte er schlafen, solange er wollte.

Auf dem Nachttisch lag Kurt Bergengrens *Skärgårdsbåt till sommarnöjet*; er blätterte zerstreut darin herum, sah sich die Bilder an, die er mehrmals sehr genau studiert hatte, las hier und da einige Sätze und plötzlich wurde ihm bewusst, dass er starkes Heimweh nach den Stockholmer Schären hatte. Das Buch war groß und schwer und als Bettlektüre nicht besonders gut geeignet. Bald taten ihm die Arme weh. Er legte es weg und streckte die Hand aus, um die Lampe auszuschalten.

In diesem Moment klingelte das Telefon.

4

Einar Rönn war wirklich todmüde.

Er hatte siebzehn Stunden lang ohne Pause gearbeitet. Jetzt stand er im Wachlokal der Kriminalpolizei in Kungsholmsgatan und sah sich einen weinenden Mann an, der einen Mitmenschen angegriffen hatte.

Mann war vielleicht zu viel gesagt, denn der Festgenommene war richtig besehen nur ein Kind. Ein achtzehnjähriger Junge mit blondem Haar, das ihm bis auf die Schultern hing, knallroten Jeans und Fransenjacke aus braunem Mokka-Leder mit dem Wort LOVE auf den Rücken gemalt. Zwischen den einzelnen Buchstaben und rundherum waren sorgfältig verschnörkelte Blumen in Rosa, Hellblau und Violett zu sehen. Auf den Stiefelschäften waren ebenfalls Blumen und Schriftzeichen zu erkennen, genauer gesagt die Worte PEACE und MAGGAN. Lange Strähnen aus weichem, wogendem Menschenhaar waren auf den Ärmeln festgenäht.

Man musste sich beinahe fragen, ob dafür jemand skalpiert worden war.

Rönn hatte selbst nicht übel Lust, in Tränen auszubrechen. Zum Teil, weil er völlig fertig war, vor allem aber, weil er in letzter Zeit so oft mit Fällen zu tun gehabt hatte, bei denen er den Täter mehr bedauerte als das Opfer.

Der Jüngling mit dem schönen Haar hatte versucht, einen Rauschgifthändler zu erschlagen. Das war ihm nicht besonders gut gelungen, aber es reichte zur Anklage des versuchten Totschlags.

Rönn war seit fünf Uhr nachmittags hinter ihm her gewesen, was bedeutet hatte, dass er gezwungen war, ganze achtzehn Rauschgifthöhlen in den verschiedenen Teilen seiner schönen Stadt zu finden und zu durchsuchen, die eine immer schmutziger und widerlicher als die andere.

Und alles nur deshalb, weil so ein Schweinehund, der auf Mariatorget Hasch mit Opium vermischt an die Schulkinder verkaufte, eine Beule an den Kopf bekommen hatte. Immerhin mit einem Eisenrohr und aus dem einzigen Grund, weil der jetzt Angeklagte blank gewesen war. Aber trotzdem, dachte Rönn.

Und dann: Neun Überstunden, es würden sogar zehn werden, ehe er nach Hause in seine Wohnung nach Vällingby kam.

Aber man musste die guten und die schlechten Seiten des Berufs gegeneinander abwägen. Und auf der Plusseite stand in diesem Fall die hohe Überstundenbezahlung.

Rönn stammte aus Lappland; er war in Arjeplog geboren und seine Frau stammte aus einer Lappenfamilie. Von Vällingby war er nicht besonders begeistert, mochte aber den Namen der Straße, in der er wohnte: Vittangigatan.

Er sah zu, wie einer der jüngeren Kollegen, die Nachtdienst hatten, den Laufzettel ausschrieb und den Haarfetischisten zwei Streifenpolizisten überantwortete, die den Gefangenen in den Fahrstuhl drängten und ihn in das drei Stock höher gelegene scheußliche Arrestlokal brachten.

Ein Laufzettel ist ein Papier, mit dem Namen des Arrestanten darauf und ohne besonderen Wert oder Beweiskraft. Auf der Rückseite macht der Wachhabende üblicherweise seine Anmerkungen. Zum Beispiel: *Sehr unruhig, warf sich immer wieder gegen die Zellenwände und verletzte sich.* Oder: *Widerspenstig, fiel gegen einen Türrahmen und verletzte sich.* Vielleicht nur: *Fiel zu Boden und hat sich gestoßen.*

Und so weiter.

Die Tür zum Hof ging auf, und zwei Streifenpolizisten schleppten einen älteren Mann mit üppigem grauem Bart herein. Genau auf der Schwelle schlug einer der Beamten dem Festgenommenen mit der Faust kräftig in den Unterleib. Der Mann klappte zusammen und ließ einen erstickten Laut hören, der sich wie das Jaulen eines Hundes anhörte. Die beiden Diensthabenden blätterten ungerührt in ihren Papieren.

Rönn blickte den Konstapel müde an, sagte aber nichts.

Dann gähnte er und sah auf die Uhr.

Siebzehn Minuten nach zwei.

Das Telefon klingelte. Einer der Dienst habenden Kriminalbeamten antwortete.

«Ja. Kriminalpolizei. Gustavsson am Apparat.»

Rönn setzte seine Pelzmütze auf und wandte sich zur Tür. Hatte schon die Hand an der Klinke, als der Mann, der Gustavsson hieß, rief:

«Was? Moment mal … du, Rönn?»

«Ja.»

«Hier hab ich was für dich.»

«Was denn nun schon wieder?»

«Irgendwas in Sabbatsberg. Da ist einer erschossen worden oder so. Der Bursche, den ich hier am Draht habe, ist völlig durcheinander.»

Rönn seufzte und drehte sich um.

Gustavsson nahm die Hand von der Sprechmuschel und sagte: «Einer von der Mordkommission ist gerade hier. Einer von den großen Kanonen. Was?» Und gleich danach: «Ja, ja, ja, ich hör ja, dass du das sagst. Das ist schrecklich, ja. Wo genau bist du denn jetzt?»

Gustavsson war ein schlanker Mann in den Dreißigern, er wirkte flott und elegant und überlegen. Er lauschte, legte wieder die Hand auf die Sprechmuschel und wandte sich an Rönn: «Er steht vor dem Eingang des Hauptgebäudes von Sabbatsberg. Braucht offenbar Hilfe. Siehst du mal nach?»

«Ja», sagte Rönn. «Muss ich ja wohl.»

«Brauchst du ’n Wagen? Dieser Streifenwagen hat im Augenblick nichts zu tun.»

Rönn sah missmutig die beiden Streifenpolizisten an und schüttelte den Kopf. Die beiden waren groß und stark und bewaffnet mit Pistolen und Schlagstöcken in weißen Halftern. Der Festgenommene lag als wimmerndes Bündel zu ihren Füßen. Sie selbst starrten eifersüchtig und einfältig auf Rönn, mit einem Schimmer von Hoffnung auf Beförderung in ihren strahlenden blauen Augen.

«Nein, ich nehme meine eigene Karre», sagte er und ging hinaus.

Einar Rönn war keine große Kanone, und in diesem Moment fühlte er sich nicht mal wie eine kleine Schleuder. Manche Leute hielten ihn für einen tüchtigen Polizeibeamten, andere wiederum meinten, er sei der typische Durchschnitt. Jedenfalls war er nach langem, aufopferungsvollem Dienst zum Kriminalassistenten bei der Mordkommission befördert worden. Mörderjäger, wie sich die Boulevardzeitungen ausdrückten. Dass er friedlich und mittleren Alters war, stets mit roter Nase herumlief und von der vielen Schreibtischarbeit etwas Fett angesetzt hatte, darüber waren sich alle einig.

Er brauchte vier Minuten und zwölf Sekunden, um zu der angegebenen Adresse zu kommen.

Das Sabbatsbergs-Krankenhaus breitet sich über ein großes, hügeliges und beinah dreieckiges Gelände aus, mit der Basis nach Norden zu Vasaparken hin, den Schenkeln parallel zu Dalagatan im Osten und Torsgatan im Westen, ein Dreieck, dessen Spitze aber durch die Auffahrt zu der neuen Durchgangsstraße über Barnhusviken abgeschnitten wurde. Von Torsgatan aus schiebt sich das große Gebäude des Gaswerkes heran und nagt an der Kante.

Das Krankenhaus hat seinen Namen nach dem Kellermeister Vallentin Sabbath erhalten, der zu Beginn des 18. Jahrhunderts die Wirtshäuser *Rostock* und *Lejonet* in Gamla Stan besessen hatte. Er kaufte damals das Land und züchtete Karpfen in Teichen, die jetzt ausgetrocknet oder mit Erde aufgefüllt sind, und er eröffnete auch ein Gasthaus in dieser Gegend, drei Jahre bevor er im Jahre 1720 das Zeitliche segnete. Ein paar Jahrzehnte später wurde auf dem Gelände eine Heilquelle entdeckt, oder ein Sauerbrunnen, wie man so etwas auch nannte. Das zweihundert Jahre alte Brunnenhaus, das im Laufe der Zeit auch als Krankenhaus und Armenhaus benutzt wurde, duckt sich nun am Boden im Schatten eines achtstöckigen Heimes für Pensionäre.

Das ursprüngliche Krankenhaus wurde vor beinahe hundert Jahren auf den Klippen an Dalagatan erbaut und bestand aus mehreren Pavillons, die durch lange, überdachte Korridore verbunden waren. Einige dieser alten Pavillons werden immer noch benutzt, aber die meisten wurden in neuerer Zeit abgerissen und durch neue ersetzt und das Korridorsystem unter die Erde verlegt.

Im hinteren Teil der Anlage liegen einige ältere Gebäude, in denen sich das Altersheim befindet. Hier gibt es auch eine kleine Kapelle, und in einem Park mit Rasenflächen, Hecken und Kieswegen steht ein gelbes Lusthaus mit weißen Dachbalken und einer Eisenspitze auf dem runden Dach. Eine Allee führt von der Kapelle zu einem alten Pförtnerhaus unten an der Straße. Hinter der Kapelle steigt der Park an und hört plötzlich hoch oben über Torsgatan auf, die in einem tiefen Einschnitt zwischen der Klippe und dem Bonnier-Haus verläuft. Das ist der ruhigste und abgelegenste Teil des Krankenhaus-Geländes. Wie vor hundert Jahren befindet sich der Haupteingang an Dalagatan und dort liegt auch das neue Hauptgebäude.

5

Rönn kam sich in dem blauen Licht der rotierenden Lampe auf dem Dach des Streifenwagens wie eine Spukgestalt vor. Aber bald sollte es noch schlimmer kommen.

«Was ist passiert?», fragte er.

«Weiß nicht genau. Irgendwas Grässliches.»

Der Polizist schien noch sehr jung zu sein. Sein Gesicht war offen und sympathisch, aber seine Augen flackerten, und er hatte Schwierigkeiten, still zu stehen. Er hielt sich mit der linken Hand an der Autotür fest und fingerte mit der rechten unsicher am Kolben seiner Pistole. Zehn Sekunden vorher hatte er einen Ton von sich gegeben, der nur ein Seufzer der Erleichterung gewesen sein konnte.

Der Junge hat Angst, dachte Rönn und sagte beruhigend: «Na, wir werden mal nachsehen. Wo ist es denn?»

«Es ist ein bisschen umständlich zu finden. Ich kann vorweg fahren.»

Rönn nickte und ging zurück zu seinem eigenen Wagen. Er startete den Motor und folgte dem blauen Blinken in einem weiten Bogen um den Hauptblock und hinein in das Krankenhausgelände. Innerhalb einer halben Minute musste der Streifenwagen dreimal rechts und zweimal links abbiegen, dann bremste er und hielt vor einem langen, flachen Gebäude mit gelb verputzten Wänden und schwarzem Dach. Das Haus sah uralt aus. Über den morschen braunen Holztüren versuchte eine einsam flimmernde Glühbirne mit altertümlichem weißem Glasschirm erfolglos die Dunkelheit zu durchdringen. Der Polizist stieg aus und baute sich wie vorher mit den Händen an Pistolenkolben und Autotür auf, Letztere ein Schutzschild gegen die Nacht und die möglicherweise darin verborgenen Gefahren.

«Da drin», sagte er und schielte zur Tür.

Rönn unterdrückte ein Gähnen und nickte.

«Soll ich Verstärkung rufen?»

«Na, wir werden mal sehen», wiederholte Rönn gutmütig.

Er war bereits auf der Treppe und stieß die rechte Türhälfte auf, die in ihren lange nicht geölten Angeln jämmerlich quietschte. Noch ein paar Treppenstufen und eine Tür und er befand sich in einem sparsam beleuchteten Korridor. Der war breit mit hoher Decke und zog sich durch die ganze Länge des Gebäudes hin.

Auf der einen Seite lagen die Krankenzimmer, die andere war offenbar dem Spülraum, der Wäschekammer und den Behandlungsräumen vorbehalten. An der Wand hing ein altes schwarzes Telefon, der Typ, für den man nur ein Zehn-Öre-Stück braucht. Rönn starrte auf ein weißes ovales Emailleschild mit der lakonischen Aufschrift BADERAUM und machte sich dann daran, die vier Personen genauer zu mustern, die sich jetzt in seinem Blickfeld befanden.

Zwei davon waren uniformierte Polizeibeamte. Der eine war untersetzt und kräftig, stand breitbeinig mit hängenden Armen da und blickte starr geradeaus. In der linken Hand hielt er ein Notizbuch mit schwarzem Einband. Sein Kollege lehnte gegen die Wand und hatte den Kopf über einen weiß lackierten, gusseisernen Ausguss mit altertümlichem Messinghahn gebeugt. Von all den jungen Männern, denen Rönn an diesem Tag im Verlauf seiner neun Überstunden begegnet war, sah dieser aus, als ob er der allerjüngste wäre; in seiner Lederjacke mit Koppel und der offenbar unentbehrlichen Waffe wirkte er wie die Karikatur eines Polizisten. Eine ältere grauhaarige Frau mit Brille saß zusammengesunken in einem Korbstuhl und starrte apathisch auf ihre weißen Holzschuhe. Sie trug einen weißen Kittel und hatte hässliche Krampfadern an den blassen Waden. Ein Mann von Mitte dreißig vervollständigte das Quartett. Er hatte krauses Haar und biss sich nervös in die Fingerknöchel. Auch er trug einen weißen Kittel und Holzschuhe.

Die Luft im Flur war schlecht, es roch nach einer Mischung aus Putzmitteln, Erbrochenem und Medikamenten. Rönn musste ganz plötzlich niesen und griff etwas verspätet mit Daumen und Zeigefinger an seine Nase.

Der Einzige, der darauf reagierte, war der Polizist mit dem Notizbuch. Ohne ein Wort zu sagen, zeigte er auf eine hohe Tür mit gelbweißem Anstrich und einer weißen, maschinengeschriebenen Karte in einem Metallrahmen. Die Tür war nur angelehnt. Rönn stieß sie auf, ohne die Klinke zu berühren. Dahinter war noch eine Tür. Sie ging nach innen auf, war ebenfalls nicht zugeklinkt und öffnete sich, als Rönn mit dem Fuß dagegen stieß.

Er warf einen Blick in das Zimmer und fuhr erschrocken zurück. Dann ließ er seine rote Nase los und blickte noch einmal hinein, diesmal genauer.

«Um Gottes willen», murmelte er.

Dann trat er einen Schritt zurück, ließ die äußere Tür in die alte Stellung zurückschwingen, setzte seine Brille auf und sah sich den Namen auf dem Schild an.

Der Konstapel hatte das schwarze Notizbuch eingesteckt und stattdessen seine Dienstmarke hervorgeholt. Nun stand er da und trommelte darauf herum.

Die Dienstmarken würden nun demnächst eingezogen werden, dachte Rönn geistesabwesend. Und damit würde der lange Streit darüber, ob diese Marken als deutliches Erkennungszeichen auf der Brust zu tragen waren oder in einer Tasche verborgen werden konnten, ein ebenso enttäuschendes wie schlagartiges Ende finden. Diese Schilder wurden ganz einfach abgeschafft und durch normale Ausweise ersetzt, und die Polizeibeamten konnten sich in aller Ruhe weiterhin hinter der Autorität ihrer Uniformen verstecken.

Laut fragte er: «Wie heißt du?»

«Andersson.»

«Wann bist du hier angekommen?»

Der Konstapel sah auf seine Armbanduhr. «Sechzehn Minuten nach zwei. Vor neun Minuten. Wir waren ganz in der Nähe. Am Odenplan.»

Rönn nahm die Brille ab und schielte zu dem uniformierten Jüngling hinüber, der grün im Gesicht war und sich hilflos über das Becken beugte. Der Konstapel folgte seinem Blick und sagte tonlos:

«Er ist Polizeianwärter. Zum ersten Mal mit auf Tour.»

«Na, dann kümmerst du dich am besten erst mal um ihn. Und schick mir fünf oder sechs Mann vom Fünften her.»

«Einsatzwagen vom fünften Dezernat, jawohl», wiederholte Andersson und sah aus, als ob er die Hand an die Mütze legen oder Grundstellung einnehmen oder etwas anderes Unpassendes tun wollte.

«Augenblick noch», hielt Rönn ihn zurück. «Habt ihr hier was Verdächtiges gesehen?»

Er hatte sich wohl etwas ungeschickt ausgedrückt, denn der Konstapel glotzte verwirrt auf die Tür zum Krankenzimmer.

«Tja ...», begann er ausweichend.

«Weißt du, wer das ist? Der da drinnen?»

«Kommissar Nyman, nich?»

«Ja, stimmt.»

«Obwohl man nicht mehr viel von ihm erkennen kann.»

«Nein, ganz einfach ist das nicht.»

Andersson ging.

Rönn wischte sich den Schweiß von der Stirn und überlegte, was als Nächstes zu tun sei.

Zehn Sekunden lang. Dann ging er hinüber zu dem Telefon an der Wand und rief Martin Beck an.

Der Hörer wurde sofort abgenommen, und Rönn meldete sich:

«Hej. Hier ist Rönn. Ich bin im Krankenhaus Sabbatsberg. Du musst kommen.»

«Ja», antwortete Martin Beck.

«Beeil dich.»

«Ja.»

Rönn legte auf und ging zurück zu den anderen. Wartete. Gab sein Taschentuch dem Polizeianwärter, der sich damit verlegen den Mund abwischte.

«'tschuldigung.»

«Das kann jedem passieren.»

«Ich konnte es nicht zurückhalten. Ist das immer so?»

«Nein», antwortete Rönn, «aber man kann's nie voraussagen. Ich bin seit 21 Jahren bei der Polizei, aber so was hab ich in der ganzen Zeit noch nicht zu sehen gekriegt.» Dann wandte er sich an den Mann mit den schwarzen Locken und fragte: «Gibt's hier 'ne psychiatrische Abteilung?»

«Nix verstehen», antwortete der Arzt.

Rönn setzte seine Brille auf und sah sich das Plastikschild auf seinem Arztkittel genauer an.

Da stand der Name drauf.

Dr. ÜZKÜKÖCÖTÜPZE.

«Ach so», murmelte er, steckte seine Brille wieder ein und wartete.

6

Das Zimmer war fünf Meter lang, dreieinhalb Meter breit und fast vier Meter hoch. Der Anstrich war ziemlich primitiv und langweilig, die Decke schmutzig weiß und die verputzten Wände hatten eine schwer zu bestimmende graugelbe Farbe. Weißgraue Marmorfliesen auf dem Fußboden. Hellgraue Fensterrahmen und Türen im gleichen Farbton. Vor dem Fenster hingen dicke Vorhänge aus gelbweißem Damast und davor dünne weiße Baumwollgardinen. Das Eisenbett war weiß lackiert, weiß waren auch die Überschlaglaken und der Kopfkissenbezug, der Nachttisch war grau und der Stuhl hellbraun. Der Lack der Einrichtungsgegenstände war zum Teil abgewetzt und die Farbe an den Wänden rissig. Der Deckenputz war teilweise abgeblättert und an einigen Stellen sah man braune Flecken, dort war Feuchtigkeit durchgeschlagen. Alles war alt, aber blitzsauber. Auf der Nachttischplatte stand eine Alpakavase mit sieben hellroten Rosen. Daneben sah Rönn eine Brille mit Futteral, einen durchsichtigen Plastikbecher mit zwei weißen Tabletten, ein kleines weißes Transistorradio, einen angebissenen Apfel und ein Trinkglas, das zur Hälfte mit einer hellgelben Flüssigkeit gefüllt war. Auf der Ablage darunter lagen ein Stapel Illustrierte, vier Briefe, ein Notizbuch mit liniertem Papier, ein silberner Waterman-Vierfarben-Stift, etwas Kleingeld, genauer acht Zehn-Öre-Stücke, zwei Fünfundzwanzig-Öre-Stücke und sechs Ein-Kronen-Stücke. Der Tisch hatte zwei Schubladen. In der obersten befanden sich drei schmutzige Taschentücher, ein Stück Seife in einer Plastikdose, Zahncreme, Zahnbürste, eine kleine Flasche Rasierwasser, eine Schachtel mit Halstabletten und ein Lederetui mit Nagelschere, Nagelfeile und Nagelzange. Die andere enthielt die Brieftasche, einen elektrischen Rasierapparat, ein kleines Heft mit Briefmarken, zwei Pfeifen, Tabaksbeutel und eine unbeschriebene Postkarte mit einem Bild vom Stockholmer Rathaus. Über der hohen Rückenlehne des Stuhls hingen einige Kleidungsstücke, ein graues Baumwolljackett, Hosen von gleicher Farbe und aus gleichem Material und ein langes weißes Hemd. Unterhosen und Strümpfe lagen auf dem Sitz, und unter dem Bett standen ein Paar Pantoffeln. Am Kleiderhaken an der Tür hing ein beigefarbener Morgenrock.

Es gab nur einen Farbton, der sich wesentlich von seiner Umgebung unterschied. Und das war ein schockierendes Rot.

Der Tote lag halb auf dem Rücken zwischen dem Bett und dem Fenster. Die Kehle war mit solcher Kraft durchgeschnitten worden, dass der Kopf um neunzig Grad nach hinten geworfen worden war und mit der linken Wange auf dem Boden lag. Durch den weit offenen Spalt konnte man die Zunge und das zerbrochene Gebiss des Opfers sehen, das zwischen die aufgeplatzten Lippen gepresst worden war.

Beim Fall nach rückwärts war ein dicker Blutstrahl aus der Halsschlagader gepumpt worden. Nur so konnte man sich den breiten purpurroten Streifen quer übers Bett und die Blutflecken an der Blumenvase und auf dem Nachttisch erklären.

Dagegen stammte das Blut in dem völlig durchtränkten Nachthemd und auch die große Lache auf dem Fußboden aus der Wunde am Zwerchfell. Schon ein oberflächlicher Blick auf diese Wunde ließ erkennen, dass jemand mit einem einzigen gezielten Hieb Leber, Gallengänge, Magen, Milz und Bauchspeicheldrüse zerfetzt hatte. Außerdem die Hauptschlagader.

Beinahe das gesamte Blut war innerhalb von wenigen Sekunden aus dem Körper herausgesprudelt. Die Haut war bläulich weiß und wirkte beinahe durchsichtig, dort wo man überhaupt noch Haut sehen konnte, zum Beispiel auf der Stirn, an einigen Stellen der Schienbeine und an den Füßen.

Die Wunde am Zwerchfell war zirka 25 Zentimeter lang und klaffte weit auseinander. Die verletzten Organe waren zwischen den Rändern der aufgeschlitzten Bauchdecke herausgepresst worden.

Der Mann war praktisch in der Mitte halb durchgeschnitten worden.

Selbst für Männer, deren Beruf es war, sich zeitweise an abstoßenden und blutbesudelten Tatorten aufzuhalten, war dieser Anblick im höchsten Grade Ekel erregend.

Martin Beck hatte allerdings keine Miene verzogen, als er den Raum betreten hatte. Für einen Außenstehenden sah es beinahe so aus, als ob all das zu seiner täglichen Routine gehörte. Mit seiner Tochter ins Restaurant gehen, gut essen, trinken, sich ausziehen, ein bisschen an einem Schiffsmodell herumpusseln, sich mit einem Buch zu Bett legen. Und dann plötzlich losstürzen und einen abgeschlachteten Polizeikommissar besichtigen. Das Schlimmste war, dass er selbst dieses Gefühl hatte. Er ließ sich nie verblüffen, ausgenommen von seiner eigenen scheinbaren Gefühlskälte.

Die Uhr war jetzt zehn Minuten vor drei Uhr nachts, und er hockte neben dem Bett und sah sich die Leiche an, kühl und abschätzend.

«Ja, das ist Nyman», sagte er.

«Hm, daran ist nicht zu zweifeln.»

Rönn stand da und sah sich die verschiedenen Gegenstände auf dem Nachttisch an. Plötzlich gähnte er und hielt schuldbewusst die Hand vor den Mund.

Martin Beck blickte ihn nur kurz an und fragte: «Hast du so was wie einen Zeitplan?»

«Ja.»

Rönn zog seinen Block heraus, in dem er sich in für andere unleserlicher kleiner, verschnörkelter Schrift einige Notizen gemacht hatte, setzte seine Brille auf und leierte vor sich hin:

«Eine Krankenschwester hat die beiden Türen um 2 Uhr 10 aufgemacht. Sie hatte nichts Außergewöhnliches gesehen oder gehört, war nur auf einem Routinerundgang durch alle Krankenzimmer. Da war Nyman schon tot. Um 2 Uhr 11 rief sie die Nummer 90-000 an. Die Kollegen im Streifenwagen hörten um 2 Uhr 12 den Alarm über Funk. Sie waren am Odenplan und brauchten für die Fahrt hierher drei oder vier Minuten. Um 2 Uhr 17 machten sie ihre Meldung. Ich kam acht Minuten vor halb hier an. Telefonierte mit dir eine Minute vor halb. Du bist dann um 2 Uhr 44 hier eingetroffen.» Rönn blickte auf seine Armbanduhr. «Jetzt ist es acht vor drei. Als ich hier ankam, war er höchstens eine halbe Stunde tot.»

«Hat das der Arzt gesagt?»

«Nein. Das ist meine eigene Diagnose. Körpertemperatur und so. Blutgerinnungszeit …» Er brach ab, so als ob es vermessen sei, eigene Schlüsse zu ziehen.

Martin Beck rieb sich nachdenklich die Nasenwurzel mit Zeigefinger und Daumen der rechten Hand. «Alles muss unerhört schnell gegangen sein.»

Rönn antwortete nicht darauf. Er schien an etwas anderes zu denken, was er nach einer kleinen Weile aussprach: «Du verstehst jetzt sicher, warum ich dich angerufen habe. Nicht weil …» Er brach ab. Ihm schienen die Worte zu fehlen. Fuhr dann fort: «Nicht weil Nyman Polizeikommissar war, sondern … ja … wegen diesem hier.» Rönn deutete mit einer leichten Handbewegung auf die Leiche. «Er ist regelrecht abgeschlachtet worden.» Wieder machte er eine kurze Pause und setzte dann hinzu: «Einer, der so etwas fertig bringt, muss doch gemeingefährlich sein.»

Martin Beck nickte. «Ja, sieht ganz so aus.»

7

Martin Beck fühlte sich unbehaglich. Aber dieses Gefühl war vage, und er konnte es sich nur schwer erklären. Ungefähr so, wie man ganz plötzlich müde wird. Man nickt ein, ohne es zu bemerken, liest in einem Buch, und die Worte verschwimmen einem vor den Augen.

Er musste sich anstrengen, sich zusammennehmen und seine Empfindungen in den Griff bekommen.

Eng verbunden mit diesem Gefühl des Unbehagens war etwas anderes, das er nicht gleich abschütteln konnte.

Die Vorahnung von Gefahr.

Dass etwas geschehen würde, etwas, das er mit allen Mitteln verhindern musste. Aber er konnte nicht sagen, worum es sich handelte und noch weniger, wie er sich verhalten sollte.

Er hatte schon früher einige Male ein ähnliches Alarmsignal gespürt, aber die Zeitabstände zwischen diesen Wahrnehmungen waren größer geworden. Seine Kollegen nahmen dieses Phänomen auf die leichte Schulter und nannten es Intuition.

Das Wichtigste bei der Polizeiarbeit ist Realismus, Routine, Durchsetzungsvermögen und Systematik. Es stimmt, dass viele Fälle durch einen Zufall aufgeklärt werden, aber ebenso richtig ist es, dass Zufall ein dehnbarer Begriff ist, der nicht mit Glück haben verwechselt werden darf. Bei der Aufklärung eines Verbrechens kommt es darauf an, das Netz für Zufälligkeiten so eng wie möglich zu knüpfen. Dabei sind Erfahrungen und Fleiß wichtiger als geniale Einfälle. Ein gutes Gedächtnis und gesunder Menschenverstand sind wertvollere Eigenschaften als intellektuelles Denkvermögen.

Intuition hat keinen Platz in der praktischen Polizeiarbeit.

Intuition ist auch keine Eigenschaft, ebenso wenig wie

Astrologie und Phrenologie als vollwertige Wissenschaften gelten können.

Aber trotzdem gab es Vorahnungen, auch wenn er ihr Vorhandensein nur ungern zugab, und es hatte Fälle gegeben, bei denen sie ihn auf die richtige Spur geführt hatten.

Doch seine innere Unsicherheit konnte auch andere einfachere Gründe haben, die mit mehr handgreiflichen Umständen zusammenhingen.

Zum Beispiel mit Rönns Gegenwart.

Martin Beck stellte hohe Anforderungen an die Leute, mit denen er zusammenarbeitete. Das lag vor allen Dingen an Lennart Kollberg, der seit vielen Jahren sein engster Mitarbeiter war, zuerst als Detektiv bei der Stockholmer Stadtpolizei, dann bei der ehemaligen Reichskriminalpolizei in Västberga. Kollberg und er hatten sich immer hervorragend ergänzt, außerdem war Kollberg der Mann, der die besten Einfälle hatte, die entscheidenden Fragen stellte und im rechten Moment das richtige Stichwort in die Debatte warf.

Aber Kollberg war jetzt nicht hier. Vermutlich schlief er längst, und es gab keinen stichhaltigen Grund, ihn zu wecken. Das war gegen die Vorschrift, und Rönn hätte mit Recht gekränkt sein können.

Martin Beck wartete darauf, dass Rönn etwas tun oder zumindest etwas sagen würde, aus dem er schließen konnte, dass sein Kollege diese Gefahr ebenfalls spürte. Dass er mit einer Theorie oder einer Behauptung kommen würde, die Martin Beck widerlegen oder an der er weiterarbeiten konnte.

Aber Rönn schwieg beharrlich.

Dafür erledigte er seine Arbeit routiniert und ohne Hast. Die Ermittlung stand immer noch unter seiner Aufsicht, und er tat, was man üblicherweise von ihm erwarten konnte.

Das Gelände draußen vor dem Fenster war jetzt mit Seilen

und Planken abgesperrt worden. Autos standen mit aufgeblendetem Licht herum, und Richtscheinwerfer leuchteten den Platz aus. Ruckweise bewegten sich die ovalen weißen Flecke von den Taschenlampen der Polizisten über den Boden, ziellos, wie die kleinen Fische im seichten Wasser an einem Badestrand in alle Richtungen fliehen, wenn ein Störenfried auftaucht.

Rönn hatte die Gegenstände auf und in dem Nachttisch durchsucht, ohne etwas anderes zu finden als die alltäglichen persönlichen Gegenstände und einige triviale Briefe, verständnislos und in forschem Ton, wie sie gesunde Menschen an Krankenhausinsassen schreiben. Beamte in Zivil vom fünften Dezernat waren durch die angrenzenden Krankenzimmer und Krankensäle gegangen, aber sie hatten nichts Nennenswertes herausgefunden.

Wenn Martin Beck etwas Spezielles von Rönn erfahren wollte, musste er fragen und sich außerdem klar und unmissverständlich ausdrücken.

Tatsache war ganz einfach, dass ihre Zusammenarbeit nicht klappte.

Beide wussten das seit langem und versuchten daher Situationen zu umgehen, in denen sie beide ausschließlich aufeinander angewiesen waren.

Martin Beck schätzte Rönn nicht besonders hoch ein. Rönn wusste das sehr genau und hatte deswegen Minderwertigkeitskomplexe. Andererseits fasste Martin Beck seine Schwierigkeit, einen besseren Kontakt zu Rönn zu bekommen, als Beweis für eigene Schwächen auf und war dadurch unwillkürlich gehemmt.

Rönn hatte die gute alte Tasche mit dem Handwerkszeug eines Detektivs herangeholt, eine Reihe von Fingerabdrücken gesichert, Schutzfolien aus Plastik über die Spuren auf dem Boden des Zimmers und am Erdboden vor dem Fenster legen lassen und dadurch dafür gesorgt, dass Details, die später vielleicht von Wichtigkeit sein würden, nicht versehentlich oder durch Unachtsamkeit zerstört wurden. Hauptsächlich handelte es sich um Fußabdrücke.

Martin Beck war wie häufig um diese Jahreszeit erkältet. Er schniefte, putzte sich die Nase und hustete lange und hart, aber Rönn reagierte nicht. Sagte nicht mal «Gesundheit». Dieses kleine Zeichen der Höflichkeit war ihm offenbar nicht anerzogen worden, oder das Wort fehlte in seinem Sprachschatz. Und wenn er sich Gedanken über Martin Becks Zustand machte, so sprach er sie jedenfalls nicht aus.

Nichts verstand sich von selbst zwischen diesen beiden Männern, alles musste ausgesprochen werden. Nach einer Weile fragte Martin Beck:

«Sieht diese Abteilung nicht ein bisschen veraltet aus?»

«Ja», antwortete Rönn, «die soll übermorgen geräumt werden. Dann wird sie renoviert und für was anderes hergerichtet. Die Patienten ziehen in neue Räume im Hauptgebäude um.» Damit ging er hinaus.

Martin Beck ließ den Gedanken fallen und konzentrierte sich auf andere Dinge. Kurze Zeit später sagte er leise und mehr zu sich selbst: «Ich bin gespannt, welche Waffe er benutzt hat. Vielleicht eine Machete oder ein Samuraischwert.»

«Keins von beiden», gab Rönn, der gerade das Zimmer betrat, zur Antwort. «Wir haben die Tatwaffe gefunden. Da draußen liegt sie, vier Meter vom Fenster entfernt.»

Sie gingen hinaus.

Im kalten Licht eines Suchscheinwerfers lag ein Mordwerkzeug mit breiter Klinge.

«Ein Seitengewehr», stellte Martin Beck fest.

«Ja, passt auf ein Mausergewehr.»

Der Sechs-Millimeter-Karabiner war eine typische Militärwaffe. Damit wurden früher hauptsächlich die Artillerie und die Kavallerie ausgerüstet. Das Modell wurde seit längerem schon nicht mehr hergestellt und war wahrscheinlich aus den Bestandslisten gestrichen.

Die Schneide war vollständig mit geronnenem Blut bedeckt.

«Kann man auf dem geriffelten Handgriff Fingerabdrücke sichern?»

Rönn zuckte die Achseln.

Jedes Wort musste man ihm aus der Nase ziehen, wenn schon nicht mit der Zange, so doch mit verbalem Druck.

«Du lässt es da liegen, bis es hell wird?»

«Ja», bestätigte Rönn, «ist wohl das Beste so.»

«Ich halte es für richtig, so schnell wie möglich mit Nymans Familie zu reden. Meinst du, dass man die Frau um diese Tageszeit aus dem Bett holen kann?»

«Na ja, kann man wohl machen», meinte Rönn ohne Überzeugung.

«Irgendwo müssen wir schließlich anfangen. Kommst du mit?»

Rönn murmelte etwas vor sich hin.

«Was hast du gesagt?», fragte Martin Beck und schnaubte sich die Nase.

«Muss noch 'n Fotografen herbestellen», wiederholte Rönn lauter.

Er schien keine besondere Lust zu haben.

8

Rönn ging als Erster hinaus zum Auto, setzte sich hinters Lenkrad und wartete auf Martin Beck, der die wenig schöne Aufgabe übernommen hatte, die Witwe anzurufen.

«Was hast du ihr erzählt?», fragte er, als Martin Beck sich neben ihn setzte.

«Nur dass er tot ist. Er war offenbar schwer krank, sodass diese Nachricht nicht ganz unerwartet kam. Aber jetzt wundert sie sich natürlich, was wir mit der Sache zu tun haben.»

«Was machte sie denn für einen Eindruck? War sie schockiert?»

«Ja klar. Sie wollte unbedingt ein Taxi rufen und sofort zum Krankenhaus kommen. Jetzt spricht ein Arzt mit ihr. Ich hoffe nur, dass er sie dazu überreden kann, zu Hause auf uns zu warten.»

«Das wäre das Beste. Wenn sie ihn in dieser Verfassung sieht, würde sie tatsächlich einen schweren Schock bekommen. Es reicht schon, wenn wir ihr Einzelheiten erzählen müssen.»

Rönn fuhr Dalagatan hinauf in Richtung Odengatan. Vor dem Eastman-Institut stand ein schwarzer Volkswagen. Rönn nickte hinüber und meinte:

«Da hat sich einer nicht nur im Parkverbot, sondern auch noch halb auf dem Bürgersteig aufgebaut. Hat Glück, dass wir nicht zur Verkehrsbereitschaft gehören.»

«Außerdem war er sicher betrunken, als er den Wagen so hingestellt hat.»

«Oder sie. War sicher 'ne Frau. Frauen und Autos …»

«Die üblichen Vorurteile», entgegnete Martin Beck. «Wenn meine Tochter dich so reden hören würde, könntest du aber was erleben.»

Der Wagen bog in Odengatan ein und fuhr an der Gustav-Vasa-Kirche vorbei. An ihrem Halteplatz standen zwei freie Taxis, und an der Kreuzung bei der Stadtbibliothek wartete eine gelbe Kehrmaschine mit orangefarbenem Blinklicht auf dem Dach darauf, dass die Ampel auf Grün schaltete.

Martin Beck und Rönn fuhren schweigend weiter. Auf Sveavägen überholten sie die Kehrmaschine, die laut brummend langsam um die Ecke fuhr. An der Handelshochschule bogen sie links in Kungstensgatan ein.

«Verdammt», stieß Martin Beck plötzlich und mit Nachdruck hervor.

«Ja», sagte Rönn nur.

Dann war es wieder still im Auto.

Als sie Birger Jarlsgatan überquert hatten, fuhr Rönn langsamer und begann nach der Hausnummer zu suchen. Eine Haustür direkt gegenüber von Borgarskolan wurde geöffnet. Ein junger Mann trat hinaus und blickte in ihre Richtung. Er hielt die Tür auf und wartete, bis sie den Wagen geparkt hatten und über die Straße auf ihn zukamen.

Als sie ihn beinahe erreicht hatten, sahen sie, dass der Junge nicht so alt war, wie es vom Auto aus den Anschein gehabt hatte. Er war zwar fast so groß wie Martin Beck, schien aber höchstens fünfzehn Jahre alt zu sein.

«Ich heiße Stefan», begrüßte er sie. «Mama wartet oben.»

Sie folgten ihm die Treppen hinauf in das zweite Stockwerk, wo eine Tür einen Spalt offen stand. Der Junge führte sie durch die Garderobe und durch eine Diele in das Wohnzimmer.

«Ich geh Mama holen», murmelte er und verschwand hinaus in die Diele.

Martin Beck und Rönn blieben mitten im Zimmer stehen und sahen sich um. Der Raum war tadellos aufgeräumt. Im hinteren Teil stand eine Polstergarnitur, die aussah, als ob sie aus den vierziger Jahren stammte. Sie bestand aus einem Sofa, drei dazu passenden Sesseln in hell gebeiztem Holz und mit blumengemusterten Cretonne-Bezügen und einem ovalen Tisch in der gleichen hellen Holzart. Auf dem Tisch lag eine weiße geklöppelte Spitzendecke und mitten darauf stand eine große Kristallvase mit roten Tulpen. Das Zimmer hatte zwei Fenster zur Straße hin, und hinter den weißen Spitzengardinen standen gepflegte Topfpflanzen ordentlich aufgereiht. Eine der kurzen Wände wurde von einem Bücherregal aus glänzendem Mahagoni verdeckt. Es war zur Hälfte mit in Leder gebundenen Büchern voll gestellt, den übrigen Platz nahmen Souvenirs und kleine kunstgewerbliche Gegenstände ein. Kleine polierte Tische mit silbernen Tellern und Schüsselchen sowie Vasen und Schalen aus Kristall standen hier und da an den Wänden, und ein schwarzes Klavier, dessen Deckel geschlossen war, ergänzte die Ausstattung. Gerahmte Familienfotos standen nebeneinander auf dem Klavier. An den Wänden hingen einige Stillleben und verschiedene Bilder mit Landschaftsmotiven in breiten, reich verzierten Goldrahmen. Von der Zimmerdecke hing eine Kristallkrone und darunter lag ein weinroter Orientteppich.

Martin Beck nahm alle Einzelheiten des Zimmers in sich auf, während er auf die Schritte hörte, die sich durch die Diele näherten. Rönn war an das Bücherregal getreten und betrachtete misstrauisch eine Glocke aus Messing, wie sie dem Leittier einer Ren-Herde umgehängt wird. Das Souvenir war auf der einen Seite mit einem farbenfrohen Bild verziert, auf dem eine verkrüppelte Birke, ein Ren und ein Lappe zu sehen waren. Darunter stand in verschnörkelten Buchstaben der Ortsname Arjeplog.

Fru Nyman trat zusammen mit ihrem Sohn ins Zimmer. Sie trug ein schwarzes Wollkleid, schwarze Strümpfe und Schuhe und ihre Hand schloss sich um ein weißes Taschentuch. Sie hatte geweint.

Martin Beck und Rönn stellten sich vor. Es schien nicht so, als ob sie ihre Namen schon jemals gehört hatte.

«Aber nehmen Sie doch bitte Platz», sagte sie und setzte sich selbst in einen der Sessel.

Als die beiden Beamten sich ebenfalls niedergelassen hatten, blickte sie voller Verzweiflung vom einen zum andern.

«Was ist nun eigentlich passiert?», fragte sie viel zu laut und schrill.

Rönn zog sein Taschentuch heraus und putzte sich die Nase, lange und umständlich. Mit Hilfe von seiner Seite hatte Martin Beck auch kaum gerechnet.

«Wenn Sie ein Beruhigungsmittel im Haus haben, Tabletten oder etwas dergleichen, sollten Sie jetzt ein paar davon nehmen», begann er.

Der Junge, der sich auf den Klavierhocker gesetzt hatte, stand auf. «Papa hat … im Badeschrank steht eine Flasche mit Restenil. Soll ich die holen?»

Martin Beck nickte, und der Junge ging hinaus ins Bad und kam kurz darauf mit den Tabletten und einem Glas Wasser zurück. Martin Beck sah sich das Etikett an, schüttelte zwei Tabletten in den Deckel und Fru Nyman nahm sie folgsam und spülte sie mit einem Schluck Wasser hinunter.

«Danke. Wollen Sie nun so freundlich sein und mir erzählen, was Sie eigentlich von mir wollen. Stig ist tot, und weder Sie noch ich können etwas dagegen tun.» Sie presste das Taschentuch gegen den Mund und fuhr mit erstickter Stimme fort: «Warum durfte ich nicht zu ihm? Schließlich ist er mein Mann. Was haben sie in dem Krankenhaus mit ihm gemacht? Der Arzt vorhin … es hörte sich so geheimnisvoll an …»

Der Sohn ging zu ihr hin und setzte sich auf die Lehne ihres Sessels. Er legte den Arm um ihre Schultern.

Martin Beck rückte seinen Sessel so hin, dass er ihr direkt gegenübersaß, blickte kurz zu Rönn hinüber, der regungslos auf dem Sofa saß, und begann:

«Fru Nyman, Ihr Mann ist nicht an seiner Krankheit gestorben. Jemand hat sich in sein Zimmer geschlichen und ihn getötet.»

Die Frau starrte ihn an, und er sah an ihrem Gesichtsausdruck, dass es einige Sekunden dauerte, bis sie die Bedeutung des Gesagten begriffen hatte. Die Hand mit dem Taschentuch sank auf ihre Brust. Sie war jetzt sehr bleich.

«Getötet? Jemand hat ihn getötet? Das versteh ich nicht …»

Auch das Gesicht des Sohnes war jetzt weiß geworden, und der Griff um die Schulter der Mutter wurde fester.

«Wer?», fragte er.

«Wir wissen es nicht. Eine Hilfsschwester hat ihn kurz nach zwei auf dem Boden seines Krankenzimmers gefunden. Jemand ist durch das Fenster eingestiegen und hat ihn mit einem Seitengewehr umgebracht. Das Ganze kann nur wenige Sekunden gedauert haben, und ich glaube nicht, dass er noch gemerkt hat, was eigentlich passiert ist.»

Erklärte Martin Beck. Der Trostspender.

«Alle Umstände deuten darauf hin, dass er überrumpelt worden ist», ergänzte Rönn. «Wenn er hätte reagieren können, hätte er sicher versucht, sich zu verteidigen oder sich zu wehren, aber dafür gibt es keinerlei Anzeichen.»

Die Frau starrte jetzt Rönn an. «Aber warum?»

«Wir wissen es nicht», sagte er. Weiter nichts.

«Sie können uns vielleicht helfen, das herauszubekommen, Fru Nyman», begann Martin Beck erneut. «Wir wollen Sie nicht mehr als nötig belästigen, aber wir müssen Ihnen einige Fragen stellen. Vor allen Dingen: Haben Sie eine Ahnung, wer das getan haben könnte?»

Die Frau schüttelte hilflos den Kopf.

«Wissen Sie, ob Ihr Mann Drohbriefe erhalten hat? Oder ob es jemanden gibt, der Grund hat, ihn lieber tot als lebendig zu sehen? Jemand, der ihn bedrohte?»

Sie schüttelte immer noch den Kopf. «Nein. Warum sollte ihn denn jemand bedrohen?»

«Jemand, der ihn gehasst hat?»

«Warum sollte ihn jemand gehasst haben?»

«Denken Sie mal nach», fuhr Martin Beck fort. «Gibt es keinen, der sich von ihm schlecht behandelt fühlte? Er war Polizeibeamter, und es gehört zu unserem Beruf, dass man sich Feinde schafft. Hat Ihr Mann niemals erzählt, dass jemand sich an ihm rächen wollte oder ihn bedroht hat?»

Die Witwe blickte verwirrt erst auf ihren Sohn, dann auf Rönn und dann wieder auf Martin Beck. «Nicht dass ich wüsste. Und wenn er so was gesagt hätte, würde ich mich sicher daran erinnern.»

«Papa hat zu Hause nie viel von seiner Arbeit erzählt», mischte sich Stefan ein. «Nach solchen Sachen fragen Sie am besten auf der Wache.»

«Das werden wir natürlich auch tun», entgegnete Martin Beck. «Wie lange ist er denn krank gewesen?»

«Lange Zeit, genau weiß ich das gar nicht mehr.» Der Sohn blickte auf seine Mutter hinunter.

«Seit Juni letzten Jahres. Er wurde kurz vor Mittsommer krank, bekam furchtbare Magenschmerzen und ging gleich nach dem Feiertag zum Arzt. Der hielt es für ein Magengeschwür und schrieb ihn krank. Seitdem ist er die ganze Zeit krank gewesen. Er war bei verschiedenen Ärzten, jeder sagte etwas anderes und verschrieb ihm andere Medikamente. Vor drei Wochen ist er dann ins Krankenhaus gekommen, sie haben ihn immer wieder untersucht, aber nicht feststellen können, was er nun eigentlich hatte.»

Das Erzählen schien ihre Gedanken abzulenken und ihr zu helfen, den Schock zu unterdrücken.

«Papa hat geglaubt, dass es Krebs ist», ergänzte der Junge. «Aber die Ärzte haben gesagt, das wäre es nicht. Es ging ihm die ganze Zeit über sehr schlecht.»

«Was hat er während der letzten Monate getan? Hat er seit dem vorigen Sommer überhaupt nicht mehr gearbeitet?»

«Nein», bestätigte Fru Nyman. «Dazu war er zu krank. Er bekam Anfälle, die tagelang dauerten, dann musste er sich hinlegen. Medikamente haben kaum mehr geholfen. Im Herbst ist er hin und wieder runter zur Wache gegangen, um nach dem Rechten zu sehen, wie er sich ausdrückte, aber arbeiten konnte er nicht.»

«Und Sie können sich nicht erinnern, dass er etwas getan oder gesagt hat, was die Tat erklären könnte?», fragte Martin Beck.

Sie schüttelte den Kopf und fing mit trockenen Augen an zu schluchzen. Ihr Blick ging an Martin Beck vorbei, sie starrte mit leeren Augen vor sich hin.

«Hast du Geschwister?», fragte Rönn den Jungen.

«Ja. Eine Schwester. Sie ist verheiratet und wohnt in Malmö.»

Rönn sah Martin Beck fragend an. Der drehte nachdenklich eine Zigarette zwischen den Fingern und musterte das Paar ihm gegenüber.

«Wir wollen jetzt gehen», sagte er zu dem Jungen. «Ich glaube, du bist alt genug und kannst deiner Mutter behilflich sein. Aber es wäre wohl gut, wenn ihr einen Arzt ruft, der dafür sorgt, dass sie eine Weile schläft. Kennst du einen Arzt, den du um diese Zeit anrufen kannst?»

Der Junge stand auf und nickte. «Dr. Blomberg. Der kommt immer zu uns, wenn einer krank ist.»

Er ging hinaus in die Diele und sie hörten, wie er eine Nummer wählte und sich nach kurzer Zeit meldete. Das Gespräch war schnell beendet, er kam zurück und stellte sich neben seine Mutter. Jetzt sah er etwas erwachsener aus als vorhin, als er unten an der Tür auf sie gewartet hatte.

«Er kommt», sagte der Junge. «Sie brauchen nicht zu warten. Es dauert nicht lange.»

Sie standen auf, und Rönn trat vor und legte die Hand auf

die Schulter der Frau. Sie bewegte sich nicht, und als sie sich verabschiedeten, antwortete sie nicht.

Der Junge begleitete sie ins Treppenhaus.

«Wir müssen vielleicht nochmal wiederkommen», sagte Martin Beck zu ihm. «Wir rufen dann vorher an und fragen, wie es deiner Mutter geht.»

Als sie auf die Straße traten, fragte er:

«Du hast doch Nyman gekannt?»

«Nicht besonders gut», antwortete Rönn ausweichend.

9

Der blau-weiße Schein eines Blitzlichts beleuchtete für einen Augenblick die schmutzig gelbe Fassade des Krankenhausgebäudes, als Martin Beck und Rönn zum Tatort zurückkehrten. Inzwischen waren noch ein paar Autos gekommen und standen mit eingeschalteten Scheinwerfern auf dem Wendeplatz vor dem Eingang.

«Unser Fotograf ist offenbar schon da», bemerkte Rönn.

Als sie aus dem Wagen stiegen, kam der Fotograf ihnen entgegen. Er hatte keine Bereitschaftstasche, sondern hatte die Kamera und das Blitzgerät umgehängt und seine Manteltaschen waren mit Filmrollen, Blitzlichtbirnen und verschiedenen Objektiven voll gestopft. Martin Beck kannte ihn von früheren Gelegenheiten.

«Nein», entgegnete er. «Es sieht so aus, als ob die Presse es schneller geschafft hat.»

Der Fotograf, der für eine der Abendzeitungen arbeitete, grüßte und machte eine Aufnahme, als sie auf die Tür zugingen. Vor den Treppenstufen stand ein Reporter der gleichen Zeitung und versuchte, mit einem Polizisten ins Gespräch zu kommen. Als er Martin Beck erkannte, sprach er ihn an:

«Guten Morgen, Herr Kommissar, darf man mit hineinkommen?»

Martin Beck schüttelte den Kopf und stieg die Stufen hinauf, mit Rönn im Schlepptau.

«Aber ein paar Einzelheiten kann ich doch wohl bekommen?»

«Später», knurrte Martin Beck und hielt die Tür für Rönn auf, ehe er sie vor der Nase des Reporters, der eine Grimasse schnitt, zuschlagen ließ.

Der Polizeifotograf war auch eingetroffen und stand mit seiner Kameratasche vor dem Zimmer des Toten. Weiter hinten im Flur standen der Arzt mit dem unaussprechlichen Namen und ein Beamter in Zivil vom fünften Dezernat. Rönn ging mit dem Fotografen in das Krankenzimmer, um ihm seine Anweisungen zu geben. Martin Beck begab sich zu den beiden Männern.

«Wie sieht es aus?», fragte er.

Die immer gleiche alte Frage.

Der Kollege, sein Name war Hansson, kratzte sich im Nacken und antwortete: «Wir haben mit den meisten Patienten auf diesem Korridor gesprochen, aber keiner hat was gesehen oder gehört. Ich wollte gerade Doktor … ja, mit dem Doktor hier sprechen, wann wir uns die Übrigen vornehmen können.»

«Habt ihr mit denen in den angrenzenden Zimmern gesprochen?»

«Ja», bestätigte Hansson. «Wir sind in sämtlichen Sälen gewesen. Keiner hat was bemerkt, aber die Wände sind ja auch dick in so einem alten Haus.»

«Mit den Übrigen könnt ihr bis zum Frühstück warten», wies Martin Beck ihn an.

Der Arzt sagte nichts. Er verstand offenbar kein Schwedisch; nach einer Weile zeigte er auf das Schwesternzimmer und sagte: «*Have to go.*»

Hansson nickte, und der schwarz Gelockte lief mit klappernden Holzschuhen eilig davon.

«Hast du Nyman gekannt?», fragte Martin Beck.

«Gekannt wäre zu viel gesagt. Ich hab nie auf seinem Revier gearbeitet, aber wir haben uns natürlich öfters getroffen. Er war ja schon seit langer Zeit dabei gewesen. War schon Kommissar, als ich vor zwölf Jahren anfing.»

«Weißt du von jemand, der ihn näher gekannt hat?»

«Da würde ich mal die Brüder von der Klara-Wache fragen. Da hat er ja gesessen, bevor er krank wurde.»

Martin Beck nickte und sah auf die elektrische Uhr, die über der Tür zum Spülraum hing. Es war Viertel vor fünf.

«Ich glaub, ich werd mal hinfahren. Hier kann ich im Moment doch nicht viel tun.»

«Fahr ruhig. Ich sag Rönn Bescheid, wo du zu erreichen bist.»

Martin Beck holte tief Luft, als er hinaus auf die Treppe trat. Die kühle Nachtluft war frisch und rein. Der Reporter und der Fotograf waren nicht zu sehen, nur der Polizist stand auf seinem Platz vor den Stufen.

Martin Beck nickte ihm zu und machte sich auf den Weg zum Hauptausgang.

Im letzten Jahrzehnt hatte Stockholms Innenstadt eine gewaltige und umfassende Veränderung durchmachen müssen. Ganze Straßenzüge waren dem Erdboden gleichgemacht und neu aufgebaut worden. Die Struktur der Stadt war verändert worden, der Verkehr dominierte mehr und mehr und bei der Planung und neuen Bebauung wurde keine Rücksicht auf eine menschenfreundliche Umwelt genommen, wichtig war allein die Absicht der Eigentümer, den teuren Grund und Boden bis zum letzten Quadratzentimeter auszunutzen. Im eigentlichen Stadtkern hatte man sich nicht damit zufrieden gegeben, die Bebauung zu neunzig Prozent abzureißen und das ursprüngliche Straßennetz völlig zu beseitigen, sondern man hatte auch die natürliche Topographie vergewaltigt.

Stockholms Einwohner sahen mit Sorge und Verbitterung, wie durchaus bewohnbare und nicht zu ersetzende ältere Mietshäuser abgebrochen wurden und sterilen Bürogebäuden Platz machen mussten. Sie waren machtlos und mussten sich in abgelegene Schlafstädte deportieren lassen, während die natürlich gewachsenen Wohnviertel, in denen sie gelebt und gearbeitet hatten, in Ruinen verwandelt wurden. Die Innenstadt wurde zu einer nicht überschaubaren, lärmerfüllten Baustelle, aus der sich langsam, aber unaufhaltsam die neue City erhob, mit ohrenbetäubend lauten Durchgangsstraßen, blitzenden Fassaden aus Glas und Leichtmetall, toten Flächen glatten Betons, kalt und unpersönlich.

Bei dieser Sanierungsschlacht hatte man die Polizeiwachen dieser Gegend offenbar vergessen; alle Wachlokale der Innenstadtreviere sahen veraltet und verschlissen aus, und da das Personal im Laufe der Jahre mehrmals verstärkt worden war, war es beinahe überall zu eng geworden. Im vierten Distrikt, wohin Martin Beck jetzt fuhr, war der Mangel an Platz eines der wichtigsten Probleme.

Als er bei Regeringsgatan vor der Klara-Wache aus dem Taxi stieg, begann es hell zu werden. Die Sonne würde bald aufgehen, der Himmel war immer noch wolkenlos, und es sah nach einem schönen, wenn auch ziemlich kalten Tag aus.

Er ging die kurze Steintreppe hinauf und stieß die Tür auf. Rechts von der Tür war die Telefonzentrale, die zu dieser Zeit nicht besetzt war, und daneben ein Tisch, hinter dem ein älterer grauhaariger Polizist saß. Er hatte eine Morgenzeitung vor sich ausgebreitet und stützte beim Lesen die Ellbogen auf die Tischplatte. Als Martin Beck eintrat, richtete er sich auf und nahm die Brille ab.

«Ist das wirklich Kommissar Beck, der uns so früh am Morgen schon beehrt?», fragte er. «Ich sehe gerade nach, ob die Morgenzeitungen schon was über Kommissar Nyman bringen. Das scheint ja ’ne ganz abscheuliche Geschichte zu sein.» Er setzte die Brille wieder auf, leckte am Daumen und blätterte weiter. «Haben scheint’s noch nichts drin», fuhr er fort.

«Nein», bestätigte Martin Beck. «Das konnten sie auch nicht schaffen.»

Die Stockholmer Morgenzeitungen gingen bereits nachts in Druck; als Nyman ermordet wurde, hatten sie aller Wahrscheinlichkeit nach bereits fertig vorgelegen.

Er ging am Tisch vorbei und in den Aufenthaltsraum. Er war leer. Auf dem Tisch sah er die Morgenzeitungen, einige überfüllte Aschenbecher und ein paar leere Trinkbecher. Durch die Glasscheibe sah er in einem der Vernehmungsräume den Wachhabenden Ersten Polizeiassistenten sitzen. Er sprach mit einer jungen Frau mit langen blonden Haaren. Als er Martin Beck hereinkommen sah, stand er auf, sagte etwas zu der Frau, kam aus dem Glaskäfig heraus und schloss die Tür hinter sich.

«Hej. Suchst du mich?»

Martin Beck setzte sich an das Kopfende des Tischs, zog einen Aschenbecher heran und steckte sich eine Zigarette an. «Ich suche niemand Bestimmtes. Aber hast du ’n bisschen Zeit für mich?»

«Kannst du ’n Augenblick warten? Ich muss die Dame da drin eben an die Kriminalpolizei weiterreichen.»

Er verschwand und kam nach einigen Minuten mit einem Streifenbeamten wieder, nahm einen Umschlag vom Schreibtisch und gab ihn dem Polizisten. Die Frau stand auf, hängte ihre Tasche über die Schulter und ging mit schnellen Schritten auf die Tür zum Hof zu. Ohne sich umzudrehen, sagte sie:

«Komm schon, Knirps, lass uns losfahren!»

Der junge Polizist sah den Wachhabenden an, der lässig die Achseln zuckte. Dann setzte er sein Schiffchen auf und folgte ihr nach draußen.

«Die kennt sich hier aus», bemerkte Martin Beck.

«Ja, war nicht das erste Mal. Und wird nicht das letzte sein.» Er setzte sich an den Tisch und begann seine Pfeife auszukratzen. «Scheußlich, diese Sache mit Nyman», bemerkte er. «Wie ist es eigentlich passiert?»

Martin Beck erzählte in groben Zügen den Hergang.

«Schrecklich», bestätigte der andere. «Der Täter muss vollkommen verrückt sein. Aber warum gerade Nyman?»

«Du hast Nyman doch gekannt?»

«Nicht besonders gut. Er war nicht der Typ, mit dem man schnell bekannt wird.»

«Er hatte hier Spezialaufgaben. Wann ist er zum Vierten versetzt worden?»

«Das müssen jetzt drei Jahre her sein … ja, richtig, im Februar 1968.»

«Was war er für ein Mensch?», fragte Martin Beck.

Der andere hatte seine Pfeife gestopft und steckte sie an, bevor er antwortete: «Ich weiß nicht recht, wie ich ihn beschreiben soll. Du hast ihn auch gekannt, möchte ich annehmen. Ehrgeizig, könnte man sagen, dickköpfig, nicht besonders humorvoll. Ziemlich konservative Ansichten. Die jüngeren Kollegen hatten alle 'n bisschen Schiss vor ihm, obwohl sie kaum mit ihm zu tun hatten. Konnte manchmal recht barsch werden. Aber ich kannte ihn, wie gesagt, kaum.»

«Hatte er spezielle Freunde im Polizeikorps?»

«Hier jedenfalls nicht. Unser Kommissar hat sich, glaub ich, nicht allzu gut mit ihm verstanden. Wie er sonst war, weiß ich nicht.» Der Mann streifte Martin Beck mit einem seltsamen Blick. Eine vorsichtige Frage stand darin, ein Suchen nach Zustimmung. «Tja …», begann er zögernd.

«Was ist?»

«Auf Kungsholmen hatte er wohl ein paar gute Freunde, nich?»

Martin Beck antwortete mit einer Gegenfrage. «Und wie war es mit Feinden?»

«Weiß ich nicht. Vermutlich hatte er welche, aber nicht hier und keine, die …»

«Weißt du, ob er von jemandem bedroht wurde?»

«Nein. So was hätte er mir auch nicht anvertraut. Im Übrigen …»

«Ja, was denn?»

«Im Übrigen war Nyman kein Mensch, der sich einschüchtern ließ.»

Das Telefon klingelte hinter der Glasscheibe, und der Diensthabende ging hinein und nahm den Hörer ab. Martin Beck stellte sich ans Fenster und steckte die Hände in die Hosentaschen. Im Wachlokal war es ruhig. Man hörte nur die Stimme des Mannes am Telefon und das Husten des alten Polizeibeamten an der Telefonvermittlung. In der Arrestabteilung eine Treppe tiefer war es wahrscheinlich weniger friedlich.

Martin Beck merkte plötzlich, wie müde er war, die Augen brannten, weil er zu wenig geschlafen hatte, und der Hals schmerzte vom Rauch zu vieler Zigaretten.

Das Telefonat schien länger zu dauern. Martin Beck gähnte und blätterte in der Zeitung, las die Überschriften und den einen oder anderen Bildtext, ohne ihn in sich aufzunehmen. Schließlich faltete er das Blatt zusammen, ging hinüber, klopfte an die Scheibe, und als der Mann am Telefon aufblickte, machte er ihm ein Zeichen, dass er gehen wollte. Der andere winkte und sprach weiter ins Telefon.

Martin Beck steckte sich eine neue Zigarette an, und dabei fiel ihm plötzlich ein, dass dies schon die fünfzigste war, die er seit der ersten Morgenzigarette vor beinahe 24 Stunden geraucht hatte.

10

Wenn man unbedingt im Zuchthaus landen will, muss man einen Polizisten umlegen.

Dieses Rezept gilt in den meisten Ländern, und Schweden macht da keine Ausnahme. Unaufgeklärte Morde gibt es genügend in der schwedischen Kriminalgeschichte, aber ein Mord an einem Polizeibeamten ist nicht darunter.

Stößt einem Mitglied der eigenen Zunft etwas zu, ist plötzlich die gesamte Polizei einsatzbereit. Alles Gerede von Personalknappheit und fehlendem modernem Material ist wie weggeblasen, und auf einmal werden mehrere hundert Mann mobilisiert, wo sich sonst nur drei oder vier Beamte an die Arbeit machen.

Wer einen Polizisten angreift, wird immer erwischt. Nicht weil man mit der Unterstützung der Öffentlichkeit rechnen kann, wie das zum Beispiel in England oder in den sozialistischen Staaten der Fall ist, sondern weil die Privatarmee von Rikspolischefen plötzlich weiß, was sie will, und außerdem mit Freude an die Arbeit geht.

Martin Beck stand auf Regeringsgatan und genoss die frische Luft dieses frühen Morgens.

Er war nicht bewaffnet, dafür trug er in der Innentasche seines Jacketts ein vervielfältigtes Rundschreiben der Rikspolis-Behörde bei sich. Das hatte am Vortag auf seinem Schreibtisch gelegen und war die Abschrift einer ganz neuen soziologischen Untersuchung.

Die Soziologen standen in sehr schlechtem Ruf bei der Polizei, besonders seit sie sich in den letzten Jahren immer häufiger mit der Haltung und den Plänen der Polizei beschäftigten, und alle ihre Veröffentlichungen wurden höheren Orts mit großem Misstrauen beobachtet. Vielleicht hatte man dort das Gefühl, dass man auf die Dauer nicht die Behauptung aufrechterhalten könnte, dass alle, die sich mit Soziologie beschäftigten, verkappte Kommunisten und nur darauf versessen seien, den Umsturz vorzubereiten.

Den Soziologen war beinahe alles zuzutrauen, darauf hatte zum Beispiel Intendent Malm vor gar nicht langer Zeit in einem seiner häufigen Ausbrüche entrüstet hingewiesen. Malm war sozusagen der Chef, unter anderem von Martin Beck.

Vielleicht hatte Malm Recht. Die Soziologen kamen auf die unmöglichsten Dinge. Sie wiesen zum Beispiel auf die Tatsache hin, dass heutzutage ein Zeugnis mit Noten unter dem Durchschnitt ausreichte, um an der Polizeischule aufgenommen zu werden. Und dass der Intelligenzquotient der Streife fahrenden Beamten in Stockholm auf 93 gesunken war.

«Alles Verleumdung!», hatte Malm gerufen. «Und außerdem stimmt es gar nicht. Der IQ bei uns ist auch nicht niedriger als in New York!»

Er war gerade zu einem Studienbesuch in den Staaten gewesen.

Die Untersuchung in Martin Becks Tasche wies auf neue interessante Fakten hin. Dort wurde festgestellt, dass der Polizeiberuf nicht riskanter war als jede andere normale Arbeit. Ganz im Gegenteil, bei den meisten anderen Berufsgruppen war das

Risiko erheblich größer. Bau- und Waldarbeiter lebten viel gefährlicher, gar nicht zu reden von den Hafenarbeitern, Kraftfahrern und Hausfrauen.

Aber war es nicht immer die allgemeine Auffassung gewesen, dass der Job der Polizisten gefährlicher war, härter und schlechter bezahlt als alle anderen? Die Antwort war schmerzlich einfach. Ja. Denn keine andere Berufsgruppe war so auf ihre Rolle festgelegt und dramatisierte ihre alltäglichen Aufgaben in so hohem Grade wie eben die Polizei.

Alles war durch Zahlen belegt. Die Anzahl der verletzten Polizeibeamten war verschwindend klein, verglichen mit der Anzahl von Personen, die im Laufe eines Jahres von der Polizei misshandelt worden waren. Und so weiter.

Das galt im Übrigen nicht nur für Stockholm. In New York wurden beispielsweise im Durchschnitt sieben Polizisten im Jahr getötet, dagegen erwischte es zwei Taxifahrer im Monat, eine Hausfrau pro Woche und täglich einen Arbeitslosen.

Diesen verhassten Soziologen war nichts heilig. Einem schwedischen Team war es sogar gelungen, den Bobby-Mythos zu torpedieren und ihn ins richtige Verhältnis zu rücken, nämlich auf die Tatsache hinzuweisen, dass englische Polizisten nicht bewaffnet sind und deswegen Gewalt nicht in solchem Maße provozieren wie die Polizei in bestimmten anderen Ländern. Sogar in Dänemark hatten die Verantwortlichen dies begriffen; seitdem wurde die dänische Polizei nur im Ausnahmefall mit Schusswaffen ausgerüstet.

Aber so weit war man in Stockholm noch nicht.

Als Martin Beck an Nymans Leiche gestanden hatte, war ihm dieser Untersuchungsbericht plötzlich eingefallen.

Und jetzt dachte er wieder daran. Er verstand, dass die Schlüsse, die in dem Schriftstück gezogen wurden, richtig waren, aber gleichzeitig und völlig im Widerspruch dazu ahnte er, dass es einen Zusammenhang gab zwischen dieser Erkenntnis und dem Mord, an dessen Aufklärung er seit einigen Stunden arbeitete.

Polizeibeamter zu sein ist ungefährlich, dagegen ist die Polizei selbst gefährlich, und er hatte sich gerade einen abgeschlachteten Polizisten angesehen.

Ganz plötzlich zuckte es in seinen Mundwinkeln, und für einen Moment sah es so aus, als ob er sich auf die Treppe, die von Regeringsgatan hinunter zu Kungsgatan führt, setzen und über das Groteske in lautes Gelächter ausbrechen würde.

Mit der gleichen sonderbaren Klarheit kam ihm unvermittelt der Gedanke, dass es ratsam sei, nach Hause zu fahren und seine Pistole zu holen.

Es war über ein Jahr her, dass er sie überhaupt angesehen hatte.

Ein freies Taxi kam aus Richtung Stureplan.

Martin Beck streckte die Hand aus und winkte es heran.

Der Wagen war ein gelber Volvo mit einem schwarzen Streifen an jeder Seite. Solche gab es erst seit kurzer Zeit, und damit wurde die alte Regel durchbrochen, dass Mietwagen in Stockholm grundsätzlich schwarz sein müssen. Er setzte sich neben den Fahrer und nannte das Ziel:

«Köpmangatan 8.»

Im selben Moment erkannte er den Chauffeur. Es war einer jener Polizisten, die ihr Gehalt aufbessern, indem sie in ihrer Freizeit als Taxifahrer tätig sind. Dass er diesen Mann wieder erkannte, war reiner Zufall. Einige Tage vorher hatte er vor dem Hauptbahnhof gestanden und beobachtet, wie einige ganz besonders ungeschickte Polizeibeamte einen zu Anfang durchaus friedlichen jugendlichen Betrunkenen bis zur Weißglut gereizt und dann selber die Beherrschung verloren hatten. Der Mann am Lenkrad war einer davon gewesen.

Er war etwa 25 Jahre alt und ungewöhnlich gesprächig.

Wahrscheinlich war er von Natur aus redselig, und weil er bei seiner eigentlichen Arbeit nur hin und wieder eine grimmige Bemerkung oder eine Zurechtweisung von sich geben durfte, unterhielt er sich im Taxi umso lieber.

Ein kombiniertes Straßenkehr- und -waschauto hielt sie kurze Zeit auf. Der Freizeitchauffeur sah sich kopfschüttelnd ein Plakat für Richard Attenboroughs *10 Rillington Place* an und sagte in undefinierbarem Dialekt:

«Zehn Rollington Plaze. So was kuckt sich das Volk nu an. Nix wie Mord und Totschlag und bekloppte Leute. Find ich ekelhaft.»

Martin Beck nickte. Der Mann, der ihn offenbar nicht wieder erkannte, fasste das als Aufmunterung auf und redete ungezwungen weiter.

«Natürlich sind's immer die Ausländer, die alles so was machen.»

Martin Beck schwieg.

«Aber eins will ich ma sagen, man soll sich hüten un alle Gastarbeiter über ein Kamm scheren. Der, der diesen Schlitten sonst fährt, is zum Beispiel von Portugal.»

«Aha.»

«Ja, und einen anständigeren Kumpel kann man sich nich vorstellen. Der arbeitet und arbeitet und arbeitet und steht nich aufm Bahnhof rum. Un fahren kann der. Und wissense warum?»

Martin Beck schüttelte den Kopf.

«Der war in Afrika Panzerfahrer, vier Jahre lang. Da unten führt Portugal nämlich 'n Befreiungskrieg, Angola heißt das, wo der wa. Die müssen da schwer für ihre Freiheit kämpfen, die Portugiesen, da hört man hier gar nichts von. Der Mann, den ich da kenne, der hat in den vier Jahren Hunderte von Bolschewiken umgelegt. Und bei dem sieht man wirklich mal, wie nützlich das ist mit Armee und Disziplin und so. Der macht genau, was man ihm sagen tut, und verdient mehr als alle, die ich so kenne. Und wenn der mal 'n besoffenen Finnen in sein Wagen kriegt, da sieht der aber zu, dassa 'n ordentliches Trinkgeld kriegt. Die sollen ruhig bluten, leben ja doch nur vonna Fürsorge.»

Als er so weit gekommen war, hielt das Auto vor dem Haus, in dem Martin Beck wohnte. Er bat den Taxifahrer, auf ihn zu warten, schloss die Tür auf und fuhr nach oben in seine Wohnung.

Die Pistole war eine 7,65 Millimeter Walther und lag an ihrem Platz in einer verschlossenen Schublade des Schreibtischs. Auch die Magazine lagen dort, wo sie hingehörten, in einem anderen verschlossenen Fach im zweiten Zimmer. Er schob eines in die Pistole und stopfte das andere in die rechte Tasche des Jacketts. Dagegen musste er fünf Minuten suchen, ehe er sein Schulterhalfter schließlich in einem unordentlichen Haufen alter Schlipse und abgetragener Pullover in einem Fach im Kleiderschrank fand.

Unten auf der Straße stand der geschwätzige Fahrer an seinen Wagen gelehnt und summte fröhlich vor sich hin. Hilfsbereit hielt er die Tür auf, setzte sich hinters Lenkrad und hatte schon den Mund geöffnet, um seinen Faden wieder aufzugreifen, als Martin Beck ihm zuvorkam:

«Kungsholmsgatan 37, bitte.»

«Aber das ist ja ...»

«Die Kriminalpolizei, richtig. Fahren Sie bitte über Skeppsbron.»

Dem Chauffeur stieg die Schamröte ins Gesicht, und auf dem ganzen Weg gab er keinen Ton mehr von sich.

Und dafür konnte man ihm dankbar sein, fand Martin Beck. Trotz alldem liebte er diese Stadt, und gerade an dieser Stelle und um diese Tageszeit war sie vielleicht am schönsten. Die Morgensonne schien auf Strömmen, die Verbindung zwischen Mälarsee und Ostsee, die glänzende Wasserfläche lag ruhig da und verriet nichts von dem widerlichen Schmutz, der sich leider darunter verbarg. In seiner Jugend, ja auch noch viel später, hatte man hier baden können.

Ziemlich weit draußen am Kai von Stadsgården lag ein alter Frachtdampfer mit hohem, geradem Schornstein und einer schwarz lackierten Spiere auf dem Hauptmast. So etwas sah man heutzutage sehr selten. Eine frühe Fähre nach Djurgården überquerte das Wasser und schob eine kleine Bugwelle vor sich her. Er bemerkte, dass der Schornstein ganz schwarz war und man den Namen mit weißer Farbe überstrichen hatte. Aber er erkannte das Boot trotzdem. Djurgården 5.

Vor dem Polizeigebäude fragte der Taxifahrer mit halberstickter Stimme: «Brauchen Sie eine Quittung?»

«Ja, bitte.»

Martin Beck ging hinauf in die Räume seiner Abteilung, blätterte einige Papiere durch, telefonierte ein paar Mal und setzte sich schließlich an seinen Schreibtisch.

Nach einer Stunde lag eine kurz gefasste und ziemlich oberflächliche Beschreibung des Werdegangs eines Menschen vor ihm. Die fing so an:

Stig Oscar Emil Nyman.

Geboren: 6. November 1911 in Säffle.

Eltern: Flößereivorarbeiter Oscar Abraham Nyman und Karin Maria Nyman, geborene Rutgersson.

Schulbildung: Vier Jahre Volksschule in Säffle, fünf Jahre Realschule in Åmål.

Berufssoldat bei der Infanterie ab 1928, *Unteroffiziersanwärter 1930, Unteroffizier 1931, Feldwebel 1933.*

Danach trat Stig Oscar Emil Nyman in den Polizeidienst. Begann als Dorfpolizist in Värmland, dann einfacher Konstapel in Stockholm. Das war während der Wirtschaftskrise in den dreißiger Jahren. Die beim Militär erworbenen Kenntnisse wurden ihm angerechnet, und dadurch wurde er schnell befördert.

Zu Beginn des Zweiten Weltkriegs war er wieder eingezogen worden, wurde befördert und bekam verschiedene nicht näher beschriebene Spezialaufgaben. In den letzten Kriegsjahren war er nach Karlsborg kommandiert worden, kam aber 1946 zur Reservearmee und tauchte ein Jahr später wieder im Personalverzeichnis der Stockholmer Polizei auf, jetzt als Oberkonstapel.

Als Martin Beck im Jahre 1949 die Kurse für den gehobenen Dienst auf der Polizeischule absolvierte, war Nyman schon stellvertretender Kommissar und einige Jahre später erhielt er seinen ersten eigenen Distrikt.

Als Kommissar hatte Nyman den verschiedenen Revieren in der Innenstadt unterschiedlich lange vorgestanden. Eine Zeit lang hatte er im alten Polizeihauptquartier in Agnegatan gesessen, auch dort mit Spezialaufgaben betraut.

Während des größten Teils seiner Dienstzeit hatte er die Uniform getragen, gehörte aber trotzdem zu jenen Beamten, die bei der obersten Leitung in gutem Ansehen standen.

Es lag nur an misslichen Umständen, dass er nicht weiter befördert und Chef der gesamten Kommunalen Ordnungspolizei geworden war.

Welchen Umständen?

Martin Beck wusste die Antwort auf diese Frage.

Gegen Ende der fünfziger Jahre war das Stockholmer Polizeikorps in Bewegung geraten. Neue Männer waren an die Spitze getreten, und es wehte ein frischer Wind. Militärisches Denken war nicht mehr so gefragt wie früher, und reaktionäre Vorstellungen wurden nicht mehr selbstverständlich als Verdienst angerechnet. Diese Veränderungen hatten sich in gewisser Weise auch bis in die Reviere ausgewirkt, Beförderungen wurden nicht mehr wahllos ausgesprochen, und bestimmte

Erscheinungen, darunter der Kasernenhofton bei der Schutzpolizei, waren von den Wogen des Demokratisierungsprozesses hinweggespült worden. Nyman war einer der vielen Altgedienten, die mit ansehen mussten, wie die Brücken vor ihnen abgebrochen wurden.

Die erste Hälfte der sechziger Jahre war eine hoffnungsvolle Periode in der Geschichte der Stockholmer Polizei gewesen, dachte Martin Beck. Es hatte ausgesehen, als würde alles sich zum Besseren entwickeln, die Vernunft war auf dem besten Weg, Starrheit und Kameraderie abzulösen, die Qualität des Nachwuchses war erfreulich gut und sogar das Verhältnis zur Bevölkerung schien sich zu verbessern. Aber der positive Trend hörte mit der Verstaatlichung 1965 auf. Seitdem waren alle guten Hoffnungen begraben und die guten Vorsätze vergessen worden.

Für Nyman war diese Wendung allerdings zu spät gekommen. Es war nun beinahe sieben Jahre her, dass er zum letzten Mal Chef einer Revierwache gewesen war.

In späteren Jahren hatte er sich mit den Plänen für den zivilen Bevölkerungsschutz und ähnlichen Dingen beschäftigt.

Aber seinen guten Ruf als Experte für Ordnungsfragen hatte niemand ihm nehmen können, und als Spezialist wurde er in Zusammenhang mit den zahlreichen großen Demonstrationen gegen Ende der sechziger Jahre häufig zu Rate gezogen.

Martin Beck kratzte sich im Genick und las den Schluss seiner dürftigen Notizen durch:

Verheiratet seit 1945, zwei Kinder, die Tochter Annelotte geboren 1949 und der Sohn Stefan geboren 1956.

Frührentner wegen Krankheit 1970.

Er nahm seinen Kugelschreiber und fügte hinzu:

Gestorben in Stockholm am 3. April 1971.

Las sich alles noch einmal durch. Sah auf die Uhr. Zehn Minuten vor sieben.

Er überlegte, wie weit Rönn inzwischen gekommen sein mochte.

11

Die Stadt erwachte, gähnte und reckte sich.

Das Gleiche tat Gunvald Larsson. Wachte auf, gähnte und rekelte sich. Dann griff er mit seiner großen, stark behaarten Hand nach dem elektrischen Wecker, schlug die Bettdecke zur Seite und schwang seine langen, kräftigen Beine aus dem Bett.

Er zog sich den Morgenrock und die Pantoffeln an und ging zum Fenster, um nach dem Wetter zu sehen. Beständig, leicht bedeckter Himmel und drei Grad über null. Der Vorort, in dem er wohnte, hieß Bollmora und bestand aus einigen Hochhäusern, die man mitten in ein Waldstück hineingebaut hatte.

Dann blickte er in den Spiegel und sah einen ungewöhnlich langen blonden Mann vor sich, immer noch eins zweiundneunzig groß, aber seit einiger Zeit 105 Kilo schwer. Jedes Jahr legte er einige Kilo zu, und jetzt waren es nicht nur Muskeln, die sich unter dem weißen Seidenstoff wölbten. Aber er war gut in Form und fühlte sich kräftiger als je zuvor, und das wollte bei diesem Mann etwas heißen. Er starrte einige Sekunden in seine eigenen porzellanblauen Augen und legte die Stirn in Falten. Strich mit der Hand das blonde Haar zurück, zog die Lippen auseinander und betrachtete seine großen, kräftigen Zähne.

Nachdem er die Morgenzeitung aus dem Briefkasten geholt hatte, trat er in die Küche, um sein Frühstück herzurichten. Er kochte Tee, Twinings Irish Breakfast, röstete Brot und kochte sich zwei Eier, stellte Butter, Cheddarkäse und drei verschiedene Sorten schottischer Marmelade auf den Tisch.

Während er aß, blätterte er die Zeitung durch.

Schweden hatte im Kampf um die Weltmeisterschaft im Eishockey schlecht abgeschnitten, und jetzt unterstrichen auch noch Trainer und Spieler ihren Mangel an Sportsgeist, indem sie sich in aller Öffentlichkeit gegenseitig beschuldigten. Auch bei der Fernsehanstalt gab es Reibereien, die zentrale Monopolführung unternahm offenbar alles, um die Nachrichten und aktuellen Programme in den verschiedenen Kanälen in festem Griff zu behalten.

Zensur, dachte Gunvald Larsson. Mit Samthandschuhen. Typisch für das kapitalistische Vormundschaftsdenken.

Die wichtigste Nachricht war aber, dass die Leser die Möglichkeit bekamen, Namen für drei junge Bären im Volkspark Skansen vorzuschlagen. An wenig beachteter Stelle wurde resigniert festgestellt, dass Untersuchungen in der Armee ergeben hatten, dass die körperliche Verfassung der Reservisten, die älter als vierzig Jahre waren, besser war als bei den achtzehnjährigen Rekruten. Und auf der Kulturseite, bei der man nicht mit unbefugten Lesern zu rechnen brauchte, stand ein Artikel über Rhodesien.

Den las er durch, während er seinen Tee trank und die Eier und sechs Scheiben Brot verzehrte.

Gunvald Larsson war nie in Rhodesien gewesen, aber viele Male in Südafrika, Sierra Leone, Angola und Moçambique. Er war zur See gefahren und hatte sich bereits damals eine feste Meinung gebildet.

Er beendete seine Mahlzeit, wusch ab und warf die Zeitung in den Mülleimer. Da es Sonnabend war, wechselte er die Bettwäsche, bevor er das Bett zurechtmachte. Dann wählte er mit großer Sorgfalt die Kleidungsstücke aus, die er an diesem Tag anziehen wollte, und legte sie ordentlich auf das Bett. Zog sich aus und stellte sich unter die Dusche.

Seine Junggesellenwohnung zeugte von gutem Geschmack und ausgeprägtem Sinn für Qualität. Möbel, Teppiche, Gardinen, alle Gegenstände, von den weißen italienischen Lederpantoffeln angefangen bis zum frei stehenden Farbfernseher der Marke Nordmende, waren erstklassig.

Gunvald Larsson war Erster Kriminalassistent beim Dezernat für Gewaltverbrechen der Stockholmer Polizei, und eine weitere Beförderung hatte er kaum zu erwarten. Eigentlich war es sogar verwunderlich, dass er nicht schon geflogen war. Seine Kollegen empfanden ihn als Außenseiter und mochten ihn nicht. Er selbst verabscheute nicht nur seine Arbeitskollegen, sondern auch seine eigene Familie und das Milieu der besseren Kreise, in dem er aufgewachsen war. Seine Geschwister lehnten ihn ab. Zum Teil wegen seiner für sie absurden Ansichten, vor allen Dingen aber, weil er bei der Polizei war.

Beim Duschen überlegte er, ob er wohl heute sterben müsste. Das war keine böse Vorahnung. Er hatte jeden Morgen daran gedacht, seit er acht Jahre alt gewesen war und sich die Zähne geputzt hatte, bevor er sich widerwillig auf den Weg zur Broms-Schule in Sturegatan machte.

Lennart Kollberg lag in seinem Bett und träumte. Es war kein schöner Traum, er hatte schon häufiger das Gleiche geträumt, war dann stets schweißnass aufgewacht und hatte seine Frau gebeten:

«Nimm mich in die Arme, ich hatte einen furchtbaren Albtraum.»

Und Gun, die seit fünf Jahren seine Frau war, legte ihren Arm um ihn und sofort konnte er alles andere vergessen.

Im Traum stand seine Tochter Bodil im offenen Fenster, fünf Stockwerke über der Straße. Er versuchte zu ihr hinzulaufen, aber seine Beine versagten, und sie fiel hinaus, langsam wie im Zeitlupentempo, und schrie und streckte die Arme nach ihm aus, und er kämpfte, um zu ihr hinzukommen, aber seine Muskeln gehorchten ihm nicht, und sie fiel und fiel und schrie die ganze Zeit.

Er erwachte. Der Schrei aus dem Traum verwandelte sich in das scheppernde Rattern des Weckers, und als er die Augen öffnete, saß Bodil rittlings auf seinen Schienbeinen.

Sie las die *Katzenreise.* Da sie erst dreieinhalb Jahre alt war, konnte sie noch nicht lesen, aber Gun und er hatten ihr diese Geschichte so viele Male vorgelesen, dass sie sie auswendig konnte, und er hörte Bodil flüstern:

«Mit blauer Nase kommt ein Mann, hat seinen guten Anzug an.»

Er stellte den Wecker ab, und sie brach sofort ab und rief mit heller Stimme:

«Halloh!»

Kollberg wandte den Kopf und sah zu Gun hinüber. Die schlief noch, hatte die Decke bis zur Nase hochgezogen und das zerzauste dunkle Haar klebte ihr feucht an den Schläfen. Er legte den Finger auf die Lippen und sagte leise:

«Sei ruhig, weck Mama nicht auf. Und sitz nicht auf meinen Beinen, das tut weh. Komm her und leg dich hier hin.»

Er rückte zur Seite, sodass Bodil unter die Decke zwischen Gun und ihn kriechen konnte. Sie gab ihm das Buch und kuschelte sich an ihn mit dem Kopf in seiner Achselhöhle.

«Lies!», befahl sie.

Er legte das Buch zur Seite und antwortete: «Nein, jetzt nicht. Hast du die Zeitung geholt?»

Sie legte sich quer über seinen Bauch und angelte nach der Zeitung, die auf dem Fußboden vor dem Bett lag. Er stöhnte, hob Bodil hoch und legte sie wieder neben sich. Dann schlug er die Zeitung auf und fing an zu lesen. Als er bis zu den Auslandsnachrichten auf Seite 12 gekommen war, ließ Bodil sich vernehmen:

«Du, Papa?»

«Mm.»

«Joakim hat sich voll gemacht.»

«Mmm.»

«Er hat die Windel abgemacht und hat die Wand ganz voll geschmiert.»

Kollberg legte die Zeitung weg und stöhnte wieder, stand dann auf und ging ins Kinderzimmer. Joakim, der beinahe ein Jahr alt war, stand in seinem Kinderbett, beim Anblick seines Vaters ließ er die Stäbe los und setzte sich mit einem kleinen Plumps auf das Kissen. Bodil hatte nicht übertrieben, was die Ausschmückung der Wand hinter dem Bett betraf.

Kollberg klemmte sich seinen Jungen unter den Arm, nahm ihn mit ins Bad und spülte ihn mit der Handdusche ab. Dann wickelte er ihn in ein Badetuch, ging hinein und legte ihn neben Gun, die noch schlief.

Er spülte die Bettwäsche und den Schlafanzug aus, wischte das Bett und die Tapete ab, nahm eine neue Zellstoffeinlage und ein Windelhöschen, während Bodil die ganze Zeit um ihn herumtanzte. Sie war sehr erleichtert, dass sein Unwille diesmal ausnahmsweise Joakim und nicht ihr galt, und lamentierte die ganze Zeit über das, was ihr Bruder angerichtet hatte. Als Kollberg fertig war, war die Uhr halb acht, und es hatte keinen Zweck mehr, sich wieder hinzulegen.

Als er ins Schlafzimmer kam, wurde seine Laune sofort wieder besser. Gun war aufgewacht und spielte im Bett mit Joakim. Sie hatte die Knie angezogen, hielt ihn unter den Armen fest und ließ ihn auf ihren Beinen hinunterrutschen. Gun war sowohl attraktiv als auch überaus sinnlich, dabei humorvoll und intelligent. Kollberg hatte sich immer vorgestellt, dass er nur eine Frau wie Gun heiraten würde, und obwohl er in seinem Leben viele Frauen kennen gelernt hatte, verlor er dieses Ziel nicht aus den Augen. Als er sie endlich traf, war er 41 Jahre alt und hatte die Hoffnung beinahe aufgegeben. Sie war vierzehn Jahre jünger als er, doch es hatte sich gelohnt, so lange zu warten. Ihr Verhältnis war von Anfang an ohne Komplikationen gewesen, vertrauensvoll und natürlich.

Sie lächelte ihm zu und hielt den Sohn hoch, der vor Freude quiekte.

«Guten Morgen. Hast du ihn schon gebadet?»

Kollberg erzählte von seiner Mühsal.

«Du Armer!», bedauerte sie ihn. «Komm und leg dich noch ein bisschen hin. Du hast doch noch Zeit.»

Die hatte er eigentlich nicht mehr, aber er ließ sich leicht überreden. Er legte sich neben sie, schob den Arm unter ihren Hals, aber nach kurzer Zeit stand er wieder auf, trug Joakim in sein Bett und stellte ihn auf die Matratze, die zum Glück trocken geblieben war, wickelte ihn und zog ihm einen Frotteeschlafanzug an, warf ein paar Spielsachen ins Bett und ging zurück zu Gun. Bodil saß auf dem Teppich im Wohnzimmer und spielte mit ihrem Bauernhof.

Nach kurzer Zeit kam sie ins Schlafzimmer, blickte zu ihnen hin und rief voller Freude: «Ihr spielt ja Pferd. Papa ist Pferd!»

Sie versuchte auf seinen Rücken zu klettern, aber er schob sie aus dem Zimmer und machte die Tür hinter ihr zu. Dann wurden sie eine ganze Weile von ihren Kindern in Ruhe gelassen, und nachdem sie sich voneinander gelöst hatten, schlief er in den Armen seiner Frau noch einmal kurz ein.

Als Kollberg über die Straße zu seinem Auto ging, war die Uhr an der U-Bahn-Station Skärmarbrink sieben Minuten vor halb neun. Bevor er in den Wagen stieg, winkte er zu Gun und Bodil hinauf, die am Küchenfenster standen.

Um zur Västberga-Allee zu kommen, musste er nicht erst in

die Stadt, sondern konnte über Årsta und Enskede fahren und damit die schlimmsten Verkehrsstockungen umgehen.

Während der Fahrt pfiff Lennart Kollberg ein irisches Volkslied vor sich hin – laut und ziemlich falsch.

Die Sonne schien, der Frühling lag in der Luft, und in den Vorgärten, an denen er vorbeikam, blühten Goldstern und Krokusse. Er war guter Laune, im besten Fall hatte er einen kurzen Arbeitstag vor sich und konnte am frühen Nachmittag wieder nach Hause fahren. Gun wollte in die Stadt zur Feinkosthandlung Arvid Nordquist fahren und etwas besonders Gutes einkaufen, das sie am Abend essen wollten, wenn die Kinder im Bett lagen. Obwohl sie fünf gemeinsame Ehejahre hinter sich hatten, waren sie immer noch der Ansicht, dass man sich nur zu Hause einen richtig schönen Abend machen konnte. Sie wollten allein sein, gemeinsam das Abendessen vorbereiten und dann gemütlich essen und trinken, miteinander reden und lange aufbleiben.

Kollberg hielt viel von gutem Essen und Trinken; mit den Jahren war er rundlich geworden, hatte sich ein Embonpoint zugelegt, wie er das am liebsten nannte. Aber wer glaubte, dass die Körperfülle seine Beweglichkeit beeinträchtigte, täuschte sich gründlich. Er konnte unvermutet schnell und geschmeidig sein und beherrschte immer noch die Techniken und Kniffe und Finten, die er einmal als Fallschirmjäger gelernt hatte.

Er hörte auf zu pfeifen. Eine Frage stand wieder vor ihm, die ihn oft in den letzten Jahren beschäftigt hatte. Sein Beruf machte ihm immer weniger Freude, und am liebsten hätte er den Polizeidienst verlassen. Aber das Problem war nicht so leicht zu lösen und wurde noch dadurch erschwert, dass er vor einem Jahr zum Kriminalinspektor befördert und in eine höhere Gehaltsklasse eingestuft worden war. Für einen sechsundvierzigjährigen Kriminalinspektor war es nicht leicht, eine andere ebenso hoch bezahlte neue Stellung zu finden. Gun meinte zwar immer, er sollte doch nicht nur aufs Geld sehen, die Kinder würden ja größer, und lange würde es nicht mehr dauern, dann konnte sie wieder arbeiten. Außerdem hatte sie gebüffelt und in den vier Jahren, in denen sie Hausfrau gespielt hatte, zwei weitere Sprachen gelernt; sicher würde ihr Gehalt erheblich höher sein als früher. Ehe Bodil geboren wurde, war sie Chefsekretärin gewesen, und sie konnte jederzeit eine gut bezahlte Stellung bekommen, aber Kollberg wollte nicht, dass sie die Arbeit wieder aufnahm, ehe sie selbst Lust dazu hatte.

Im Übrigen konnte er sich nur schwer vorstellen, wie er sich bei der Hausarbeit machen würde.

Er neigte von Natur aus zur Faulheit, brauchte aber eine gewisse Aktivität und Abwechslung.

Als er den Wagen in die Tiefgarage des Polizeihauses Süd hinunterfuhr, fiel ihm ein, dass Martin Beck heute seinen freien Sonnabend hatte.

Das bedeutet einerseits, dass ich heute hier den ganzen langen Tag über sitzen muss, zum andern, dass ich keinen vernünftigen Menschen habe, mit dem ich mich unterhalten kann, dachte Kollberg, und seine gute Laune verflüchtigte sich.

Um sich aufzumuntern, begann er wieder zu pfeifen, während er auf den Fahrstuhl wartete.

12

Kollberg hatte noch nicht den Mantel ausgezogen, als das Telefon klingelte.

«Ja, Kollberg am Apparat … Wie bitte?»

Er stand an seinem abgenutzten Schreibtisch und starrte

abwesend aus dem Fenster. Der Übergang vom friedlichen Privatleben zum täglichen Ärger des Dienstes war für ihn nicht so einfach wie für gewisse andere Menschen, beispielsweise Martin Beck.

«Worum handelt es sich denn? Ach so … okay, sag ihm, ich komme.»

Wieder hinunter zum Auto, und diesmal hatte er keine Chance, die Verkehrsstauungen zu umgehen.

Er kam Viertel vor neun in Kungsholmsgatan an und stellte den Wagen im Hof ab. Als er gerade ausstieg, sah er Gunvald Larsson in sein Auto steigen und wegfahren.

Sie nickten einander zu, sagten aber nichts. Im Flur traf er Rönn, der ihn anhielt.

«Aha, bist du auch hier?»

«Ja, was gibt's denn?»

«Jemand hat Stig Nyman niedergemetzelt.»

«Niedergemetzelt?»

«Ja. Mit einem Seitengewehr», antwortete Rönn bedrückt. «Im Sabbatsberg-Krankenhaus.»

«Ich hab eben Larsson getroffen. Ist wohl auf dem Weg dorthin?»

Rönn nickte.

«Wo ist Martin Beck?»

«Sitzt in Melanders Zimmer.»

Kollberg sah ihn von oben bis unten an und bemerkte: «Du siehst ja völlig fertig aus.»

«Bin ich auch.»

«Warum fährst du dann nicht nach Haus und legst dich hin?»

Rönn blickte ihn missmutig an und ging weiter den Korridor entlang. In der Hand hielt er einige Papiere, offenbar hatte er dringend etwas zu erledigen.

Kollberg klopfte mit der Faust an die Tür und trat ein. Martin Beck blickte nicht einmal von seiner Arbeit auf. Als einzige Reaktion sagte er:

«Hej.»

«Was erzählt mir Rönn da eben?»

«Hier. Bitte.»

Er schob zwei maschinengeschriebene Seiten hin. Kollberg lehnte sich an den Schreibtisch und las.

«Na?», fragte Martin Beck. «Wie findest du das?»

«Ich finde, dass Rönn verdammt miese Rapporte schreibt», entgegnete Kollberg. Er sagte das leise und mit Nachdruck, und nach fünf Sekunden fuhr er fort: «Das scheint unangenehm zu werden.»

«Ja», bestätigte Martin Beck. «Das Gefühl hab ich auch.»

«Wie sah er denn aus?»

«Grässlicher, als du es dir vorstellen kannst.»

Kollberg schüttelte den Kopf. Er hatte eine lebhafte Phantasie. «Wir sollten den Täter so schnell wie möglich finden.»

«Ganz meine Meinung.»

«Gibt es irgendwelche Anhaltspunkte?»

«Viele nicht. Wir haben einige Spuren gesichert, Fußspuren, vielleicht Fingerabdrücke. Keiner hat was gesehen oder gehört.»

«Sieht nicht gut aus. Das kann dauern. Und dieser Mann ist gefährlich.»

Martin Beck nickte.

Rönn trat nach zaghaftem Klopfen ins Zimmer.

«Bisher negativ», teilte er mit. «Die Fingerabdrücke also.»

«Fingerabdrücke bringen nichts», entgegnete Kollberg.

Rönn sah ihn verwundert an. «Ich hab auch einen recht guten Abguss von einem Skistiefel oder einem schweren Schuh!»

«Nützt auch nichts. Versteh mich nicht falsch. All so was kann später von Bedeutung sein, als Beweis. Zuallererst müssen wir aber den erwischen, der Nyman abgeschlachtet hat. Ihm die Tat nachweisen können wir später.»

«Das hört sich unlogisch an», meinte Rönn.

«Ja, aber das spielt jetzt keine Rolle. Wir haben ja außerdem ein paar wichtige Einzelheiten.»

«Ja. Die Tatwaffe», sagte Martin Beck nachdenklich. «Ein altes Bajonett, passend zu einem Karabiner.»

«Und das Motiv», ergänzte Kollberg.

«Das Motiv?» Rönn sah ihn fragend an.

«Na klar. Rache. Das einzig Denkbare.»

«Aber wenn es Rache ist …», begann Rönn, brach dann aber ab.

«Wäre es vorstellbar, dass sich der Täter auch noch an anderen Personen rächen will», beendete Kollberg den Satz für ihn. «Und deswegen …»

«Müssen wir ihn schnellstens finden», fiel ihm Martin Beck ins Wort.

«Eben», sagte Kollberg. «Habt ihr euch schon ein Bild gemacht?»

Rönn warf Martin Beck einen unglücklichen Blick zu, der seinerseits aus dem Fenster sah.

«Ich meine, habt ihr euch zum Beispiel die Frage gestellt, wer Nyman war?»

«Wer er war?»

Rönn schien verwirrt, und Martin Beck schwieg.

«Genau: Wer war Nyman? Oder besser ausgedrückt: Was war Nyman?»

«Polizeibeamter», sagte Martin Beck schließlich.

«Die Antwort reicht nicht aus. Ihr habt ihn ja beide gekannt. Also, was war Nyman?»

«Polizeikommissar», murmelte Rönn. Er blinzelte übermüdet und sagte ausweichend: «Ich muss noch zwei Telefongespräche führen.»

«Na, was war Nyman?», fragte Kollberg, als Rönn die Tür hinter sich geschlossen hatte.

Martin Beck blickte ihm in die Augen und antwortete widerstrebend: «Er war ein schlechter Polizist.»

«Falsch. Nyman war ein verdammt schlechter Polizist. Er war ein Schleifer und ein Schinder von der allerübelsten Sorte.»

«Du sagst es.»

«Ja, und du musst zugeben, dass ich Recht habe.»

«Ich hab ihn nicht näher gekannt.»

«Versuch jetzt nicht auszuweichen, du hast ihn gut genug gekannt, um das zu wissen. Ich weiß, dass Einar das aus falsch verstandener Loyalität nicht zugeben will. Aber du musst verdammt nochmal mit offenen Karten spielen.»

«Ja», gab Martin Beck zu, «was ich über ihn gehört habe, ist nicht besonders positiv. Aber ich hab nie direkt mit ihm zusammengearbeitet.»

«Die Formulierung ist nicht ausschlaggebend. Mit Nyman konnte Man nicht zusammenarbeiten. Nur das eine war möglich: Man bekam einen Befehl von ihm und führte ihn aus. Seine Vorgesetzten konnten natürlich auch ihm Befehle erteilen, die wurden dann sabotiert oder einfach überhaupt nicht befolgt.»

«Hört sich an, als ob du dir ein fundiertes Urteil über Stig Nyman erlauben kannst», warf Martin Beck säuerlich ein.

«Allerdings. Ich weiß ’ne ganze Menge über ihn, wovon ihr anderen keine Ahnung habt. Aber dazu kommen wir später. Zuerst mal wollen wir festhalten, dass er ein Prolet und ein verflucht schlechter Polizist war. Sogar heutzutage würde er eine Schande für das Polizeikorps sein. Ich schäme mich, dass ich in der gleichen Stadt und zu gleicher Zeit wie er Polizeibeamter war.»

«Dann müssten sich aber viele schämen.»

«Ganz recht. Aber es gibt nur wenige, die den Anstand haben, das auch zu tun.»

«Dann müsste sich auch jeder Polizist in London Challenors wegen schämen.»

«Wieder falsch. Challenor und einige von seinen Kumpanen wurden schließlich vor Gericht gestellt, auch wenn es ihnen vorher gelungen war, großen Schaden anzurichten. Und damit war bewiesen, dass das System nicht mehr alles und jeden im Polizeikorps tolerierte.»

Martin Beck massierte sich nachdenklich die Stirn.

«Auf Nymans Name fällt dagegen kein Schatten. Und warum?» Kollberg musste die Frage selbst beantworten. «Weil alle wissen, dass es keinen Zweck hat, einen Polizeibeamten anzuzeigen. Die Leute sind der Polizei gegenüber praktisch rechtlos. Und wenn man sein Recht schon nicht gegenüber einem einfachen Konstapel bekommt, wie soll man sich wohl gegen einen Polizeikommissar durchsetzen?»

«Du übertreibst.»

«Nicht sehr, Martin. Nicht sehr, und das weißt du genauso gut wie ich. Es ist nun mal so, dass uns dieses verdammte Zusammengehörigkeitsgefühl zur zweiten Natur geworden ist. Wir sind infiziert vom *esprit de corps,* wenn ich mich mal unverständlich ausdrücken darf.»

«Ohne den Zusammenhalt nach außen hin geht's in diesem Beruf nicht. So ist es immer gewesen.»

«Und bald ist das das Einzige, was noch gilt», entgegnete Kollberg und holte Luft, bevor er weitersprach: «Okay, die Polizei hält zusammen. Das ist ein Grundsatz. Aber gegen wen eigentlich?»

«Der Tag, an dem jemand diese Frage beantwortet ...»

Martin Beck sprach den Satz nicht zu Ende und Kollberg ergänzte mit Nachdruck:

«Den Tag werden weder du noch ich erleben.»

«Was hat denn das mit Nyman zu tun?»

«Alles.»

«Nämlich?»

«Nyman ist tot und braucht keinen Verteidiger mehr. Der ihn ermordet hat, ist höchstwahrscheinlich geisteskrank, gefährlich sowohl für sich selbst als auch für andere.»

«Und du glaubst, dass er in Nymans Vergangenheit zu suchen ist?»

«Ja. Da muss er irgendeine Rolle spielen. Der Vergleich, den du eben gezogen hast, war gar nicht so abwegig.»

«Welcher Vergleich?»

«Mit Challenor.»

«Ich kenne die Wahrheit über Challenor nicht», entgegnete Martin Beck kühl. «Du vielleicht?»

«Nein, das tut keiner. Aber ich weiß, dass viele Menschen misshandelt und noch viel mehr zu langen Gefängnisstrafen verurteilt wurden, weil Polizeibeamte vor Gericht falsche Aussagen machten. Ohne dass Vorgesetzte oder Untergebene einschritten.»

«Die Vorgesetzten aus falscher Loyalität und die Untergebenen aus Angst um ihren Job.»

«Schlimmer. Viele der Untergebenen glaubten einfach, dass das so seine Richtigkeit hätte. Die hatten nie was anderes gelernt.»

Martin Beck stand auf und ging hinüber ans Fenster. «Erzähl jetzt, was du von Nyman weißt und was wir anderen nicht wissen.»

«Nyman hatte auch so einen Posten, von dem aus er eine große Zahl junger Polizisten kommandieren konnte, im Allgemeinen wie es ihm passte.»

«Das ist schon lange her», wandte Martin Beck ein.

«Aber noch nicht so lange, als dass viele, die heute Dienst tun, den größten Teil ihrer Ausbildung von ihm erhalten haben. Begreifst du, was das bedeutet? Im Laufe der Jahre ist es ihm gelungen, Dutzende von jungen Polizeibeamten zu verderben. Die also von Anfang an eine falsche Einstellung zu ihrem Beruf mit auf den Weg bekamen. Und viele von denen haben ihn bewundert und gehofft, dass sie mal genauso werden könnten wie er. Ebenso schneidig und eigenmächtig. Verstehst du?»

«Ja», gab Martin Beck müde zu. «Ich verstehe, was du meinst. Du brauchst es nicht mehrmals wiederzukäuen.» Er drehte sich um und sah Kollberg an. «Aber das soll nicht heißen, dass ich mit dir übereinstimme. Kanntest du Nyman?»

«Ja.»

«Hast du unter ihm Dienst getan?»

«Ja.»

Martin Beck kniff die Augenbrauen zusammen. «Wann soll denn das gewesen sein?», fragte er misstrauisch.

«Das Ekel aus Säffle», sagte Kollberg vor sich hin.

«Was hast du gesagt?»

«Das Ekel aus Säffle. So wurde er genannt.»

«Wo?»

«Beim Militär. Während des Krieges. Vieles, was ich kann, hab ich von Stig Nyman gelernt.»

«Zum Beispiel?»

«Das ist eine gute Frage», murmelte Kollberg abwesend.

Martin Beck sah ihn forschend an und fragte ganz ruhig: «Was denn, Lennart?»

«Zum Beispiel, wie man einem lebenden Eber den Sack abschneidet, ohne dass er schreit. Wie man dem gleichen Eber die Beine abschlägt, ohne dass er schreit. Wie man ihm die Augen aussticht. Wie man ihm schließlich den Bauch aufschlitzt und ihm die Haut abzieht, immer noch ohne dass er schreit.» Er gab sich einen Ruck und fuhr fort: «Weißt du, wie man das macht?»

Martin Beck schüttelte den Kopf.

«Ganz einfach. Man schneidet ihm zuerst die Zunge raus.»

Kollberg blickte aus dem Fenster hinauf in den kalten blauen Himmel über den Dächern der Häuser auf der anderen Straßenseite.

«Oh, ich hab noch viel mehr von ihm gelernt. Wie man einem Schaf mit Klavierdraht den Hals abschneidet, bevor es überhaupt zu blöken anfangen kann. Wie man eingeschlossen in einem Kleiderschrank mit einer ausgewachsenen wilden Katze fertig wird. Wie man brüllen muss, wenn man losrennt und mit dem Seitengewehr in den Körper einer Kuh sticht. Und was passiert, wenn man nicht auf die richtige Art und Weise brüllt. Dann muss man den Affen voll Ziegelsteine packen und die Leiter am Übungsturm raufklettern. Fünfzigmal hoch und fünfzigmal runter. Die Katze durfte man übrigens nicht umbringen, die wurde noch gebraucht. Weißt du, wie man das gemacht hat?»

«Nein.»

«Man heftete sie mit dem Dolch an der Wand fest. Durch das Fell durch.»

«Du warst Fallschirmjäger, nicht wahr?»

«Ja. Und Nyman war mein Nahkampfausbilder. Unter anderem. Er brachte mir bei, wie man sich begraben in den Innereien frisch geschlachteter Tiere fühlt, aufzuessen, was ich selbst in meine Gasmaske erbrochen hatte, und meine eigene Scheiße zu fressen, um keine Spuren zu hinterlassen.»

«Was hatte Nyman für einen Dienstgrad?»

«Er war Sergeant. Vieles, was er lehrte, kann man nicht theoretisch lernen. Zum Beispiel, wie man einen Arm oder ein Bein bricht, wie man einen Kehlkopf zerquetscht oder Augen mit den Daumen herausdrückt. Das muss praktisch ausprobiert werden, an lebenden Geschöpfen. Schweine und Schafe sind dazu geeignet. Wir haben auch verschiedene Sorten von

Munition an lebenden Tieren, besonders Schweinen, ausprobiert, und da wurde nicht lange gefackelt und betäubt wie heutzutage.»

«War das eine normale Ausbildungsphase?»

«Das weiß ich nicht. Wie meinst du das überhaupt? Kann man so was jemals normal nennen?»

«Vielleicht nicht.»

«Aber wenn man sich vorstellt, dass all das aus irgendeinem absurden Grund erforderlich war, so war's jedenfalls nicht notwendig, es mit Stolz und Freude zu tun.»

«Sicher nicht. Aber das tat Nyman also?»

«Und ob. Und er brachte diese Kunst vielen jungen Männern bei. Mit Grausamkeit zu prahlen, das Quälen zu genießen. Manche haben dafür eine Veranlagung.»

«Mit anderen Worten – er war ein Sadist?»

«Einer von den ganz schlimmen. Er selbst nannte es Härte. Natürliche Härte. Hart zu sein war für einen richtigen Mann das Allerwichtigste. Psychisch und physisch. Er begünstigte stets Kameradenschinderei. Sagte, dass sie zur soldatischen Ausbildung dazugehörte.»

«Dadurch wird er nicht notwendigerweise zum Sadisten!»

«Er verriet sich auf viele verschiedene Weisen. Disziplin war für ihn enorm wichtig. Disziplin verlangen ist eine Sache, Strafen erfinden und anwenden, wenn sie übertreten wird, eine andere. Nyman bestrafte jeden Tag einen oder mehrere Männer wegen Bagatellen. Verlorener Knöpfe und solchen Sachen. Und wer erwischt wurde, konnte stets wählen.»

«Wählen?»

«Zwischen Meldung oder Schlägen. Meldung bedeutete drei Tage Bau und einen Vermerk in den Papieren. Deswegen wählten die meisten die Schläge.»

«Was war damit gemeint?»

«Ich bin einmal darauf reingefallen. Kam an einem Sonnabend abends zu spät in die Unterkunft. Kletterte über den Zaun. Nyman hatte das natürlich spitzgekriegt. Ich hab die Schläge gewählt. Musste mit Seife in der Schnauze Grundstellung einnehmen, während er mir mit den Fäusten zwei Rippen brach. Dann lud er mich zu Kaffee und Butterkuchen ein und eröffnete mir, dass ich sicher ein harter Kerl werden würde, ein richtiger Soldat.»

«Und was kam dann?»

«Sobald der Krieg zu Ende war, stellte ich Antrag auf Entlassung und bekam meine Papiere, die sauber und in Ordnung waren. Dann fuhr ich hierher und wurde Polyp. Und einer der Ersten, die ich wieder traf, war Nyman. Da war er schon Överkonstapel bei der Ordnungspolizei.»

«Und du meinst, er hat auf die gleiche Art als Polizist weitergemacht?»

«Na, ganz so nicht. Das geht ja wohl kaum. Aber bestimmt hat er sich Hunderte von Übergriffen in unterschiedlicher Form zuschulden kommen lassen. Sowohl gegenüber Untergebenen als auch gegenüber Arrestanten. Ich hab im Laufe der Jahre Verschiedenes munkeln gehört.»

«Er muss doch ab und zu angezeigt worden sein», meinte Martin Beck nachdenklich.

«Natürlich. Aber gerade wegen unseres Korpsgeistes existiert sicher keine dieser Anzeigen mehr. Die sind alle im Papierkorb gelandet. Die meisten sind gar nicht weiterverfolgt worden. Deswegen ist hier bei uns wohl nichts zu holen.»

Martin Beck hatte eine Idee. «Aber vielleicht beim Ombudsmann. Einige, die er wirklich schlecht behandelt hat, müssen sich doch an die Beschwerde- und Berufungsstelle gewandt haben.»

«Auch das war sinnlos. Wie ich Nyman kenne, hat er dafür gesorgt, dass sich immer Untergebene fanden, die auf ihren Eid nahmen, dass er nicht das Geringste getan hatte. Junge

Burschen, die die größten Schwierigkeiten bei ihrer täglichen Arbeit bekommen hätten, wenn sie sich geweigert hätten. Und solche, die schon so starr und einseitig festgelegt waren, dass sie es für ihre Pflicht hielten, zu tun, was die Loyalität erforderte. Keiner, der nicht zur Polizei gehört, kann einem Kommissar was anhaben.»

«Richtig. Aber beim Justizombudsmann werden die Eingaben aufbewahrt, auch wenn nichts veranlasst worden ist. Sie kommen ins Archiv und können eingesehen werden.»

«Das ist eine Möglichkeit», sagte Kollberg langsam. «Gar keine schlechte Idee. Du hast deine hellen Augenblicke.» Er dachte einen Moment nach und fuhr fort: «Das Beste wäre, wenn wir eine Art Mitbürgerinitiative hätten, die alle Fälle von Übergriffen der Polizei registriert. Aber so was gibt's in diesem Land nicht. Der Justizombudsmann kann uns allerdings vielleicht weiterhelfen.»

«Und die Mordwaffe», ergänzte Martin Beck. «Ein Seitengewehr weist auf eine Verbindung zum Militär hin. Nicht jeder x-Beliebige hat die Möglichkeit, sich so 'n Ding zu beschaffen. Ich werd Rönn bitten, sich um diesen Punkt zu kümmern.»

«Ja, mach das. Und dann nimm Rönn und sieh dir gemeinsam mit ihm das Archiv beim Justizombudsmann an.»

«Was willst du selbst denn tun?»

«Ich hab gedacht, ich fahr mal hin und seh mir Nyman an. Larsson ist allerdings schon da, aber darum kümmere ich mich nicht. Ich tu's mir selbst zuliebe, will sehen, wie ich reagiere. Vielleicht wird mir schlecht, aber jetzt kann keiner mich mehr zwingen, mein eigenes Ausgekotztes wieder runterzuwürgen.»

Martin Beck sah nicht mehr ganz so müde aus. Er reckte sich und sagte: «Du, Lennart?»

«Ja.»

«Warum wurde er so genannt? Das Ekel aus Säffle?»

«Ganz einfach. Er stammte aus Säffle und ließ keine Gelegenheit aus, darauf hinzuweisen. Aus Säffle kommen harte Männer, sagte er immer. Richtige Kerle. Und eklig war er auch, das ist klar. Einer von den ekligsten Typen, die mir je untergekommen sind.»

Martin Beck sah ihn lange an. «Vielleicht hast du Recht.»

«Die Möglichkeit ist gegeben. Viel Vergnügen. Hoffentlich kommt was bei raus.»

Wieder merkte Martin Beck, wie dieses unbestimmte Gefühl der Gefahr in ihm hochstieg. «Ich glaube, dies wird ein harter Tag.»

«Ja», bestätigte Kollberg. «Vieles deutet darauf hin. Bist du nun wenigstens ein bisschen vom Kameradschaftsgefühl geheilt?»

«Ich glaub schon.»

«Denk daran, dass Nyman jetzt keine falsch verstandene Solidarität mehr braucht. Da fällt mir übrigens ein, dass er all die Jahre lang einen unerschütterlich treuen Gefolgsmann hatte. Der Kerl hieß Hult. Müsste jetzt Erster Polizeiassistent sein, wenn er noch nicht pensioniert ist. Mit dem sollte einer von uns sprechen.»

Martin Beck nickte.

Rönn klopfte leise an und trat ein. Er blieb an der Tür stehen, und es schien, als ob er bald vor Erschöpfung zusammenbrechen würde. Seine Augen waren rot und vom Nachtdienst entzündet.

«Was machen wir jetzt?», fragte er.

«Wir haben viel Arbeit vor uns. Schaffst du es noch eine Weile?»

«Ja, werd ich wohl», antwortete Rönn und unterdrückte ein Gähnen.

13

Es war nicht schwer für Martin Beck, Angaben über den Mann zu bekommen, der laut Kollberg der unerschütterlich treue Gefolgsmann des Toten gewesen war. Er hieß Harald Hult und war sein Leben lang bei der Polizei gewesen. Seine Karriere ging aus den Papieren im polizeieigenen Archiv hervor.

Mit neunzehn Jahren hatte er seine Laufbahn als außerplanmäßiger Konstapel in Falun begonnen und war jetzt Erster Polizeiassistent. Soviel Martin Beck den Unterlagen entnehmen konnte, hatten Hult und Nyman zum ersten Mal in den Jahren 1936 und 1937 gemeinsam Dienst getan, beide als Streifenpolizisten im gleichen Stockholmer Wachdistrikt. Gegen Ende der vierziger Jahre trafen sie wieder in einem anderen Revier der Innenstadt zusammen. Der etwas jüngere Nyman war inzwischen Överkonstapel geworden, während Hult immer noch Konstapel war.

In den fünfziger und sechziger Jahren war dann auch Hult nach und nach befördert worden und hatte verschiedentlich unter Nyman Dienst getan. Wahrscheinlich hatte Nyman sich seine Assistenten, die er für die Spezialaufgaben benötigte, selbst aussuchen können, und Hult war offenbar einer seiner Günstlinge gewesen. Wenn Nyman der Typ gewesen war, wie Kollberg ihn beschrieben hatte, und Martin Beck hatte keinen Grund, daran zu zweifeln, dann musste ein Mann, der dessen «unerschütterlich treuer Gefolgsmann» gewesen war, eine aus psychologischer Sicht recht interessante Persönlichkeit sein.

Martin Beck wurde immer neugieriger und beschloss, Kollbergs Rat zu folgen und Harald Hult aufzusuchen. Er vergewisserte sich telefonisch, dass der Mann zu Hause war, bevor er sich ein Taxi für die Fahrt zu der angegebenen Adresse auf Reimersholme bestellte.

Hult wohnte am nördlichen Ende der Insel in einem der

Mietshäuser, die am Långholmskanal liegen. Die Häuser stehen oben auf der Klippe, und auf der anderen Seite der Straße, die bei den letzten Häusern unvermittelt aufhört, führt ein steiler Abhang hinunter zum Kanal.

Das Wohnviertel, das im Großen und Ganzen gleich geblieben ist, seit es gegen Ende der dreißiger Jahre erbaut wurde, blieb dank seiner Lage vom Durchgangsverkehr verschont. Reimersholme ist eine ziemlich kleine Insel, nur eine einzige Brücke führt dorthin, und die Bebauung ist weitläufig und offen. Ein Drittel der Insel ist mit der alten Schnapsbrennerei und anderen alten Speichern und kleinen Fabriken bebaut. Zwischen den Mietshäusern ist viel Platz für Pflanzen und Grünflächen, und der Strand entlang Långholmsviken wurde in seiner natürlichen Form belassen. Dort gibt es Erlen, Zitterpappeln und Trauerweiden, die dicht an dicht bis ans Wasser stehen.

Erster Polizeiassistent Hult wohnte allein in einer Zweizimmerwohnung im ersten Stock. Alles in diesen Räumen war blitzsauber und ordentlich und auf seine Art so penibel, dass es beinahe desolat wirkte. So als ob niemand darin wohnt, dachte Martin Beck.

Der Mann schien um die sechzig zu sein; ein großer, schwerer Kerl mit kräftigem Kinn und ausdruckslosen grauen Augen.

Sie saßen an einem niedrigen gefirnissten Tisch am Fenster. Die Tischplatte war leer, auch auf dem Fensterbrett stand nicht ein einziger Gegenstand. Überhaupt war nichts von den üblichen persönlichen Dingen zu sehen. Zum Beispiel gab es offenbar kein Stück Papier in diesem Haushalt, nicht mal eine Zeitung, und die einzigen Bücher, die Martin Beck entdeckte, waren die drei Bände des Telefonbuchs, die exakt ausgerichtet auf einem kleinen Standardregal in der Diele lagen.

Martin Beck knöpfte seine Jacke auf und zog den Schlips

zurecht. Dann nahm er das Florida-Päckchen und eine Streichholzschachtel aus der Tasche und blickte sich nach einem Aschenbecher um.

Hult bemerkte das und sagte: «Ich bin Nichtraucher und hab nie einen Aschenbecher besessen.» Er holte eine weiße Untertasse aus dem Küchenschrank. Ehe er sich wieder setzte, fragte er: «Darf ich dir was anbieten? Ich hab schon Kaffee getrunken, aber ich kann nochmal aufbrühen.»

Martin Beck schüttelte den Kopf. Er bemerkte, dass Hult bei der Anrede gezögert hatte und offenbar nicht sicher war, ob er den Chef von Riksmordkommissionen duzen sollte. Das zeigte, dass er ein Mann der alten Schule war, in der Untertanengeist und Drill selbstverständlich gewesen waren. Obwohl Hult seinen freien Tag hatte, trug er eine Uniformhose, ein hellblaues Hemd und eine Krawatte.

«Hast du heute nicht frei?», fragte Martin Beck.

«Ich hab meistens die Uniform an», entgegnete Hult ohne Betonung. «Fühl mich so am wohlsten.»

«Du hast 'ne schöne Wohnung.» Martin Beck blickte aus dem Fenster.

«Ja. Stimmt wohl. Aber es ist ziemlich einsam hier.» Er legte seine großen, fleischigen Hände vor sich auf den Tisch, so als ob es zwei schwere Hämmer wären, und stierte darauf. «Ich bin Witwer. Meine Frau ist vor drei Jahren gestorben. Krebs. Seitdem ist es hier langweilig.»

Hult rauchte und trank nicht. Sicher las er niemals ein Buch und wahrscheinlich auch keine Zeitungen. Martin Beck konnte sich vorstellen, wie er uninteressiert vor dem Fernseher hockte, während es draußen dunkel wurde.

«Was ist nun eigentlich los?»

«Stig Nyman ist tot.»

Keine Reaktion. Der Mann blickte seinen Besucher ausdruckslos an.

«Soso.»

«Du hast das wohl schon gewusst?»

«Nein. Aber damit war zu rechnen. Stig war krank. Sein Körper hat ihn im Stich gelassen.»

Er sah sich wieder seine kräftigen Fäuste an, so als ob er sich im Stillen fragte, wie lange es dauern würde, bis sein eigener Körper ihn verraten würde. Dann fragte er: «Kanntest du Stig?»

«Nicht näher. Ungefähr so, wie ich dich kenne.»

«Das ist nicht viel. Wir sind uns doch nur wenige Male begegnet, Sie und ich.» Er verbesserte sofort: «Du und ich.» Und gleich darauf: «Ich bin immer bei der Ordnungspolizei gewesen. Hab nicht viele Möglichkeiten gehabt, Kollegen von der Kriminalpolizei zu treffen.»

«Aber dafür hast du Nyman umso besser gekannt, nicht wahr?»

«Ja, wir haben viele Jahre zusammengearbeitet.»

«Und was kannst du über ihn sagen?»

«Er war ein ausgezeichneter Mann.»

«Ich hab das Gegenteil gehört.»

«Von wem denn?»

«Von verschiedenen Seiten.»

«Dann hat man dich falsch informiert. Stig Nyman war ein sehr guter Mann. Mehr kann ich nicht sagen.»

«O doch, ein bisschen mehr weißt du doch sicher über ihn.»

«Nein. Was sollte das denn sein?»

«Du weißt genau, dass er von vielen kritisiert wurde, dass es Leute gibt, die ihn nicht leiden konnten.»

«Nein. Davon weiß ich nichts.»

«Wirklich nicht? Ich weiß zum Beispiel, dass Nyman so seine eigenen Methoden hatte.»

«Er war tüchtig», wiederholte Hult leidenschaftslos. «Sehr

befähigt. Ein richtiger Mann und der beste Chef, den man sich denken kann.»

«Aber er hat manchmal hart zugefasst?»

«Wer hat das behauptet? Jemand der ihn anschwärzen will, natürlich jetzt, wo er tot ist. Wenn jemand etwas Schlechtes über ihn sagt, ist das gelogen.»

«Aber er hat doch ziemlich scharf durchgegriffen?»

«Nie mehr, als zur Erfüllung eines Auftrags notwendig war. Alles andere ist üble Nachrede.»

«Aber du weißt doch, dass 'ne ganze Reihe von Beschwerden gegen ihn eingereicht worden sind?»

«Nein, davon weiß ich nichts.»

«Wenn wir nun mal so sagen: Ich weiß, dass du davon erfahren hast. Du hast doch direkt unter ihm gearbeitet.»

«Alles Lüge, die wollen einen guten und diensteifrigen Polizisten anschwärzen.»

«Es gibt Leute, die meinen, dass Nyman durchaus nicht so ein guter Beamter gewesen ist.»

«Dann wissen die nicht, wovon sie reden.»

«Aber du weißt das.»

«Ja, das tue ich. Stig Nyman war der beste Chef, den ich jemals gehabt habe.»

«Es gibt Leute, die sagen, dass du auch nicht zu den besonders guten Polizisten gehörst.»

«Das kann sein. Ich hab zwar nie einen dienstlichen Verweis bekommen, aber das kann immerhin sein. Nyman mit Scheiße zu bewerfen ist eine ganz andere Sache. Und wenn einer das in meiner Gegenwart tut, dann …»

«Was dann?»

«Dann werd ich demjenigen das Maul stopfen.»

«Auf welche Art und Weise?»

«Das ist meine Sache. Ich kenn den Laden. Ich hab diese Arbeit lange genug gemacht. Hab das von der Pike auf gelernt.»

«Von Stig Nyman?»

Hult blickte wieder auf seine Hände. «Ja. Das kann man sagen. Er hat mir vieles beigebracht.»

«Zum Beispiel, wie man einen Meineid schwört? Wie man gegenseitig die Berichte abschreibt, damit alles übereinstimmt, obwohl jedes Wort eine Lüge ist? Wie man die Leute in den Zellen verprügelt? An welchen Stellen in der Stadt man ungestört parken kann, wenn man auf dem Weg vom Revier zur Kriminalpolizei so einem armen Schwein noch 'ne Extratracht Prügel verpassen will?»

«Ich hab nie gehört, dass über solche Sachen gesprochen wurde.»

«Niemals?»

«Nein!»

«Nicht mal gehört, dass über so was gesprochen wurde?»

«Nein. Jedenfalls nicht in Zusammenhang mit Nyman.»

«Und du bist nie dabei gewesen, wenn streikende Arbeiter zusammengeschlagen wurden? Damals, als die Ordnungspolizei noch Säbel trug? Und auf Nymans Befehl?»

«Nein.»

«Mit Pferden gegen protestierende Studenten vorgehen? Oder mit dem Gummiknüppel gegen unbewaffnete Schulkinder bei Demonstrationen? Immer noch auf Nymans Befehl?»

Hult bewegte sich nicht. Er sah Martin Beck ruhig an und erwiderte:

«Nein, bei so was bin ich nie dabei gewesen.»

«Wie lange bist du bei der Polizei?»

«Vierzig Jahre.»

«Und wie lange hast du Nyman gekannt?»

«Seit Mitte der dreißiger Jahre.»

Martin Beck zuckte die Achseln und sagte leidenschaftslos: «Das hört sich eigenartig an, dass du überhaupt niemals von solchen Sachen gehört hast. Stig Nyman soll doch Experte für Ordnungsfragen gewesen sein.»

«Soll nicht nur gewesen sein. Er war der Beste.»

«Und er hat unter anderem schriftlich Vorschläge ausgearbeitet, wie die Polizei bei Demonstrationen, Streiks oder Krawallen vorgehen sollte. Darin hat er eben solche Sachen wie Schockwirkung durch gezogenen Säbel vorgeschlagen. Später, als es keine Säbel mehr gab, sollten es die gezogenen Gummiknüppel sein. Er schlug auch vor, dass Polizisten auf Motorrädern in die Masse hineinfahren sollten, um sie auseinander zu treiben.»

«Bei so was war ich nie dabei.»

«Nein. Diese Methode wurde auch verboten. Weil das Risiko zu groß war, dass die Polizisten umkippen und sich verletzen könnten.»

«Von der Sache hab ich nie was gehört.»

«Nein, hast du ja bereits gesagt. Nyman hatte auch seine Vorstellungen, wie man Wasserwerfer und Tränengas anwenden sollte. Vorstellungen, die er in seiner Eigenschaft als Sachverständiger offiziell verkündet hat.»

«Das Einzige, was ich weiß, ist, dass Nyman nie mehr Gewalt angewendet hat, als im einzelnen Fall notwendig war.»

«Er selbst?»

«Er hat auch nicht zugelassen, dass seine Untergebenen so was machten.»

«Er hat, mit anderen Worten, nie was Unrechtes getan? Hielt sich an die Vorschriften, meine ich?»

«Ja.»

«Und niemand hatte Grund, sich über ihn zu beklagen?»

«Nein.»

«Aber es ist doch vorgekommen, dass Leute ihn wegen eines Dienstvergehens angezeigt haben», konstatierte Martin Beck.

«Solche Anzeigen haben die sich aus den Fingern gesogen.»

Martin Beck stand auf und ging einige Schritte auf und ab. «Da ist noch eine Sache, über die ich bisher nicht gesprochen habe. Aber das will ich jetzt tun.»

«Ich hab da auch noch was zu sagen.»

«Was denn?»

Der Mann saß unbeweglich da, wandte sein Gesicht zum Fenster.

«Wenn ich nicht im Dienst bin, hab ich meistens nichts Besonderes vor», begann er. «Wie ich vorhin schon gesagt habe, ist es hier einsam geworden, nachdem Marja starb. Ich sitze hier am Fenster und zähl die Autos, die vorbeifahren. Auf einer solchen Straße sind es nicht besonders viele. Deshalb sitz ich meistens und denk nach.»

Er schwieg und Martin Beck wartete ab.

Hult fuhr fort: «Ich hab nicht viel mehr zu überdenken, als wie es mir so ergangen ist. Vierzig Jahre in Uniform in dieser Stadt. Wie viele Male hat man mich voll gekotzt? Wie viele Male haben die Leute hinter mir hergespuckt und mir nachgeschrien und mich Schwein oder Wildsau oder Mörder genannt? Wie viele Selbstmörder hab ich abschneiden müssen? Wie viele unbezahlte Überstunden hab ich geleistet? Mein ganzes Leben lang hab ich wie ein Pferd geschuftet und versucht, wenigstens ein bisschen Ordnung zu schaffen, damit die freundlichen und anständigen Menschen in Frieden leben können, damit die Frauen nicht vergewaltigt werden, damit nicht jedes Schaufenster eingeschlagen und jeder Gegenstand gestohlen wird. Ich hab mit Leichen zu tun gehabt, die schon so zersetzt waren, dass immer noch dicke weiße Maden aus meinem Ärmel fielen, wenn ich abends nach Hause kam und mich an den Esstisch setzen wollte. Ich hab Säuglinge gewickelt, wenn deren Mütter besoffen auf dem Boden lagen. Ich hab nach weggelaufenen Katzen gesucht und bin bei Messerstechereien dazwischengegangen. Von Jahr zu Jahr ist es schlimmer geworden, die Gewalttaten nahmen zu und immer mehr Leute haben auf uns rumgehackt. Immer hat es geheißen, die Polizei soll die Allgemeinheit schützen, einmal gegen die Proleten und einmal gegen die Studenten, dann wieder gegen die Nazis oder gegen die Kommunisten. Und heutzutage gibt's kaum noch was zu schützen. Aber das alles hat man ausgehalten, weil der Kameradschaftsgeist bei der Polizei gut war. Und wenn es mehr solche Leute wie Stig Nyman gegeben hätte, würde es heute nicht so aussehen. Wer sich Klatschgeschichten über die Kameraden anhören will, muss woanders hingehen, bei mir hat er kein Glück damit.» Er hob die Handflächen einige Zentimeter über die Tischplatte und ließ sie wieder fallen, schwer und klatschend. Dann fuhr er fort: «Ja, das war nun eine richtige Ansprache. Ich bin froh, dass das mal rauskam. Du bist doch selbst mal auf Streife gegangen, nich?»

Martin Beck nickte.

«Wann?»

«Ist mehr als zwanzig Jahre her. Nach dem Krieg.»

«Ja, ja», sagte Hult onkelhaft, «damals war das noch idyllisch.»

Er war mit seiner Rechtfertigung offenbar am Ende. Martin Beck räusperte sich und sagte:

«Nun zu dem, was ich zu sagen hatte. Nyman starb nicht an seiner Krankheit. Er wurde ermordet. Wir nehmen an, dass der, der ihn umgebracht hat, sich an ihm rächen wollte. Es ist denkbar, dass der Betreffende sich auch an anderen rächen will.»

Hult stand auf und ging hinaus in die Diele. Er nahm seine Uniformjacke vom Haken und zog sie an. Dann schnallte er das Koppel um und rückte die Pistolentasche zurecht.

Martin Beck ließ sich nicht stören.

«Ich bin hierher gekommen, um eine spezielle Frage zu stellen: Wer kann Stig Nyman so gehasst haben, dass er ihn umbringen wollte?»

«Keiner. Ich muss jetzt gehen.»

«Wohin?»

«Zum Dienst», knurrte Hult und hielt die Tür auf.

14

Einar Rönn las. Er hatte die Ellbogen auf die Tischplatte gestützt und hielt den Kopf mit beiden Händen fest. Er war so müde, dass Buchstaben und Worte, ja ganze Zeilen immer wieder ineinander flossen oder sich krümmten oder auseinander fielen, mal nach oben und mal nach unten, genau wie auf seiner betagten, abgenutzten Remington, wenn er sich wirklich mal die Mühe machte und etwas fehlerfrei und ohne sich zu vertippen abschreiben wollte. Er gähnte, blinzelte, putzte seine Brille und fing noch einmal von vorn an.

Der Text vor ihm war mit der Hand auf ein Stück Papier geschrieben worden, das von einer alten braunen Einkaufstüte stammte, und trotz der Schreibfehler und des ungelenken Stils des Schreibers machte er den Eindruck, als ob er mit viel Mühe und Sorgfalt hingekritzelt worden war.

Werter Herr Justizombudsmann in Stockholm.

Ich war besoffen am zweiten Februar dieses Jahr, ich habe Lohn gekricht und eine kleine Flasche Schnaps gekauft. Ich weiß noch, dass ich da unten bei der Djurgårds-Fähre gesessen habe und gesungen habe und da kam ein Polizeiauto an und drei Polizisten so junge Kerle ich hätte denen ihr Vater sein können aber ich will solche Schweine als Kinder nicht haben wenn ich Kinder hätte kamen raus und nahmen mir die Flasche wech, da war noch was drin und schleppen mich zu einem grauen Volkswagenbus und da stand noch ein anderer Polizist mit Streifen am Ärmel und er zog mich an den Hahren und als die andern mich in das Auto geschmissen hatten hat er mich ein paar Mal das Gesicht auf den Boden geschlagen und es hat geblutet aber ich habe nischt gemerkt. Dann saß ich in einer Zelle mit Gitter und da kam ein großer Mann und hat mich durch die Tür angeglotzt und über mein Elend noch gelacht und zu eim andern Polizist gesagt er soll aufschließen und hat sich die Uniformjacke ausgezogen da war ein breiter Streifen auf dem Ärmel und krempelte die Hemdsärmel hoch und dann kam er in die Zelle und brüllte ich sollte Stillgestanden machen und ich hätte die Polizisten Schweine genant und vielleicht hab ich das ja gemacht und ich weiß nicht ob er geglaubt hat dass ich meinte die sind Nazischweine oder Säue und ich war da beinah schon wieder nüchtern und er boxte mich in den Bauch und an eine Stelle die ich nicht schreiben will und ich fiel hin und da hat er mich in den Magen getreten und woandershin und dann ging er wech aber vorher hat er noch gesagt nun weiß ich was passiehrt wenn ich nochmal so was mache und Polizisten beschimpfe. Später am Vormittag haben sie mich rausgelassen und ich hab dann gefragt wer der Polizist war der geschrien und mich getreten hat aber da haben sie gesagt das geht mich gar nischt an und ich soll machen dass ich wech komme sonst überlegen sie sichs und verpassen mir eine ordentliche Abreibung. Aber ein anderer der hieß Vilford und kommt von Göteborg sagte dass der der gebrüllt und getreten hat Kommissar Nyman hieß und ich täte am besten das Maul halten. Ich habe darüber nachgedacht mehrere Tage und überlegt dass ich ein einfacher aber orntlicher Arbeiter bin und dass ich niscbt weiter gemacht hab als gesungen und Schnaps getrunken aber dass ich mein Recht haben will denn Personen die einen verkaterten armen Mann schlagen und mit Füßen treten der sein ganzen Leben lang ehrlich gearbeitet hat die sollten nicht Polizist sein denn die gehören da nicht hin. Dies ist die Wahrheit darauf kann ich mein Ehrenwort geben. Hochachtungsvoll John Bertilsson, Hilfsarbeiter. Ein Arbeitskollege, den wir Professor nennen hat zu mir gesagt dass ich das hier schreiben soll und dass ich auf diese jetzt übliche Weise mein Recht kriegen würde.

Dienstvermerk: Bei dem in der Anzeige erwähnten Beamten handelt es sich um Polizeikommissar Stig Oscar Nyman. Er kennt den Fall nicht. Streifenführer vom Dienst, 1. PK. Harald Hult bestätigt die Festnahme des Beschwerdeführers Bertilsson, der ein berüchtigter Randalierer und Alkoholiker ist. Gewalt wurde bei der Festnahme von Bertilsson und auch später im Arrestlokal nicht angewandt. Kommissar Nyman war zur fraglichen Zeit nicht im Dienst. Drei Dienst habende Konstapel bezeugen, dass gegen Bertilsson keine Gewalt angewandt wurde. Vorgenannter ist durch Alkohol heruntergekommen und der Polizei kein Unbekannter. Er hat die Angewohnheit, unbegründete Anschuldigungen gegen die Polizeibeamten vorzubringen, die gezwungen sind, sich mit ihm zu befassen.

Ein roter Stempel schloss das Aktenstück ab: Keine Maßnahmen eingeleitet.

Rönn seufzte und schrieb den Namen des Beschwerdeführers in sein Notizbuch. Die Verwaltungsangestellte, die das Pech hatte, an diesem Sonnabend Überstunden machen zu müssen, ließ die Schubladen des Archivs mit Nachdruck zuknallen.

Sie hatte jetzt sieben Anzeigen gefunden, die in irgendeiner Weise mit Nyman zu tun hatten.

Eine war damit erledigt, sechs blieben noch übrig. Rönn nahm sich eine nach der andern vor.

Das nächste Schreiben war korrekt adressiert und sauber

und ordentlich mit der Maschine auf dickes, leinengeprägtes Papier geschrieben. Der Text lautete:

Am Sonnabend, den 14. befand ich mich nachmittags zusammen mit meiner fünfjährigen Tochter vor dem Eingang zum Haus Pontonjärgatan 15.

Wir warteten auf meine Frau, die in dem Haus einen Krankenbesuch machte. Um uns die Zeit zu vertreiben, spielten wir auf dem Bürgersteig Kriegen. Soweit ich mich erinnern kann, befanden sich keine weiteren Personen auf der Straße. Es war, wie gesagt, Sonnabendnachmittag, und die Geschäfte waren geschlossen. Daher habe ich keine Zeugen für das, was dann geschah.

Ich hatte meine Tochter genommen, sie hochgehoben und gerade wieder auf den Boden gestellt, als ich bemerkte, dass ein Polizeiauto an der Bordsteinkante hielt. Zwei Streifenbeamte stiegen aus und kamen auf mich zu. Einer von ihnen hielt mich sogleich am Arm fest und fuhr mich an: «Was machst du mit dem Mädchen, verdammtes Dreckschwein!» (Ich muss der Gerechtigkeit halber hinzufügen, dass ich zur Zeit des Vorfalls sportlich mit Khakihose und Windjacke bekleidet war und eine Sportmütze trug, alles natürlich sauber und in gutem Zustand, aber vielleicht habe ich auf den in Frage kommenden Polizeibeamten trotzdem einen «schäbigen» Eindruck gemacht.) Ich war so überrascht, dass ich nicht gleich antworten konnte. Der zweite Polizist nahm meine Tochter an die Hand, sagte ihr, sie sollte nach Hause zu ihrer Mutter gehen. Ich erklärte, dass ich ihr Vater sei. Der eine Beamte bog meinen Arm auf den Rücken, was schrecklich wehtat, und schob mich auf den Rücksitz des Autos. Auf dem Weg zur Polizeiwache schlug mir der eine mit der Faust auf die Brust, in die Seite und den Magen, dabei nannte er mich die ganze Zeit «Drecksau», «Schweinischer Kerl» und so weiter.

Auf der Wache schloss man mich in eine Zelle ein. Nach einer Weile wurden die Türen geöffnet und Polizeikommissar Stig Nyman (dass er es war, wusste ich damals noch nicht, ich habe mich später danach erkundigt) trat in die Zelle. «Bist du das, der kleinen Mädchen nachläuft? Das werd ich dir austreiben», sagte er und schlug mich so kräftig in die Magengrube, dass ich zusammenklappte. Sobald ich wieder sprechen konnte, sagte ich ihm, dass ich der Vater des Mädchens sei, und daraufhin stieß er mich mit dem Knie in den Unterleib. Er fuhr fort, mich zu schlagen, bis jemand kam und ihm mitteilte, dass meine Frau und meine Tochter gekommen seien. Als dem Kommissar klar wurde, dass ich die Wahrheit gesagt hatte, bedeutete er mir, dass ich gehen könne, ohne sich zu entschuldigen oder sein Verhalten in irgendeiner Weise zu erklären.

Ich will Sie hiermit auf diesen Vorfall aufmerksam machen und beantrage, dass Kommissar Nyman und die beiden Streifenbeamten zur Verantwortung gezogen werden wegen Misshandlung eines völlig unschuldigen Mitbürgers.

Sture Magnusson

Ingenieur

Dienstvermerk: Polizeikommissar Nyman kann sich an den Beschwerdeführer nicht erinnern. Die Konstapel Ström und Rosenkvist sagen aus, dass sie eingegriffen hätten, weil der Beschwerdeführer dem Kind gegenüber unnatürlich und bedrohlich aufgetreten war. Mehr Gewalt, als nötig war, um Magnusson in den Wagen zu bringen und ihn wieder herauszuholen und in das Wachlokal zu führen, ist nicht angewandt worden. Die fünf Konstapel, die sich zur Zeit des Vorfalls im Wachlokal aufhielten, sagen übereinstimmend aus, dass der Festgenommene nicht misshandelt worden ist. Ihnen ist auch nicht aufgefallen, dass Kommissar Nyman im Arrestlokal gewesen ist, und sie glauben, mit Sicherheit sagen zu können, dass er die Arrestlokale nicht betreten hat. Keine weiteren Maßnahmen.

Rönn legte das Schriftstück zur Seite, machte sich in seinem Block Notizen und nahm sich die nächste Anzeige vor.

An den Justizombudsmann
Stockholm

Am vorigen Freitag, den 18. Oktober, war ich bei einem Freund, der auf Östermalmsgatan wohnt, zu einer Party eingeladen. Gegen 22 Uhr telefonierten ein anderer Freund und ich nach einem Taxi und verließen das Fest, um zu mir nach Hause zu fahren. Wir standen im Hauseingang und warteten auf den Wagen, als zwei Polizeikonstapel zu Fuß auf der anderen Seite der Straße näher kamen. Sie kamen über die Fahrbahn und auf uns zu und fragten, ob wir in diesem Haus wohnten. Wir antworteten, dass wir nicht dort wohnten. «Dann drückt euch hier nicht rum», sagten die Polizisten. Wir antworteten, dass wir auf ein Taxi warteten, und blieben stehen. Die Polizisten fassten uns daraufhin überraschend fest an und zogen uns aus dem Hauseingang, dabei erklärten sie, dass wir dort nicht stehen bleiben dürften. Aber wir wollten auf unser bestelltes Taxi warten, was wir ihnen auch gesagt haben. Die beiden Polizisten versuchten daraufhin, uns zum Weitergehen zu zwingen, indem sie uns vor sich herschoben, und als wir protestierten, zog der eine seinen Gummiknüppel heraus und schlug damit auf meinen Freund ein. Als ich versuchte, ihn zu schützen, bekam ich auch einige Schläge ab. Beide Polizisten hatten jetzt ihre Gummiknüppel in der Hand und schlugen so kräftig sie konnten auf uns ein. Ich hoffte die ganze Zeit, dass das Taxi endlich kommen würde, aber es kam und kam nicht, und schließlich rief mein Freund: «Die schlagen uns zusammen, haun wir lieber ab.» Wir liefen los in Richtung Karlavägen und fuhren von dort aus mit dem Bus zu mir nach Hause. Wir hatten beide allerhand abbekommen, und zu Hause begann mein rechtes Handgelenk anzuschwellen. Es wurde ganz blau. Wir beschlossen, den Vorfall bei der Polizeiwa-

che zu melden, zu der die beiden Polizisten unserer Meinung nach gehörten, und fuhren mit einem Taxi dorthin. Die beiden Polizisten waren nicht zu sehen, aber wir sprachen mit einem Kommissar, der Nyman hieß. Wir erhielten die Erlaubnis, auf der Wache zu warten, bis die beiden Polizisten von der Streife zurückkamen. Um ein Uhr war ihre Streife zu Ende. Wir alle vier, die Polizisten und wir beide, wurden zu Kommissar Nyman gerufen, und wir erzählten noch einmal, was passiert war. Nyman fragte die beiden Polizisten, ob das stimmte, und sie stritten prompt alles ab. Da Aussage gegen Aussage stand, stellte sich der Polizeikommissar vor seine Leute und warnte uns, dass wir das nächste Mal nicht so glimpflich davonkommen würden, wenn wir noch einmal schmutzige Beschuldigungen gegen redlich arbeitende Polizeibeamte vorbringen würden. Dann warf er uns hinaus.

Nun möchten wir anfragen, ob Kommissar Nyman richtig gehandelt hat. Was ich beschrieben habe, ist die volle Wahrheit und kann von meinem Freund bezeugt werden. Wir waren nicht betrunken. Am Montag ging ich wegen der Hand zu unserem Werksarzt, der das beigefügte Attest ausschrieb. Die Namen der beiden Streifenbeamten haben wir nicht erfahren, aber wir würden sie wieder erkennen.

Hochachtungsvoll
Olof Johansson

Rönn verstand nicht alle Fachausdrücke in dem Attest, aber es ging daraus hervor, dass der Arzt einen Bluterguss im Handgelenk festgestellt hatte und die Schwellung punktiert werden müsste, wenn sie nicht von selbst zurückging. Bis dahin war der Mann, ein Buchdrucker von Beruf, nicht arbeitsfähig.

Dann las er die dienstlichen Vermerke durch:

Kommissar Nyman kann sich an den Vorfall erinnern. Er sagt, dass er keinen Grund hat, die Aussagen der Konstapel Bergman und Sjögren anzuzweifeln, da beide als pflichtbewusste und aufrechte Beamte bekannt sind. Die Konstapel Bergman und Sjögren bestreiten, dass sie ihre Gummiknüppel gegen den Beschwerdeführer und seinen Bekannten benutzt haben, die bei dem Vorfall rechthaberisch und herausfordernd aufgetreten sind. Die beiden Zivilisten hätten den Eindruck gemacht, als ob sie betrunken seien, und Konstapel Sjögren sagt aus, dass ihm starker Alkoholgeruch bei mindestens einem der Männer aufgefallen ist. Keine weiteren Maßnahmen.

Die Angestellte hatte aufgehört, mit den Schubladen zu klappern, und kam zu Rönn hinüber.

«Aus dem Jahr kann ich keine mehr finden, die diesen Kommissar Nyman betreffen. Wenn ich zeitlich nicht noch weiter zurückgehen soll, dann …»

«Nein. Ist gut so, nehmen Sie nur die, die Sie finden», antwortete Rönn vieldeutig.

«Dauert es noch lange?», fragte sie.

«Ich bin bald fertig. Will nur noch dies hier durchsehen.»

Die Schritte der Frau entfernten sich hinter ihm.

Er nahm die Brille ab und putzte sie, bevor er weiterlas.

Die Unterzeichnende ist Witwe, berufstätig und Mutter eines Kindes. Das Kind ist vier Jahre alt und tagsüber, wenn ich bei der Arbeit bin, im Kindertagesheim untergebracht. Seitdem mein Mann vor einem Jahr bei einem Verkehrsunfall ums Leben kam, bin ich übernervös und kränklich.

Am Montag ging ich wie üblich zu meiner Arbeit, nachdem ich meinen Sohn ins Tagesheim gebracht hatte. Am Nachmittag ereignete sich an meinem Arbeitsplatz ein Vorfall, auf den ich hier nicht näher eingehen will, der mich jedoch sehr aufgeregt hat. Der Arzt der Firma, dem bekannt ist, dass ich nervlich nicht auf der Höhe bin, gab mir eine Beruhigungsspritze und sorgte dafür, dass ich mit einem Taxi nach Hause gebracht wurde. Als ich zu Hause ankam, merkte ich, dass die Spritze nicht half und nahm zwei Beruhigungstabletten. Dann ging ich los, um meinen Sohn vom Tagesheim abzuholen. Als ich zwei Straßen weit gekommen war, hielt ein Polizeiauto an, zwei Polizisten stiegen aus und zerrten mich auf den Rücksitz. Ich fühlte mich von der Medizin etwas unsicher, vielleicht war ich auf der Straße ein wenig ins Wanken gekommen, denn aus den höhnischen Worten der Polizisten konnte ich entnehmen, dass sie mich für betrunken hielten. Ich versuchte ihnen klarzumachen, warum ich in diesem Zustand war und dass ich mein Kind abholen musste, aber sie verhöhnten mich nur.

Auf der Polizeiwache wurde ich zu ihrem Vorgesetzten geführt, der mich aber auch nicht anhören wollte, sondern den anderen den Befehl gab, mich in eine Zelle zu bringen, damit ich meinen Rausch ausschlafen könnte.

In der Zelle des Polizeihauses befand sich ein Klingelknopf; ich habe mehrmals geläutet, ohne dass jemand gekommen ist. Ich rief und schrie, dass sich einer um mein Kind kümmern muss, aber niemand hat mich beachtet. Die Kindertagesstätte schließt um 18 Uhr, und wenn man um diese Zeit sein Kind nicht abgeholt hat, wird das Personal natürlich unruhig. Die Uhr war 17.30, als ich eingesperrt wurde.

Ich versuchte, mich bemerkbar zu machen, damit mir jemand erlauben sollte, das Tagesheim anzurufen und dafür zu sorgen, dass sich dort einer um mein Kind kümmert. Ich war deswegen sehr aufgeregt.

Erst um 22 Uhr wurde ich herausgelassen und war natürlich völlig mit den Nerven runter vor Unruhe und Verzweiflung. Ich habe mich noch nicht erholt und bin jetzt krankgeschrieben.

Die Frau, von der dieser Brief stammte, hatte ihre eigene und die Adressen ihres Arbeitgebers, der Kindertagesstätte, des Arztes und der Polizeiwache, zu der sie gebracht worden war, beigefügt.

Der Vermerk auf der Rückseite des Briefes lautete:

Die erwähnten Polizeibeamten sind Hans Svensson und Göran Broström. Beide sagen aus, dass sie in gutem Glauben gehandelt haben, da die Frau den Eindruck gemacht habe, als ob sie betrunken gewesen sei. Polizeikommissar Nyman bestätigt, dass die Frau so berauscht war, dass sie sich nicht verständlich machen konnte. Keine Maßnahmen.

Rönn legte den Brief zur Seite und seufzte. Ihm fiel ein Interview mit Rikspolischefen ein, in dem er gelesen hatte, dass von 742 Anzeigen an den Justizombudsmann, die in einer Periode von drei Jahren zum Stichwort «Übergriffe der Polizei» eingegangen waren, nur eine an die Staatsanwaltschaft weitergeleitet worden war.

Man muss sich wirklich fragen, was damit bewiesen werden soll, dachte Rönn.

Dass so etwas von Rikspolischefen an die Öffentlichkeit gegeben wurde, machte wieder einmal deutlich, was man von dessen Geistesgaben zu halten hatte.

Der nächste Brief war kürzer und mit Bleistift in Blockschrift auf ein liniertes Blatt geschrieben, das aus einem Spiralblock stammte.

Geehrter Justizombudsmann,

Freitag war ich blau und das ist nichts Besonderes denn das bin ich öfter schon gewesen und wenn die Polizei mich erwischt hat, durfte ich mich auf der Wache schlafen legen. Ich bin ein friedlicher Mensch und mach deswegen keinen Krach. Diesen

Freitag haben sie mich wieder erwischt und ich hab geglaubt ich könnte wie gewöhnlich in der Zelle pennen, aber da hab ich mich gewaltig geirrt denn ein Polizist den ich da schon öfter gesehen habe kam rein und fing an mich zu schlagen. Ich war verblüfft denn ich hatte doch nichts getan und der Polizist fluchte und schrie mich an dabei ist der wohl Chef in dem Revier und er hat mich geprügelt und so. Jetzt will ich diesen Polizeichef anzeigen damit er so was das nächste Mal nicht wieder macht. Er ist groß und breit und hat goldene Ränder an der Jacke. Hochachtungsvoll

Joel Johansson

Dienstvermerk: Der Beschwerdeführer ist im betreffenden Revier bekannt, da er unzählige Male gegen die Alkoholgesetze verstoßen hat. Der erwähnte Polizist müsste Polizeikommissar Stig Nyman sein. Er sagt aus, dass er den Beschwerdeführer niemals gesehen hat, den Mann jedoch dem Namen nach kennt. Kommissar Nyman hält es für ausgeschlossen, dass er oder ein anderer den Beschwerdeführer misshandelt hat. Keine Maßnahmen.

Rönn machte sich auf seinem Block Notizen und hoffte, dass er seine eigene Schrift wieder würde entziffern können. Bevor er sich in die beiden letzten Anzeigen vertiefte, nahm er seine Brille ab und rieb sich die schmerzenden Augen. Er blinzelte ein paar Mal und las:

Mein Mann ist in Ungarn geboren und schreibt nicht gut schwedisch, deshalb setze ich, seine Ehefrau, dies hier für ihn auf. Mein Mann leidet seit langen Jahren an Epilepsie und ist nun wegen dieser Krankheit vorzeitig pensioniert worden. Die Krankheit zeigt sich nur manchmal und dann fällt er hin, aber meistens fühlt er vorher, wann ein Anfall kommt, und bleibt zu Hause, aber manchmal kommt es auch überraschend und dann kann alles Mögliche passieren. Er bekommt Medikamente von seinem Arzt und ich weiß ja nach all diesen Jahren, in denen wir verheiratet waren, wie ich ihn betreuen muss. Jetzt muss ich berichten, dass es eine Sache gibt, die mein Mann niemals tut und nie in seinem Leben getan hat: Das ist das Trinken von Alkohol. Er würde lieber sterben, als an einem Glas Schnaps auch nur zu nippen.

Ich möchte eine Sache anzeigen, die meinem Mann passiert ist, als er am Sonntag auf dem Weg von der U-Bahn nach Hause war. Zuerst war er im Stadion bei einem Fußballspiel gewesen. Als er dann in der U-Bahn saß, merkte er, dass er einen Anfall kriegen würde, und beeilte sich, nach Hause zu kommen, aber er schaffte es dann nicht. Das Nächste, woran er sich erinnern kann, ist, dass er auf einem Bett im Gefängnis liegt. Es geht ihm jetzt besser, aber er braucht seine Medizin und will nach Hause zu mir, seiner Frau, gehen. Mehrere Stunden musste er da in der Zelle bleiben, bis die Polizisten ihn herauslassen, denn die dachten die ganze Zeit, er wäre betrunken, was er absolut nicht war, denn er trinkt ja nie Alkohol. Als sie die Tür aufgeschlossen haben, durfte er direkt zum Kommissar kommen und erzählt dem, dass er krank ist und nicht betrunken, aber der Kommissar hat kein Verständnis und sagt, dass mein Mann lügt und in Zukunft nüchtern bleiben soll und dass er die Nase voll hat von besoffenen Ausländern, zu denen mein Mann ja gehört. Er kann ja nichts dafür, dass er so schlecht schwedisch spricht. Mein Mann hat dem Kommissar gesagt, dass er niemals Schnaps trinkt und ob der Kommissar das nun missverstanden hat oder was sonst war, jedenfalls wurde er böse und schlägt meinen Mann und der fällt auf die Erde. Und dann wirft er ihn aus dem Zimmer. Danach durfte mein Mann nach Hause gehen und ich war ja furchtbar unruhig den ganzen Abend und hab alle Krankenhäuser angerufen, aber ich hab ja nicht geahnt, dass die Polizei einen kranken Mann festnimmt und ihn ins Gefängnis steckt und ihn dann schlägt, so als ob er der schlimmste Verbrecher ist.

Nun hat meine verheiratete Tochter gesagt, dass man so was bei Ihnen anzeigen kann. Als mein Mann nach Hause kam, war die Uhr nach zwölf und das Fußballspiel hat schon um sieben aufgehört.

Hochachtungsvoll

Ester Nagy

Dienstvermerk: Der in der Anzeige bezeichnete Kommissar Stig Oscar Nyman sagt aus, dass er sich erinnern kann, dass der Mann gut behandelt worden ist und so schnell wie möglich nach Hause geschickt wurde. Die Dienst habenden Konstapel Lars Ivar Ivarsson und Sten Homgren, die Nagy zu Hilfe gekommen sind, sagen aus, dass dieser den Eindruck erweckt habe, entweder total betrunken zu sein oder unter Rauschgifteinwirkung zu stehen. Keine Maßnahmen.

Die letzte Eingabe schien die interessanteste von allen zu sein, denn sie war von einem Polizeibeamten geschrieben worden.

An den Justizombudsmann des Reichtages, Västra Trädgårdsgatan 4, Box 16327; Stockholm 16.

Hiermit möchte ich ergebenst darum ersuchen, meine Anzeigen vom 1. 9. 1961 und 31. 12. 1962 betreffs der von Polizeikommissar Stig Oscar Nyman und Konstapel Palmon Harald Hult begangenen Dienstvergehen erneut zu prüfen und bearbeiten zu lassen.

Hochachtungsvoll

Åke Reinhold Eriksson, Konstapel

«Ach der», sagte Rönn leise vor sich hin, bevor er sich daranmachte, den Kommentar zu lesen, der ausnahmsweise länger war als das Gesuch selbst.

Unter Berücksichtigung der Genauigkeit, mit der die oben genannten Eingaben bereits bearbeitet worden sind, sowie unter Hinweis auf die lange Zeit, die seit den betreffenden Vorkommnissen und den angeführten Zwischenfällen vergangen ist, und die große Menge der Anzeigen, die der Bittsteller in den letzten Jahren eingereicht hat, sehe ich keine Veranlassung für eine erneute Untersuchung, vor allem im Hinblick auf die Tatsache, dass meines Wissens nach keine neuen Fakten oder Beweise vorliegen, welche die Behauptungen und Angaben des Beschwerdeführers bestätigen. Aus diesem Grund halte ich es daher für angemessen, die Eingabe des Bittstellers unberücksichtigt zu lassen und keine weiteren Maßnahmen zu ergreifen.

Rönn schüttelte heftig den Kopf und überlegte einen Moment, ob er richtig gelesen hatte. Wahrscheinlich nicht. Die Unterschrift war jedenfalls völlig unleserlich, und außerdem kannte er den Konstapel Eriksson flüchtig.

Die Buchstaben schienen immer mehr zu zerfließen und sich unter seinem Blick zu drehen, und als die Frau einen weiteren Aktenstapel neben seinen rechten Ellbogen legte, machte er eine abwehrende Bewegung.

«Soll ich die ganz alten auch noch holen?», fragte sie schnippisch. «Wollen Sie auch die über diesen Hult haben? Oder Ihre eigenen?»

«Lieber nicht, vielen Dank. Mir reicht es, wenn ich mir von diesen die Namen aufschreibe. Danach können wir dann hier Schluss machen, alle beide.»

Er blinzelte und kritzelte weiter in seinem Notizblock.

«Ich kann Ullholms Anzeigen auch noch holen», erwiderte die Frau bissig. «Wenn Sie unbedingt darauf bestehen.»

Ullholm war Erster Polizeiassistent in Solna, der größte Querulant im ganzen Polizeikorps, außerdem hatte er unzählige Eingaben an alle denkbaren Behörden und Instanzen geschrieben.

Rönn, der todmüde über die Tischplatte gebeugt saß, schüttelte mürrisch den Kopf.

15

Auf dem Weg nach Sabbatsberg fiel Lennart Kollberg plötzlich ein, dass er die Anmeldegebühr für ein Korrespondenzschach-Turnier, an dem er gerne teilnehmen wollte, einzahlen musste. Montag war der letzte Tag dafür, und deshalb stellte er den Wagen am Vasapark ab und ging ins Postamt hinein, das genau gegenüber Tennstopet liegt.

Als er das Einzahlungsformular ausgefüllt hatte, stellte er sich an der Schlange vor einem der Schalter an und wartete darauf, dass er an die Reihe kam.

Vor ihm stand ein Mann mit einem Ziegenfellmantel und einer Pelzmütze. Wie stets, wenn Kollberg irgendwo anstehen musste, geriet er hinter einen Kunden, der mindestens ein Dutzend umständlicher Dinge zu erledigen hatte. Der Mann hatte einen dicken Stapel Postanweisungen, Nachnahmekarten und Luftpostsendungen in der Hand.

Kollberg zuckte die kräftigen Achseln, seufzte und wartete. Plötzlich rutschte ein kleines Stück Papier aus dem Stapel seines Vordermannes und flatterte zu Boden. Eine Briefmarke. Kollberg bückte sich und hob sie auf. Dann tippte er dem Mann auf die Schulter.

«Sie haben dies hier verloren.»

Der Angesprochene wandte den Kopf und blickte Kollberg mit braunen Augen an, in denen nacheinander Erstaunen, Erkennen und Ablehnung zu lesen waren.

«Sie haben dies hier verloren», wiederholte Kollberg.

«Es ist doch nicht zu fassen», entgegnete der Mann langsam, «man kann nicht mal ’ne Briefmarke verlieren, ohne dass die Polizei gleich mit ihrem dreckigen Rüssel da ist.»

Kollberg hielt ihm die Briefmarke hin.

«Kannste behalten», brummte der Mann und drehte sich um.

Gleich danach hatte er seine Besorgungen beendet und ging hinaus, ohne Kollberg auch nur eines Blickes zu würdigen.

Der kleine Vorfall verblüffte Kollberg. Vermutlich war es eine Art Jux gewesen, aber auf der anderen Seite hatte der Mann nicht den Eindruck gemacht, als ob er zu Scherzen aufgelegt sei. Da Kollberg ein schlechtes Personengedächtnis hatte, sich außerdem selten erinnern konnte, wann und wo er Gesichtern einmal begegnet war, war es für ihn nichts Ungewöhnliches, dass der andere ihn erkannt hatte, während er nicht die geringste Ahnung hatte, mit wem er gerade gesprochen hatte.

Er erledigte seine Einzahlung.

Dann prüfte er misstrauisch die Briefmarke. Sie sah recht hübsch aus; das Bild stellte einen Vogel dar. Die Marke gehörte zu einer gerade erst neu erschienenen Serie, und wenn er es richtig verstanden hatte, garantierte die Post, dass Sendungen, die mit diesen Motiven frankiert waren, noch langsamer als sonst befördert wurden. Eine Spitzfindigkeit, die typisch für die Postbehörden war.

Na ja, dachte Kollberg, die Post arbeitet jedenfalls gut und man soll nicht immer an ihr herumnörgeln, jetzt wo sie sich offenbar von den Folgen des vor einigen Jahren eingeführten Postleitzahlensystems erholt hatte.

Immer noch in Gedanken an die Zufälligkeiten des Lebens, machte er sich auf den Weg zum Krankenhaus.

Das Gebäude, in dem der Mann ermordet worden war, war

sorgfältig abgesperrt und in Nymans Zimmer nichts verändert worden.

Allerdings war Gunvald Larsson da.

Kollberg und Gunvald Larsson verstanden sich nicht besonders gut. Gunvald Larssons Freunde konnte man übrigens am Zeigefinger einer Hand abzählen und auch ohne Schwierigkeit beim Namen nennen: Rönn.

Die Aussicht, dass sie gezwungen waren, bei der Klärung dieses Falles zusammenzuarbeiten, schien beiden offensichtlich nicht zu behagen. Aber vorläufig war das noch nicht endgültig entschieden, es schien eher so, als ob sie mehr zufällig am gleichen Ort eingetroffen wären.

Anlass war Nyman, und seine Leiche sah tatsächlich so fürchterlich aus, dass Kollberg unwillkürlich ein «Huch!» ausstieß.

Gunvald Larsson verzog das Gesicht, aber er musste, wenn auch widerwillig, zustimmen. Dann fragte er: «Kanntest du ihn?»

Kollberg nickte.

«Ich auch. Er war eines der größten Arschlöcher, mit denen sich dieses Polizeikorps jemals geschmückt hat. Aber Gott sei Dank hatte ich selten mit ihm zu tun.»

Gunvald Larsson war der Ordnungspolizei nur vorübergehend zugeteilt gewesen und eigentlich nur, um der Ausbildungsvorschrift zu genügen. Bevor er zur Polizei kam, war er Seeoffizier gewesen, erst bei der Marine und dann bei der Handelsflotte. Im Gegensatz zu Martin Beck und Kollberg hatte er also nicht die so genannte Ochsentour hinter sich.

«Wie steht's mit der Tatortuntersuchung?»

«Ich glaube nicht, dass dabei mehr herauskommt, als wir bis jetzt schon wissen», antwortete Gunvald Larsson. «Irgendein Wahnsinniger ist durch dieses Fenster gestiegen und hat ihn abgeschlachtet. Ohne Pardon.»

Kollberg nickte.

«Aber dieses Seitengewehr interessiert mich», brummte Gunvald Larsson vor sich hin. «Derjenige, der damit zugestochen hat, beherrschte sein Handwerk. Und verstand was von der Waffe. Und wer kommt dann in Frage?»

«Hast Recht. Soldaten zum Beispiel, vielleicht Schlächter.»

«Polizisten», ergänzte Gunvald Larsson.

Larsson war bekannt dafür, dass er am wenigsten anfällig für Kameraderie und falsche Loyalität war. Und das machte ihn nicht besonders beliebt.

«Jetzt gehst du wohl doch ein bisschen zu weit, Larsson», bemerkte Kollberg.

«Kann sein. Wirst du an diesem Fall mitarbeiten?»

Kollberg nickte. «Und du?»

«Sieht so aus.»

Sie sahen sich ohne große Begeisterung an.

«Wir werden vielleicht nicht sehr viel miteinander zu tun haben», sagte Kollberg.

«Die Hoffnung besteht jedenfalls», bestätigte Gunvald Larsson.

16

Inzwischen war es beinahe zehn Uhr geworden, und Martin Beck schwitzte ganz schön, als er in Richtung Slussen am Kai von Söder Mälarstrand entlangging. Die Sonne wärmte zwar nicht sehr, und die Brise von Riddarfjärden herüber war bitterkalt, aber er war in schnellem Tempo gegangen und sein Wintermantel war mollig warm.

Hult hatte ihm angeboten, ihn nach Kungsholmsgatan zu bringen, aber er hatte abgelehnt. Es hätte passieren können, dass er im Auto einschlief, und so hoffte er, durch den kurzen, schnellen Spaziergang wieder munter zu werden. Er knöpfte den Mantel auf und verlangsamte seine Schritte.

Als er bei Slussen ankam, betrat er eine Telefonzelle, rief das Polizeihaus an und erfuhr, dass Rönn noch nicht zurück sei. Er konnte vom Schreibtisch aus nicht viel unternehmen, solange Rönn nicht mit seinen Untersuchungen fertig war, und das würde sicher noch mindestens eine Stunde dauern, dachte Martin Beck. Wenn er auf direktem Wege nach Hause ging, könnte er innerhalb von zehn Minuten im Bett liegen. Er war wirklich todmüde, und der Gedanke an sein Bett war sehr verlockend. Wenn er den Wecker stellte, konnte er sich eine Stunde aufs Ohr legen.

Martin Beck ging festen Schritts über Slussplan und auf Järntorgsgatan zu. Als er auf Järntorget hinaustrat, verlangsamte er sein Tempo. Er stellte sich vor, wie müde er immer noch sein würde, wenn der Wecker nach einer Stunde klingelte, wie schwer es ihm fallen würde, aufzustehen, sich anzuziehen und sich auf den Weg nach Kungsholmen zu machen. Andererseits würde es wohl tun, die Sachen eine Zeit lang auszuziehen, sich zu waschen oder vielleicht zu duschen.

Mitten auf dem Platz blieb er stehen, wie gelähmt durch seine eigene Unentschlossenheit. Man konnte das mit der Müdigkeit entschuldigen; trotzdem ärgerte er sich über sich selbst. Den Kurs wechselnd, ging er in Richtung Skeppsbron weiter. Was er da wollte, wusste er noch nicht, aber als er ein freies Taxi stehen sah, entschied er sich schnell. Er wollte zu einer Sauna fahren.

Der Taxifahrer sah aus, als ob er noch aus der Zeit der Pferdedroschken stammte, hatte zittrige Hände, war zahnlos und offenbar taub. Martin Beck, der sich neben ihn nach vorn gesetzt hatte, hoffte, dass wenigstens die Augen dieses Großvaters in Ordnung waren. Offensichtlich fehlte es auch an der

Fahrpraxis, er machte einen Fehler nach dem andern und einmal geriet er sogar auf die linke Fahrbahn. Die ganze Zeit über murmelte der Alte unverständliche Worte vor sich hin und ab und zu wurde er von einem Hustenanfall geschüttelt. Als der Wagen schließlich vor dem Zentralbad bremste und anhielt, gab Martin Beck ihm erfreut und überrascht, weil er mit heiler Haut davongekommen war, ein viel zu großes Trinkgeld. Er warf einen Blick auf die schlotternden Hände des alten Mannes und verzichtete darauf, um eine Quittung zu bitten.

Vor der Kasse überlegte Martin Beck einen Augenblick, bevor er bezahlte. Normalerweise badete er in der unteren Abteilung, wo es ein Schwimmbad gab, aber die Aussicht auf ein paar Runden im Bassin lockte ihn heute nicht. Er ging stattdessen ins türkische Bad in der ersten Etage.

Um nicht auf die Zeit achten zu müssen, bat er den Bademeister, der ihm die Handtücher gab, ihn um elf Uhr zu wecken. Er setzte sich in die heißeste Sauna, bis ihm der Schweiß in Strömen aus den Poren rann. Dann duschte er und tauchte einmal schnell in das eiskalte Wasser des Beckens. Rieb sich trocken, wickelte sich in das große Badetuch und legte sich auf die Pritsche in seiner Kabine. Dann schloss er die Augen.

Er nahm sich fest vor, an etwas Erfreuliches zu denken, aber seine Gedanken konnten nicht von Harald Hult loskommen, der allein und ohne Beschäftigung in seiner kalten, unpersönlichen Wohnung gesessen hatte, in Uniform an seinem freien Tag. Ein Mann, dessen Leben nur aus dem einen bestand: Polizist sein. Wenn man ihm das nahm, blieb nur eine große Leere zurück.

Martin Beck überlegte, was aus Hult werden sollte, wenn er einmal pensioniert wurde. Vielleicht würde er tatenlos an seinem Fenster sitzen, die schweren Hände vor sich auf dem Tisch, bis er langsam verwelkte.

Besaß er überhaupt zivile Kleidungsstücke? Wahrscheinlich nicht.

Es stach und brannte unter seinen Augenlidern, und Martin Beck öffnete die Augen und starrte an die Decke. Er war zu müde, um einschlafen zu können. Er legte einen Arm über die Augen und konzentrierte sich darauf, ganz entspannt dazuliegen. Aber die Muskeln waren immer noch hart gestrafft.

Vom Massageraum hörte er schnelle klatschende Geräusche und Geplätscher, als ein Eimer Wasser über einer Marmorbank ausgeleert wurde. In einer der Nachbarkabinen schnarchte jemand laut und rasselnd.

Plötzlich hatte er wieder das Bild von Nymans verstümmeltem Körper vor sich. Ihm fiel ein, was Kollberg erzählt hatte. Wie Nyman ihn das Töten gelehrt hatte.

Martin Beck hatte noch nie einen Menschen getötet.

Er versuchte sich vorzustellen, wie man sich in so einem Augenblick fühlte. Nicht wenn man jemanden erschießt, das schien ihm nicht so schwer zu sein, vielleicht weil die Anstrengung, den Finger um den Abzugshahn zu krümmen, in keinem Verhältnis zu der Kraft des tödlichen Geschosses steht. Um mit einer Schusswaffe zu töten, bedarf es keiner größeren körperlichen Anstrengung. Der Abstand zwischen dem Schützen und dem Opfer müsste das Bewusstsein vermindern, Hand an einen anderen Menschen gelegt zu haben. Aber jemanden direkt mit den bloßen Händen, mit einem Strick, einem Messer oder einem Bajonett zu töten, das war eine andere Sache. Er dachte an den Körper auf dem Marmorfußboden im Krankenhaus, die klaffende Wunde an der Kehle, das Blut, die herausquellenden Eingeweide und er wusste, dass er auf diese Weise niemals würde töten können.

Während seiner langen Zeit bei der Polizei hatte Martin Beck sich oft gefragt, ob er feige sei, und je älter er wurde, desto klarer kannte er die Antwort. Ja, er war feige, aber das machte ihm jetzt nicht mehr so viel aus wie in seinen jungen Jahren.

Er wusste nicht genau, ob er vor dem Sterben Angst hatte. Sein Beruf war es, sich mit dem Tod anderer Menschen zu befassen, und dabei war ihm die Angst vor dem eigenen Tod vergangen. Er dachte sehr selten daran.

Als der Bademeister an die Kabine klopfte und meldete, dass es elf Uhr sei, hatte Martin Beck nicht eine einzige Sekunde lang geschlafen.

17

Er sah Rönn an und schämte sich. Sie beide hatten während der letzten 30 Stunden gleich viel Schlaf bekommen, nämlich überhaupt keinen, aber im Gegensatz zu dem Kollegen hatte Martin Beck den Hauptteil der Zeit angenehm, zum Teil sogar ausgesprochen gemütlich verbracht.

Das Weiße in Rönns Augen war jetzt genauso rot wie seine Nase, Wangen und Stirn dafür ungesund bleich, und die Säcke unter seinen Augen hatten einen blauvioletten Farbton angenommen. Er gähnte ununterbrochen, als er schwerfällig und unbeholfen seinen Rasierapparat aus der Schreibtischschublade holte.

Die Helden sind müde, dachte Martin Beck.

Er war zwar 48 Jahre alt und der Ältere von ihnen, aber Rönn war auch bereits 43, und die Zeiten, in denen man ungestraft eine Nacht durchmachte und am nächsten Morgen trotzdem fit war, war für beide endgültig vorbei.

Außerdem hielt sich Rönn wohl unbewusst an seinen einmal gefassten Vorsatz und sagte von sich aus keinen Ton, sodass sich Martin Beck schließlich zu der Frage zwingen musste:

«Na, was hast du erreicht?»

Rönn wies gequält auf seinen Notizblock, so als ob der eine tote Katze oder ein ekelhaftes Insekt sei, und entgegnete mit kaum verständlicher Stimme: «Da. Ungefähr zwanzig Namen. Ganz durchgelesen habe ich nur die Anzeigen aus Nymans letztem Jahr als Revierführer. Dann hab ich noch die Namen von denen aufgeschrieben, die ihn in der Zeit davor angezeigt haben. Wenn ich sämtliche Unterlagen durchgesehen hätte, würde ich noch heute Abend da hocken.»

Martin Beck nickte und Rönn fügte hinzu:

«Und auch noch morgen und übermorgen und überübermorgen.»

«Ich halte es für zwecklos, noch länger Akten zu wälzen», entschied Martin Beck. «Die Angaben, die du mitgebracht hast, werden wohl auch schon älteren Datums sein.»

«Stimmt.» Rönn nahm seinen Rasierapparat und ging schleppenden Schritts hinaus. Das Kabel schleifte er auf dem Fußboden hinter sich her.

Martin Beck setzte sich an seinen Schreibtisch und begann mit gerunzelter Stirn Rönns ineinander gekritzelte Notizen zu dechiffrieren. Das fiel ihm schon unter normalen Bedingungen nicht leicht, war jetzt natürlich noch schwieriger und würde ihm bis zu seiner Pensionierung Kopfzerbrechen bereiten.

Nach und nach gelang es ihm, Namen und Adressen und den Grund der Anzeigen auf einen linierten Stenogrammblock zu übertragen.

John Bertilsson, Hilfsarbeiter, Götgatan 20, Misshandlung.

Und so weiter.

Als Rönn aus dem Waschraum zurückkam, war die Liste fertig. Sie enthielt zwanzig Namen.

Die kurze Unterbrechung der Arbeit und das kalte Wasser hatten nicht vermocht, Rönns Aussehen zu verändern, im Gegenteil, er wirkte noch kläglicher als vorher; man konnte nur hoffen, dass er sich nicht mehr so verschwitzt und schmutzig vorkam, aber es wäre eine Zumutung gewesen, anzunehmen, dass er sich nun wieder unternehmungslustiger fühlte.

Eine Aufmunterung in irgendeiner Form war vielleicht angebracht. *Peptalk,* wie man das heutzutage wohl nannte.

«Hör mal, Einar, ich weiß, dass du und ich jetzt nach Hause gehen und uns schlafen legen müssten. Aber wenn wir noch kurze Zeit weitermachen, finden wir vielleicht was Entscheidendes. Das ist doch den Versuch wert, nicht?»

«Ja. Kann sein», sagte Rönn zweifelnd.

«Wenn du dir beispielsweise die ersten zehn Namen hier vornimmst und ich den Rest, können wir schnell den derzeitigen Aufenthalt dieser Leute feststellen und sie entweder von der Liste streichen oder sie für eine Überprüfung vormerken. Hab ich Recht?»

«Ja. Wenn du das so sagst.»

Seine Stimme klang kein bisschen überzeugt, und etwas wie Entschlossenheit oder Kampfbereitschaft fehlte natürlich erst recht.

Stattdessen versuchte Rönn krampfhaft, die Augenlider aufzuhalten, und schniefte vor sich hin. Aber er setzte sich gehorsam an den Tisch und zog das Telefon heran.

Martin Beck musste sich eingestehen, dass es naiv war, sich von dieser Arbeit einen Erfolg zu erhoffen.

Während seiner aktiven Zeit hatte Nyman wahrscheinlich Hunderte von Personen misshandelt, nur ein kleiner Teil von ihnen hatte sich schriftlich beschwert und durch Rönns summarische Untersuchung waren sie nur einem Bruchteil dieser Leute auf die Spur gekommen.

Aber die Erfahrung langer Jahre hatte ihn gelehrt, dass fast alles bei dieser Arbeit sinnlos schien und dass oftmals Fakten, die später zum Resultat geführt hatten, zu Beginn als aussichtslos oder unwichtig eingestuft worden waren.

Martin Beck ging nach nebenan und begann zu telefonieren, aber schon nach drei Gesprächen war er in Gedanken woanders, und er blieb mit der Hand auf dem Hörer untätig sitzen. Es war ihm nicht gelungen, den Aufenthaltsort eines Einzigen der Leute auf seiner Liste festzustellen, und jetzt dachte er an etwas völlig anderes.

Wenig später zog er seinen eigenen Notizblock heraus, blätterte darin und wählte die Nummer von Nymans Wohnung. Der Junge meldete sich.

«Nyman.»

Die Stimme hörte sich auffallend altklug an.

«Hier Kommissar Beck. Wir haben uns heute Nacht kennen gelernt.»

«Ja?»

«Wie geht es deiner Mutter jetzt?»

«Ach ja, ganz gut. Dr. Blomberg war hier und danach hat sie ein paar Stunden geschlafen. Jetzt ist sie ganz munter und ...» Die Stimme brach ab.

«Ja?»

«... es kam ja nicht völlig überraschend», fuhr der Junge fort. «Ich meine, dass es mit Papa zu Ende gegangen ist. Es ging ihm ja ausgesprochen schlecht. Und das ziemlich lange.»

«Meinst du, dass deine Mutter mal ans Telefon kommen kann?»

«Ja, das wird sicher gehen. Sie ist in der Küche. Warten Sie einen Augenblick, ich sage ihr Bescheid.»

«Danke», sagte Martin Beck.

Er hörte, wie sich die Schritte des Jungen entfernten.

Wie mochte ein Mann wie Nyman als Ehemann und Vater gewesen sein? Die Wohnung hatte wie die einer glücklichen

Familie ausgesehen. Nichts sprach dagegen, dass er ein guter und treu sorgender Familienvater gewesen sein konnte. Jedenfalls hatte der Junge Mühe gehabt, die Tränen zurückzuhalten.

«Ja, hallo, hier Anna Nyman.»

«Kommissar Beck. Ich hab nur eine kurze Frage.»

«Ja, bitte?»

«Wie viele Personen haben gewusst, dass Ihr Mann im Krankenhaus lag?»

«Das waren nicht viele», entgegnete sie zögernd.

«Aber er war doch ziemlich lange Zeit krank?»

«Ja, das stimmt. Aber Stig wollte nicht, dass die Leute davon erfuhren. Allerdings ...»

«Ja?»

«Einige haben es schon gewusst.»

«Wer denn? Können Sie mir das sagen?»

«Vor allen Dingen die Familie.»

«Wer im Einzelnen?»

«Ich und die Kinder natürlich. Und Stig hat ... hatte zwei jüngere Brüder, einer wohnt in Göteborg und der andere in Boden.»

Martin Beck nickte. Die Briefe im Krankenzimmer waren von Nymans Brüdern geschrieben worden.

«Weiter.»

«Ich selbst habe keine Geschwister. Und meine Eltern sind tot, von meinen nächsten Verwandten lebt also niemand mehr. Außer einem Onkel, einem Bruder meines Vaters, aber der ist in Amerika und ihn habe ich noch nie gesehen.»

«Ihre Freunde und Bekannten?»

«Wir haben nicht viele. Hatten, meine ich. Gunnar Blomberg, der heute Nacht hier war; mit ihm sind wir befreundet, und er war ja außerdem Stigs Arzt. Der wusste selbstverständlich davon.»

«Ich verstehe.»

«Und dann Hauptmann Palm und seine Frau, ein alter Regimentskamerad meines Mannes. Mit denen haben wir uns auch getroffen.»

«Außerdem?»

«Nein, eigentlich weiter niemand. Wir hatten wenige richtige Freunde. Nur die, die ich aufgezählt habe.»

Sie machte eine Pause. Martin Beck wartete.

«Stig hat immer gesagt …» Sie vollendete den Satz nicht.

«Ja, was hat er gesagt?»

«Dass ein Polizist immer wenige Freunde hat.»

Das war eine allgemein bekannte Tatsache. Martin Beck hatte selbst auch keine Freunde. Außer Kollberg und seiner eigenen Tochter. Und einer Frau, die Åsa Torell hieß. Aber die war auch bei der Polizei.

Und dann möglicherweise noch Per Månsson, ein Polizist in Malmö.

«Diese Personen wussten also, dass Ihr Mann im Sabbatsberg-Krankenhaus lag.»

«Na ja, so genau weiß ich das nicht. Der Einzige, der genau wusste, wo er lag, war Dr. Blomberg, ich meine von unseren Freunden.»

«Wer hat ihn denn besucht?»

«Ich und Stefan. Wir waren jeden Tag da.»

«Sonst keiner?»

«Nein.»

«Auch Dr. Blomberg nicht?»

«Nein. Stig wollte außer mir und unserem Sohn niemand dahaben. Eigentlich wollte er auch nicht, dass Stefan mitkam.»

«Warum denn nicht?»

«Er wollte nicht, dass jemand ihn so sieht. Sie verstehen vielleicht …»

Martin Beck wartete.

«Tja», fuhr sie schließlich fort, «Stig war immer ein besonders kräftiger und durchtrainierter Mann gewesen. Nun zum Schluss ist er mager geworden und kraftlos. Das sollte niemand sehen; er schämte sich deshalb.»

«Mmm», murmelte Martin Beck.

«Aber Stefan hat sich darum nicht gekümmert. Er hat seinen Vater abgöttisch geliebt. Sie standen sich beide sehr nahe.»

«Und Ihre Tochter?»

«Stig hat sich nie auf die gleiche Weise um sie gekümmert. Haben Sie selbst Kinder?»

«Ja.»

«Jungen und Mädchen?»

«Ja.»

«Dann wissen Sie ja, wie das ist. Mit Vätern und Söhnen, meine ich.»

Er konnte da nicht mitreden. Er dachte so lange darüber nach, dass die Frau fragen musste:

«Sind Sie noch da, Kommissar Beck?»

«Ja, selbstverständlich. Wie war das denn mit Ihren Nachbarn?»

«Nachbarn?»

«Ja. Wussten die, dass Ihr Mann im Krankenhaus lag?»

«Natürlich nicht!»

«Was haben Sie denen denn gesagt, weshalb Ihr Mann nicht zu Hause war?»

«Gar nichts habe ich gesagt. Wir sprechen nicht miteinander.»

«Und Ihr Sohn? Hat der es vielleicht seinen Freunden erzählt?»

«Stefan? Nein, ganz sicher nicht. Er kannte ja die Anordnung seines Vaters. Dem wäre es niemals eingefallen, irgendwas zu tun, was Stig nicht wünschte. Mit der einen Ausnahme, dass er jeden Abend mit ins Krankenhaus kam. Und Stig hat sich natürlich, ohne es zu zeigen, darüber gefreut.»

Martin Beck schrieb ein paar Zeilen in seinen Stenogrammblock, der vor ihm auf dem Tisch lag, und fasste zusammen: «Das würde also bedeuten, dass nur Sie selbst, Stefan, Dr. Blomberg und Ihre beiden Schwäger genau wussten, in welcher Abteilung und in welchem Zimmer Ihr Mann lag?»

«Ja.»

«Das wäre dann eigentlich alles. Das heißt, nur noch eine Frage.»

«Ja?»

«Mit welchen seiner Kollegen hat Ihr Mann sich häufiger getroffen?»

«Ich verstehe nicht.»

Martin Beck ließ den Stift fallen und massierte die Nasenwurzel mit Daumen und Zeigefinger. Hatte er sich wirklich so unklar ausgedrückt? «Ich meine das so: Mit welchen Polizeibeamten haben Sie und Ihr Mann sich auch privat getroffen?»

«Mit keinem.»

«Was?»

«Wie bitte?»

«Hat Ihr Mann sich nicht hin und wieder mit einigen seiner Kollegen zusammengesetzt, ich meine in der Freizeit?»

«Nein. In den 26 Jahren, in denen ich mit Stig verheiratet war, hat niemals ein Polizist seinen Fuß in unsere Wohnung gesetzt.»

«Ist das Ihr Ernst?»

«Aber ja. Sie selbst und der, den Sie bei sich hatten, waren die Einzigen. Aber da war Stig ja auch schon tot.»

«Aber es müssen doch ab und zu Untergebene gekommen sein, die ihn abgeholt haben oder was abzugeben hatten?»

«Ja, das stimmt. Ordonnanzen.»

«Verzeihung?»

«Ja. Mein Mann hat sie so genannt. Solche sind gekommen. Hin und wieder. Aber die durften niemals über unsere Schwelle treten. Stig achtete sehr genau darauf.»

«Wirklich?»

«Ja. Wenn ein Konstapel kam, der ihn holen sollte oder etwas abzugeben oder auszurichten hatte, wurde er nie in die Wohnung gelassen. Wenn ich oder eines der Kinder aufgemacht haben, dann haben wir den Betreffenden gebeten, draußen zu warten, bis Stig fertig war, und die Tür wieder zugemacht.»

«Hatte er sich das selbst ausgedacht?»

«Ja. Er hatte das ausdrücklich bestimmt, so sollte es sein, ein für alle Mal.»

«Aber er hatte doch Kollegen, mit denen er lange Jahre zusammengearbeitet hat. Galt für die das Gleiche?»

«Ja.»

«Und von denen kennen Sie keinen?»

«Nein. Jedenfalls nicht persönlich, höchstens die Namen.»

«Aber hat er denn nicht über seine Mitarbeiter mit Ihnen gesprochen?»

«Äußerst selten.»

«Und über seine Vorgesetzten?»

«Wie ich schon gesagt habe, äußerst selten. Verstehen Sie doch, Stig hatte sich's zum Prinzip gemacht, Beruf und Privatleben strikt auseinander zu halten.»

«Sie kennen jedenfalls einige dem Namen nach, sagten Sie. Welche?»

«Ja, einige von seinen Vorgesetzten. Den Rikspolischef und den Polismästare, natürlich, den Oberintendenten …»

«Für die Ordnungspolizei?»

«Ja. Gibt es denn mehrere solche?»

Rönn betrat das Zimmer mit einigen Papieren in der Hand. Martin Beck starrte ihn verwundert an. Dann nahm er sich zusammen und fragte weiter:

«Aber er muss doch einige von den Polizeibeamten, mit denen er laufend zu tun hatte, erwähnt haben?»

«Doch ja, zumindest einen, einen Untergebenen, den er sehr schätzte. Sein Name ist Hult. Stig hat hin und wieder von ihm gesprochen. Er und Hult kannten sich schon vor meiner Zeit.»

«Sie kennen Hult also?»

«Nein. Soviel ich weiß, habe ich ihn niemals gesehen.»

«Wirklich nicht?»

«Nein, ich habe nur am Telefon mit ihm gesprochen.»

«Ist das alles?»

«Ja.»

«Warten Sie bitte einen Augenblick, Fru Nyman.»

«Ja, gern.»

Martin Beck legte die Hand mit dem Telefonhörer vor sich auf den Tisch. Er dachte intensiv nach und massierte dabei seinen Haaransatz mit den Fingern der rechten Hand. Rönn gähnte gleichgültig.

Martin Beck hob den Hörer wieder ans Ohr. «Fru Nyman?»

«Ja.»

«Wissen Sie, wie der Erste Polizeiassistent Hult mit Vornamen heißt?»

«Ja, zufällig. Palmon Harald Hult. Allerdings wusste ich nicht, welchen Dienstgrad er hat.»

«Zufällig, sagen Sie?»

«Ja, hab ich gesagt. Ich hab nämlich den Namen hier aufgeschrieben vor mir liegen. Auf dem Telefonblock. Palmon Harald Hult.»

«Wer hat das aufgeschrieben?»

«Ich selbst.»

Martin Beck schwieg.

«Herr Hult hat nämlich gestern Abend hier angerufen und nach meinem Mann gefragt. Er war sehr bestürzt, als er hörte, dass Stig krank war.»

«Und Sie haben ihm die Adresse im Krankenhaus gegeben?»

«Ja. Er wollte Blumen schicken. Und wie gesagt, ich kannte ihn ja. Er war der Einzige, dem ich ohne Zögern die Adresse gegeben hätte, mit Ausnahme von …»

«Ja?»

«Na ja. Dem Rikspolischef oder dem Polismästare und dem Oberintendenten natürlich …»

«Ich verstehe. Hult hat also die Adresse bekommen.»

«Ja.» Sie machte eine Pause. Dann dämmerte ihr etwas, und sie fragte bestürzt: «Was soll das heißen?»

«Nichts», antwortete Martin Beck beruhigend. «Das bedeutet sicher überhaupt nichts.»

«Aber Sie hören sich so komisch an.»

«Wir müssen nur alles bis ins Einzelne überprüfen, Fru Nyman. Sie haben uns sehr geholfen. Vielen Dank.»

«Danke», sagte sie verwirrt.

«Danke», wiederholte Martin Beck und legte auf.

Rönn lehnte sich gegen den Türpfosten und begann: «Ich glaub, ich hab die jetzt so weit wie möglich überprüft. Zwei leben nicht mehr, und über diesen verdammten Eriksson kann keiner was sagen.»

«Aha», sagte Martin Beck abwesend und schrieb in großen Druckbuchstaben einen Namen quer über die Seite des Stenogrammblocks.

PALMON HARALD HULT.

18

Wenn Hult zur Arbeit gegangen war, musste er an seinem Schreibtisch sitzen. Er war einer von den älteren Beamten und seit einiger Zeit nur noch mit Schreibarbeiten beschäftigt, wenigstens offiziell.

Aber der Mann, der bei der Maria-Revierwache antwortete, schien nicht gleich zu begreifen.

«Hult? Nein, der ist nicht hier. Der hat doch jedes Wochenende frei.»

«Er ist heute nicht gesehen worden?»

«Nein.»

«Sicher nicht?»

«Nein. Ich jedenfalls hab ihn nicht gesehen.»

«Wollen Sie so freundlich sein und die anderen auch mal fragen?»

«Welche anderen?»

«So groß ist der Personalmangel wohl noch nicht, dass im ganzen zweiten Wachbereich nur ein einziger Mann im Dienst ist.» Martin Beck wurde langsam ärgerlich und fragte in gereiztem Ton: «Sie sind doch nicht allein auf der Wache, stimmt's?»

«Nein, das nicht», kam die kleinlaute Antwort, «warten Sie bitte, ich gehe mal fragen.»

Martin Beck hörte, wie der Hörer auf den Tisch geworfen wurde und schwere Schritte sich entfernten.

Im Hintergrund tönte eine laute Stimme:

«Hallo. Hat einer heute den Hult gesehen? Der Beck, dieser Angeber von Riksmordkommissionen, ist am Telefon und ...»

Der Rest war wegen des Brummens und Murmelns nicht zu hören.

Martin Beck wartete und sah müde zu Rönn hinüber, der blickte noch müder auf seine Armbanduhr.

Warum hielt ihn der Mann von der Maria-Wache für einen Angeber? Wahrscheinlich, weil er ihn nicht gleich geduzt hatte. Es fiel Martin Beck nicht leicht, junge Polizisten, die kaum trocken hinter den Ohren waren, zu duzen oder sich von ihnen duzen zu lassen.

Dabei war er beileibe kein Freund strenger Förmlichkeit.

Wie hatte sich ein Mann wie Stig Nyman wohl in solchen Fällen verhalten?

Es rasselte im Hörer.

«Ja, also der Hult …»

«Ja?»

«Es scheint wirklich so, als ob er kurze Zeit hier gewesen wäre. Vor ungefähr anderthalb Stunden. Aber er ist offenbar gleich wieder gegangen.»

«Wohin?»

«Das weiß hier keiner.»

Martin Beck ließ diese Verallgemeinerung ohne Rückfrage durchgehen und sagte nur kurz: «Danke.»

Um sicher zu gehen, wählte er die Nummer von Hults Wohnung, aber wie erwartet hob niemand ab, und nach dem fünften Klingeln legte er wieder auf.

«Wen suchst du denn?», fragte Rönn.

«Hult.»

«Ach so.»

Man konnte wirklich nicht behaupten, dass Rönn sehr aufmerksam war, dachte Martin Beck. Etwas gereizt sagte er:

«Einar?»

«Ja.»

«Hult hat gestern Abend bei Nymans Frau angerufen und sich die Krankenhausadresse geben lassen.»

«Aha.»

«Ich frage mich, weshalb.»

«Er wollte wahrscheinlich Blumen oder so was schicken»,

meinte Rönn gleichgültig. «Hult und Nyman waren ja befreundet.»

«Es waren nur ganz wenige, die überhaupt wussten, dass Nyman in Sabbatsberg lag.»

«Na, deswegen blieb Hult auch nichts übrig, als zu Hause bei Nymans Frau anzurufen.»

«Merkwürdiges Zusammentreffen.»

Das war keine Frage, und Rönn unterließ es auch, wie erwartet, darauf zu antworten. Stattdessen wiederholte er:

«Ja, wie gesagt, diesen Eriksson habe ich nicht erreicht.»

«Welchen Eriksson?»

«Åke Eriksson. Den Konstapel, der sich immer über alles Mögliche beklagt hat.»

Martin Beck nickte. Er erinnerte sich an den Namen, obwohl von diesem Mann lange nicht die Rede gewesen war. Im Übrigen interessierte es ihn nicht sonderlich, er war damit beschäftigt, intensiv an Hult zu denken.

Mit dem hatte er vor weniger als zwei Stunden noch gesprochen. Wie hatte Hult sich verhalten? Die Nachricht von dem Mord an Nyman hatte zuerst keinerlei Reaktion ausgelöst. Dann war Hult an die Arbeit gegangen, wie er es selbst genannt hatte.

Für Martin Beck war das nichts Außergewöhnliches gewesen. Hult war ein alter, im Dienst hart gewordener Polizist und im Denken nicht sonderlich schnell. Auf keinen Fall impulsiv. Dass er sich freiwillig zur Verfügung stellte, als er hörte, dass ein Kollege umgebracht worden war, schien völlig normal zu sein. In bestimmten ähnlichen Situationen hatte Martin Beck genau das Gleiche getan.

Außergewöhnlich war eher die Sache mit dem Telefongespräch. Warum hatte er mit keiner Silbe erwähnt, dass er noch am Abend vorher mit Fru Nyman in Kontakt gewesen war? Und wenn es nur darum ging, einen Gruß ins Krankenhaus zu schicken, warum hatte er dann am Abend angerufen?

Wenn er dagegen Nymans genaue Adresse aus einem anderen Grund wissen wollte …

Martin Beck zwang sich dazu, die Gedankenkette abzubrechen.

Hatte Hult wirklich am Abend angerufen?

Wenn ja, um welche Uhrzeit?

Bestimmte Angaben mussten vervollständigt werden.

Martin Beck seufzte tief, hob den Hörer ab und wählte zum dritten Mal die Nummer von Anna Nyman.

Diesmal meldete sie sich selbst.

«Ach so», sagte sie resigniert. «Schon wieder Kommissar Beck.»

«Ich muss Sie leider noch einmal nach diesem Telefongespräch fragen.»

«Ja, bitte?»

«Sie sagten, der Erste Polizeiassistent Hult hat Sie gestern Abend angerufen?»

«Ja.»

«Um welche Uhrzeit?»

«Ziemlich spät, genau kann ich die Zeit nicht mehr angeben.»

«Aber so ungefähr?»

«Tja …»

«Waren Sie schon zu Bett gegangen?»

«O nein … aber… warten Sie einen Augenblick.»

Sie legte die Hand auf die Muschel, und Martin Beck trommelte ungeduldig mit den Fingern auf seiner Tischplatte. Er hörte sie mit jemandem sprechen, wahrscheinlich mit dem Sohn, konnte aber die Worte nicht verstehen.

«Hallo!»

«Ja.»

«Ich hab Stefan gefragt. Wir saßen gestern Abend vor dem Fernseher. Erst haben wir einen Film mit Humphrey Bogart gesehen, aber der war so unerfreulich, da haben wir das zweite Programm eingestellt. Da gab es ein Unterhaltungsprogramm mit Benny Hill, und das hatte gerade angefangen, als das Telefon klingelte.»

«Sehr schön. Wie lange lief das Programm schon?»

«Nur wenige Minuten. Höchstens fünf.»

«Danke, Fru Nyman. Dann ist da nur noch eine Frage.»

«Welche denn?»

«Können Sie sich erinnern, was Hult sagte?»

«Nicht an jedes Wort. Er hat Stig sprechen wollen, und da hab ich ihm gesagt, dass …»

«Verzeihung, wenn ich unterbreche. Hat er genauso gefragt: ‹Darf ich mit Stig sprechen?›»

«Nein. Natürlich nicht. Er hat sich völlig korrekt ausgedrückt.»

«Inwiefern?»

«Er bat um Entschuldigung und fragte, ob Kommissar Nyman zu Hause sei.»

«Warum hat er um Entschuldigung gebeten?»

«Weil er so spät noch störte, natürlich.»

«Und was haben Sie geantwortet?»

«Ich fragte, wer am Apparat ist. Oder genauer gesagt: Mit wem spreche ich, bitte?»

«Und was hat Herr Hult da geantwortet?»

«Ich bin ein Kollege von Kommissar Nyman. So ungefähr. Und dann hat er seinen Namen gesagt.»

«Und was haben Sie darauf erwidert?»

«Wie ich Ihnen schon gesagt habe, ich kannte den Namen, und ich wusste sowohl, dass er früher schon mal angerufen hatte, als auch dass er einer der wenigen Männer war, die Stig wirklich schätzte.»

«Früher angerufen, sagten Sie. Wie oft?»

«Ein paar Mal im Laufe der Jahre. Als mein Mann noch gesund war, ging er fast immer selbst ans Telefon. Es ist also gut möglich, dass dieser Hult häufiger angerufen hat.»

«Und was haben Sie gesagt?»

«Das habe ich Ihnen doch bereits erzählt.»

«Bitte verzeihen Sie, wenn ich so beharrlich bin, aber dieser Punkt kann sehr wichtig sein.»

«Ich habe gesagt, dass Stig krank ist. Daraufhin schien er erstaunt und bedrückt und fragte, ob es was Ernsteres sei und …»

«Und …»

«Da hab ich ihm gesagt, dass es leider etwas sehr Ernstes ist und Stig im Krankenhaus liegt. Daraufhin fragte er, ob er hingehen und einen Besuch machen dürfte, und ich sagte, dass mein Mann das nicht gern sehen würde.»

«Gab er sich damit zufrieden?»

«Ja, selbstverständlich. Harald Hult kannte Stig ja sehr gut. Von der beruflichen Zusammenarbeit her.»

«Aber er sagte, dass er Blumen schicken wollte?»

Suggestivfrage, dachte Martin Beck. Stümper!

«Ja, genau. Und er wollte ein paar Zeilen dazu schreiben. Da hab ich ihm gesagt, dass Stig in Sabbatsberg liegt und ihm die Nummer der Station und des Zimmers gegeben. Ich weiß, Stig hat mehrmals gesagt, dass Hult zuverlässig und korrekt ist.»

«Und dann?»

«Dann hat er sich nochmals entschuldigt, sich bedankt und gute Nacht gesagt.»

Martin Beck bedankte sich ebenfalls und beinahe hätte auch er gute Nacht gesagt. Dann wandte er sich an Rönn: «Hast du gestern Abend ferngesehen?»

Rönn blickte ihn tief beleidigt an.

«Nein, klar, du hast ja gearbeitet. Aber kannst du mal feststellen, wann die Sendung mit Benny Hill im zweiten Programm angefangen hat?»

«Kann ich machen», entgegnete Rönn und trottete in den Aufenthaltsraum.

Er kam mit einer Zeitung in der Hand zurück, blätterte darin herum und brummte: «Fünf vor halb zehn.»

«Hult hat also um halb zehn angerufen. Ziemlich spät, wenn er nicht einen ganz besonderen Grund gehabt hat.»

«Hatte er den denn nicht?»

«Jedenfalls hat er davon nichts gesagt. Dagegen hat er sich Nymans genaue Adresse geben lassen.»

«Na, er wollte doch Blumen schicken.»

Martin Beck blickte lange zu Rönn hinüber. Dies musste ausführlich durchgesprochen werden.

«Kannst du mir mal genau zuhören, Einar?»

«Das kann ich machen.»

Martin Beck fasste alles zusammen, was er über Hults Verhalten in den letzten 24 Stunden wusste, angefangen bei dem Telefonat bis zum Gespräch auf Reimersholme und der Tatsache, dass Hult zur Zeit unauffindbar war.

«Glaubst du, dass er Nyman erstochen haben kann?»

Die Frage war erstaunlich direkt, wenn man berücksichtigte, dass sie von Rönn kam.

«Tja, so genau kann ich das natürlich nicht sagen.»

«Mir scheint das eine zu bequeme Lösung zu sein», bestätigte Rönn seine Zweifel, «und eine sehr sonderbare.»

«Hults Verhalten ist auch ziemlich merkwürdig, gelinde gesagt.»

Rönn antwortete nicht.

«Jedenfalls werde ich mir mal den Hult vornehmen und ihn ausführlicher wegen dieses Telefongesprächs befragen», beschloss Martin Beck energisch.

Der neue Ton in seiner Stimme machte auf Rönn keinen Eindruck, im Gegenteil, er gähnte ausdauernd und schlug vor: «Lass ihn über Funk suchen. Sicher ist er irgendwo hier in der Nähe.»

Martin Beck sah ihn überrascht an. «Gut, das ist tatsächlich ein Vorschlag, der uns weiterbringt.»

«Wieso?», fragte Rönn misstrauisch, als ob er zu Unrecht verdächtigt worden sei.

Martin Beck griff wieder nach dem Telefonhörer und gab Anweisung, dem Ersten Polizeiassistenten Hult, sobald dieser auftauchte, auszurichten, dass er das Dezernat für Gewaltverbrechen auf Kungsholmen anrufen möchte.

Als er das erledigt hatte, blieb er am Schreibtisch sitzen und stützte den Kopf auf beide Hände.

Irgendetwas stimmte nicht. Und dann war da immer noch dieses Gefühl der Gefahr, das ihn verfolgte. Aus welcher Richtung? Hult? Oder war es etwas anderes, das er übersehen hatte?

«Eines muss ich ja sagen», unterbrach Rönn seine Gedanken.

«Was denn?»

«Na ja, wenn ich bei deiner Frau anrufen und nach dir fragen würde …» Er brach ab und murmelte: «Nein, geht gar nicht. Du bist ja geschieden.»

«Was wolltest du sagen?»

«Ach, nichts», entgegnete Rönn unglücklich, «ich hab nicht daran gedacht. Will mich nicht in dein Privatleben mischen.»

«Aber was wolltest du sagen?»

Rönn überlegte sich eine bessere Formulierung. «Na, wenn du verheiratet wärst und ich zu Hause bei deiner Frau anriefe und dich sprechen wollte und sie mich nach meinem Namen fragte …»

«Was dann?»

«Ja, da würde ich doch niemals sagen: Hier ist Einar Valentino Rönn.»

«Wer, um Gottes willen, ist denn das?»

«Ich. So heiße ich. Nach irgend so einem Filmhelden. Meine Mutter war manchmal 'n bisschen überkandidelt.»

Martin Beck war hellwach. «Du meinst also …»

«Das ist doch ebenso absurd wie unwahrscheinlich, dass Hult Nymans Frau anruft und sich meldet: Hier Palmon Harald Hult.»

«Woher weißt du denn, dass er so heißt?»

«Du hast das da auf Melanders Block geschrieben. Und außerdem …»

«Was noch?»

«Außerdem hab ich das auch in meinen eigenen Notizen. Aus Åke Erikssons Anzeige beim Justizombudsmann.»

Martin Beck wurde langsam einiges klar. «Gut, Einar. Sehr gut.»

Rönn gähnte.

«Wer ist der Diensthabende hier?», fragte Martin Beck plötzlich.

«Gunvald. Aber der ist vorhin losgefahren. Hält sich ja nie daran.»

«Hier muss es doch noch mehr Leute geben?»

«Ja, Strömgren.»

«Und wo ist Melander?»

«Zu Hause, nehm ich an. Der hat jetzt doch sonnabends frei.»

«Wir wollen uns daranmachen und unseren Freund Eriksson mal genauer unter die Lupe nehmen. Leider erinnere ich mich kaum noch an die Details zu seinem Fall.»

«Ich auch nicht», musste Rönn zugeben. «Aber Melander kennt sie. Melander erinnert sich an alles.»

«Sag Strömgren Bescheid, er soll alle schriftlichen Unterlagen über Åke Eriksson raussuchen. Und ruf Melander an und bitte ihn, dass er sofort herkommt.»

«Das wird vielleicht nicht so einfach sein. Als stellvertretender Kommissar wird er seine Freizeit nur ungern opfern.»

«Grüß ihn von mir.»

«Ja, das kann ich machen», sagte Rönn und schleppte sich aus dem Zimmer.

Zwei Minuten später war er wieder da. «Strömgren sucht.»

«Und Melander?»

«Der kommt, aber …»

«Was aber?»

«Er war nicht sehr erfreut.»

Das war schließlich auch zu viel verlangt.

Martin Beck wartete. Vor allen Dingen darauf, dass Hult auftauchte.

Und auch auf das Gespräch mit Fredrik Melander.

Fredrik Melander war einer der wenigen unersetzlichen Leute im Dezernat für Gewaltverbrechen. Er war der Mann mit dem legendären Gedächtnis. Ein Trauerkloß, aber ein außergewöhnlich begabter Detektiv. Gegen ihn kam die gesamte moderne Technik nicht an, denn Melander konnte im Verlauf weniger Minuten alles Wesentliche, das er über eine Person oder zu einem Thema gehört, gelesen oder gesehen hatte, zusammenfassen und es klar und übersichtlich in verständlicher Form vortragen.

Das schaffte auf der ganzen Welt kein einziger Computer.

Dagegen war er kein Mann der Feder. Martin Beck betrachtete einige Notizen auf Melanders Block. Die waren in einer verschnörkelten, ausdrucksvollen Handschrift abgefasst und garantiert unleserlich.

19

Rönn lehnte sich gegen den Rahmen der Tür und grinste. Martin Beck sah ihn fragend an:

«Was gibt es denn zu lachen?»

«Hm, ich denke eben daran – du suchst nach einem Polizisten und ich suche nach einem anderen Polizisten. Aber vielleicht meinen wir die gleiche Person.»

«Die gleiche Person?»

«Nein, so kann man's wohl doch nicht ausdrücken. Åke Eriksson ist Åke Eriksson und Palmon Harald Hult ist Palmon Harald Hult.»

Martin Beck überlegte, ob es nicht doch das Beste sei, wenn er Rönn nach Hause schickte. Es war sogar fraglich, ob er sich nicht strafbar gemacht hatte, denn einer Vorschrift nach, die zu Beginn des Jahres in Kraft getreten war, durfte kein Polizeibeamter mehr als 150 Überstunden pro Jahr machen und höchstens 50 davon in einem Quartal. Theoretisch konnte es passieren, dass ein Polizist verbotene Überstunden leistete und trotzdem Gehalt dafür bezog. Eine Ausnahme gab es: In besonders schwierigen Situationen durfte gegen die Vorschrift verstoßen werden.

War das ein solcher Fall? Immerhin möglich.

Oder müsste er Rönn vielleicht festnehmen? Obwohl das Vierteljahr erst vier Tage zählte, hatte der seine Überstundenquote schon überschritten. Jedenfalls war das ein neuer Aspekt bei der Fahndungsarbeit.

Im Übrigen liefen die Ermittlungsarbeiten wie üblich.

Strömgren hatte einen Haufen alter Akten herausgesucht und kam ab und zu mit weiteren Unterlagen.

Martin Beck nahm sie mit wachsendem Widerwillen zur Kenntnis.

Immer mehr Fragen tauchten auf, die er an Anna Nyman richten müsste.

Aber er zögerte mit der Hand auf dem Hörer. War es nicht eine Zumutung, wenn er schon wieder anrief? Konnte er Rönn bitten, diesmal mit ihr zu sprechen? Aber dann war er sowieso gezwungen, später wieder anzurufen und nicht nur für Rönn, sondern auch für sich selbst um Entschuldigung zu bitten.

Davor graute ihm noch mehr, deshalb riss er sich zusammen, hob den Hörer ab und wählte zum vierten Mal die Nummer des Trauerhauses.

«Ja. Nyman.»

Die Stimme der Witwe klang jedes Mal, wenn er anrief, ein wenig gefasster. Alles schien langsam wieder seinen normalen Gang zu gehen. Wieder ein Beweis für die so häufig beobachtete Anpassungsfähigkeit des Menschen. Er fasste Mut und meldete sich:

«Beck. Leider schon wieder.»

«Aber wir haben doch erst vor zwanzig Minuten miteinander gesprochen ...»

«Ich weiß. Entschuldigen Sie. Fällt es Ihnen schwer, über diesen ... Zwischenfall zu sprechen?»

War ihm wirklich kein besserer Ausdruck eingefallen, der die Situation traf?

«Ich gewöhne mich langsam daran», antwortete Anna Nyman kühl. «Was wollen Sie denn jetzt wissen, Herr Kriminalkommissar?»

Die Dienstgrade und ihre Bedeutung hatte sie jedenfalls gründlich studiert.

«Ich muss nochmal auf dieses Telefongespräch zurückkommen.»

«Mit dem Ersten Polizeiassistenten Hult?»

«Ja, genau. Es war ja nicht das erste Mal, dass Sie mit ihm gesprochen haben?»

«Nein.»

«Haben Sie seine Stimme wieder erkannt?»

«Natürlich nicht!»

«Warum natürlich?»

«Dann hätte ich ihn ja nicht nach seinem Namen zu fragen brauchen.»

Da hatte er sein Fett! Er hätte doch Rönn anrufen lassen sollen.

«Haben Sie nicht daran gedacht, Herr Kriminalkommissar?», fragte die Frau.

«Nein. Tut mir Leid.»

Die meisten Männer wären rot geworden oder hätten zumindest keine so klare Antwort gegeben. Nicht so Martin Beck. Er fuhr im gleichen Ton fort: «Dann könnte es also jeder x-Beliebige gewesen sein.»

«Aber es wäre doch unsinnig, dass irgendwer anruft und sich als Palmon Harald Hult ausgibt.»

«Aber möglich wäre es, dass es ein anderer gewesen sein kann als Palmon Harald Hult?»

«Wer denn?»

Gute Frage, dachte Martin Beck. Laut sagte er: «Hat sich die Stimme nach einem jüngeren oder älteren Mann angehört?»

«Das weiß ich nicht.»

«Können Sie die Stimme irgendwie beschreiben?»

«Er sprach in dienstlichem Ton, vielleicht sogar ein wenig barsch.»

Ja, damit hatte sie Hults Tonfall ausgezeichnet beschrieben. Barsch und dienstlich. Aber genauso sprach auch eine große Zahl anderer Polizeibeamter, vor allem solche, die früher beim Militär gewesen waren. Und natürlich nicht nur Polizeibeamte.

«Wäre es nicht einfacher, Polizeiassistent Hult selber zu fragen?», schlug die Frau vor.

Martin Beck verkniff sich eine Antwort. Stattdessen versuchte er, auf das eigentliche Problem zu kommen: «Polizist zu sein bedeutet fast immer, dass man sich irgendwo Feinde schafft.»

«Ja, das haben Sie schon einmal gesagt. Als wir zum zweiten Mal miteinander sprachen. Ist Ihnen klar, Herr Kriminalkommissar, dass dies unser fünftes Gespräch im Laufe von weniger als zwölf Stunden ist?»

«Es tut mir Leid. Sie haben gesagt, dass Sie nicht wüssten, ob Ihr Mann irgendwelche Feinde gehabt hat.»

«Das stimmt.»

«Aber Sie wussten doch, dass er im Dienst gewisse Schwierigkeiten hatte?»

Es hörte sich so an, als ob sie leise lachte.

«Jetzt weiß ich wirklich nicht, was Sie meinen.»

Ja, sie hatte tatsächlich gelacht.

«Ich will damit ausdrücken», sagte Martin Beck und ließ alle Rücksichtnahme fallen, «dass Ihr Mann nach der Ansicht vieler Leute ein schlechter Polizeibeamter gewesen sein soll, der seine dienstlichen Aufgaben sträflich vernachlässigt hat.»

Das saß. Sie erfasste wieder den Ernst des Gesprächs.

«Sie machen wohl Witze, Herr Kriminalkommissar?»

«Nein», erwiderte Martin Beck in versöhnlicherem Ton. «Ich meine es durchaus ernst. Ihr Mann hat sich viele Beschwerden und Anzeigen eingehandelt.»

«Weswegen?»

«Brutalität.»

Sie holte tief Atem und stieß hervor: «Das ist völlig unmöglich. Sie müssen ihn mit einem anderen verwechseln.»

«Das glaube ich nicht.»

«Aber Stig war der zärtlichste und empfindsamste Mensch, den ich je kennen gelernt habe. Wir haben zum Beispiel immer einen Hund gehabt. Hunde, meine ich, vier Stück nacheinander. Stig hat sie geliebt, er war unendlich geduldig mit ihnen, sogar bevor sie stubenrein wurden. Hat sich wochenlang mit ihnen geplagt, ohne nervös zu werden.»

«Ach ja.»

«Und er hat sich nie dazu hinreißen lassen, die Hand gegen unsere Kinder zu erheben, auch nicht, als sie klein waren.»

Martin Beck hatte des öfteren die Hand gegen seine Kinder erhoben, vor allen Dingen, als sie noch klein waren.

«Er hat also nie über Schwierigkeiten im Dienst mit Ihnen gesprochen?»

«Nein. Ich habe ja schon gesagt, dass er zu Hause so gut wie nie über seine Arbeit sprach. Außerdem glaube ich diese Gerüchte nicht. Sie müssen sich ganz einfach geirrt haben.»

«Aber er hatte doch bestimmte Auffassungen? Ganz allgemein?»

«Ja. Er war der Ansicht, dass unsere Gesellschaftsordnung dabei war, zusammenzubrechen. Weil das Regime versagt hat.»

Das war eine Meinung, die man ihm kaum verdenken konnte. Die Sache war nur, dass Stig Nyman zu der Minderheit gehörte, die mit Sicherheit alles noch viel schlimmer machen würde, wenn sie die Gelegenheit dazu bekäme.

«Haben Sie sonst noch etwas?», fragte Anna Nyman. «Ich hab leider noch eine ganze Menge zu erledigen.»

«Nein. Jedenfalls nicht im Augenblick. Es tut mir Leid, dass ich gezwungen war, Sie nochmals zu bemühen.»

«Macht nichts.»

Das klang nicht besonders überzeugend.

«Das Einzige wäre, dass wir Sie vielleicht noch bitten müssen, diese Stimme zu identifizieren.»

«Die vom Ersten Polizeiassistenten Hult?»

«Ja. Meinen Sie, dass Sie sie wieder erkennen werden?»

«Das ist gut möglich. Auf Wiedersehen.»

«Auf Wiedersehen.»

Martin Beck schob das Telefon von sich weg. Strömgren trat mit einer weiteren Akte ein. Rönn stand am Fenster und starrte hinaus, die Brille war ihm auf die Nasenspitze gerutscht.

«Ach du», sagte er seelenruhig.

Auch ein Kommentar.

«Zu welcher Waffengattung gehörte Hult, als er Berufssoldat war?»

«Zur Kavallerie», antwortete Rönn.

Das Paradies aller Kameradenschinder.

«Und Eriksson?»

«Der war bei der Artillerie.»

Fünf Sekunden war es still, dann fragte Rönn: «Denkst du an das Seitengewehr?»

«Ja.»

«Hab ich mir doch gedacht.»

«Wie meinst du das?»

«Nun, für 5 Kronen kann jeder sich so ’n Ding kaufen. Aus alten Armeebeständen.»

Martin Beck schwieg.

Er hatte nie viel von Rönn gehalten, war aber auch nie auf die Idee gekommen, dass der andere ebenso empfand.

Es klopfte zaghaft an der Tür.

Melander.

Wahrscheinlich der Einzige auf der ganzen Welt, der an seiner eigenen Tür klopfte.

20

Lennart Kollberg beunruhigte der Zeitfaktor. Er hatte das Gefühl, als ob irgendetwas Dramatisches kurz bevorstand, aber bis jetzt hatte nichts den normalen Verlauf der Ermittlungen unterbrochen. Die Leiche war weggeschafft und der Fußboden gründlich gereinigt worden. Die blutige Bettwäsche hatte man abgezogen. Das Bett war auf dem Gang in die eine Richtung weggeschoben worden und der Nachttisch in die andere. Kriminalbeamte hatten alle persönlichen Habseligkeiten in Plastikbeutel gesteckt, die dann in einem Sack verstaut worden waren. Der stand draußen auf dem Flur und wartete darauf, dass jemand ihn abholte. Die Untersuchung des Tatortes war abgeschlossen, und nicht einmal eine mit Kreide auf den Fußboden gemalte Umrisszeichnung erinnerte noch an den verstorbenen Stig Nyman. Diese Methode war veraltet und wurde nur noch in Ausnahmefällen angewandt. Die Einzigen, die sie vermissten, waren vermutlich die Pressefotografen.

Im Krankenzimmer zurückgeblieben war praktisch nur noch der Besucherstuhl, und darauf saß er selbst und dachte nach.

Was macht ein Mensch, der getötet hat? Aus Erfahrung wusste er, dass es auf diese Frage eine Vielzahl von Antworten gab.

Kollberg hatte selbst einmal einen Menschen umgebracht. Was hatte er danach getan? Er hatte lange und gründlich nachgedacht, wirklich jahrelang, und dann hatte er seine Dienstpistole und den Waffenschein mit allem Drum und Dran abgegeben und seinen Vorgesetzten erklärt, dass er nie mehr bewaffnet auftreten würde. Das war eine ganze Reihe von Jahren her. Das letzte Mal, dass er eine Pistole bei sich gehabt hatte, war im Sommer 1964 in Motala gewesen, als sie im Mordfall einer amerikanischen Touristin ermittelten. Und trotzdem geschah es hin und wieder, dass er an jenen unglückseligen Moment denken musste. Zum Beispiel, wenn er in den Spiegel sah. Da steht ein Mensch, der getötet hat.

Im Verlauf seiner langen Dienstjahre hatte er so vielen Mördern und Totschlägern Auge in Auge gegenübergestanden, dass er sie nicht mehr zählen konnte. Ihm war bewusst, dass es für das Verhalten eines Menschen nach einer Gewalttat unendlich viele Möglichkeiten und Muster gab. Einige mussten sich übergeben, andere aßen gut zu Mittag und wieder andere nahmen sich das Leben. Manche verloren den klaren Kopf und flohen irgendwohin, und ein paar gingen ganz einfach nach Hause und legten sich aufs Ohr.

Von solchen Überlegungen aus die Fahndung aufzubauen war nicht nur bedenklich, sondern auch für die beruflich mit einer solchen Aufgabe Betrauten ein schwerer Fehler; die ganze Ermittlungsarbeit konnte in eine falsche Richtung gelenkt werden.

Irgendetwas bei den Umständen, unter denen Nyman gestorben war, machte ihn allerdings misstrauisch, und er fragte sich, wohin der Mann mit dem Bajonett nach der Tat verschwunden war und was der Betreffende gerade jetzt tat.

Welche Umstände waren das? Einerseits die rein äußerliche Gewaltanwendung, die der Ausdruck mindestens ebenso gewalttätiger Gefühle war und demnach weitere Gewaltakte nach sich ziehen konnte.

Aber war das wirklich so einfach? Kollberg konnte sich an seine eigenen Gefühle erinnern, damals, als Nyman ihn zum Fallschirmjäger ausgebildet hatte. Zu Beginn hatte er sich beinahe erbrechen müssen, vor Angst gezittert und nicht essen können. Aber gar nicht lange danach war er aus einem Haufen dampfender Schlachtereiabfälle aufgestanden, hatte die Schutzkleidung ausgezogen, geduscht und war geradewegs in die Kantine gegangen. Und hatte sich Kaffee und Butterkuchen bestellt. Auch so etwas war also Routine.

Ein anderer Umstand beeinflusste Kollbergs Überlegungen ebenfalls, nämlich die Art und Weise, wie Martin Beck sich verhalten hatte. Kollberg war ein sensibler Mensch, nicht zuletzt seinem Chef gegenüber. Er kannte Martin Beck genau und hatte ein Gespür für die Nuancen in seinem Auftreten.

Heute hatte Martin Beck beunruhigt gewirkt, beinahe etwas angstvoll, und das kam selten vor und nie ohne besonderen Grund.

Nun saß er also da mit seiner Frage. Was hatte der Mörder nach der Tat getan?

Gunvald Larsson, der nie eine Gelegenheit ausließ, wenn er raten oder eine Chance wahrnehmen konnte, hatte sofort eine Antwort parat gehabt: «Wahrscheinlich ist er geradewegs nach Hause gegangen und hat sich erschossen.»

Dieser Gesichtspunkt musste zweifellos beachtet werden. Und vielleicht war die Lösung tatsächlich so einfach. Gunvald Larsson hatte häufig Recht, aber ebenso oft geschah es, dass er danebentippte.

Kollberg war bereit, zuzugeben, dass eine solche Reaktion im Rahmen der menschlichen Verhaltensweise lag, aber mehr auch nicht. Von Gunvald Larssons dienstlichen Fähigkeiten hatte er nie allzu viel gehalten.

Und dieser fragwürdige Kollege war es jetzt, der seine Überlegungen unterbrach, indem er, von einem rundlichen, glatzköpfigen, etwa 60 Jahre alten Mann gefolgt, in das Zimmer marschiert kam. Der Mann sah frustriert aus, aber das war nicht außergewöhnlich, die meisten Menschen reagierten so, wenn Gunvald Larsson mit von der Partie war.

«Dies hier ist Lennart Kollberg», stellte Gunvald Larsson vor.

Kollberg erhob sich und sah den Fremden fragend an, und Gunvald Larsson vollendete die kurze Bekanntmachung mit den Worten: «Dies hier ist Nymans Quacksalber.»

Sie schüttelten sich die Hände.

«Kollberg.»

«Blomberg.»

Und Gunvald Larsson begann seine sinnlosen Fragen zu stellen:

«Wie heißen Sie mit Vornamen?»

«Carl-Axel.»

«Wie lange sind Sie Nymans Hausarzt gewesen?»

«Mehr als zwanzig Jahre lang.»

«An welcher Krankheit litt er?»

«Ja … für einen Laien ist es vielleicht nicht ganz einfach zu verstehen.»

«Versuchen Sie es ruhig.»

«Tatsache ist, auch für einen Arzt ist es ziemlich schwierig.»

«Aha.»

«Ich war nämlich gerade drüben und hab mir die letzten Röntgenbilder angesehen. Siebzehn Stück.»

«Und?»

«Die Prognose ist recht positiv. Wirklich sehr erfreulich.»

«Wie bitte?»

Gunvald Larsson machte ein so erstauntes Gesicht, dass es schon beinahe gefährlich aussah, und der Arzt beeilte sich hinzuzufügen:

«Das heißt, wenn er am Leben geblieben wäre. Beachtlich gute Ergebnisse.»

«Was wollen Sie damit sagen?»

«Dass er gute Aussichten gehabt hatte, wieder gesund zu werden.» Blomberg überlegte und sagte einschränkend: «Nun ja, relativ wiederhergestellt jedenfalls.»

«Was hatte er denn eigentlich?»

«Das ist, wie gesagt, jetzt erst festgestellt worden. Stig hatte eine mittelgroße Zyste am Pankreas.»

«Wo dran?»

«An der Bauchspeicheldrüse. Außerdem hatte er einen kleinen Lebertumor.»

«Und was bedeutet das?»

«Dass er bedingt wiederhergestellt worden wäre, wie ich bereits sagte. Die Zyste hätte chirurgisch entfernt werden können – sie war nicht *maligne,* ich meine bösartig.»

«Was heißt – nicht bösartig?»

«Es war kein Krebs.»

Gunvald Larsson schien offensichtlich interessiert. «Das ist doch gar nicht schwer zu verstehen», meinte er.

«An der Leber kann man dagegen, wie Sie vielleicht wissen, nicht operieren. Aber der Tumor war klein, Stig hätte noch eine ganze Reihe von Jahren damit leben können.» Wie zur Bestätigung seiner Ansicht nickte Dr. Blomberg vor sich hin und fuhr fort: «Stig hat einen durchtrainierten Körper. Er ist in guter Verfassung.»

«Was?»

«War, meine ich. Guter Blutdruck und kräftiges Herz. Ausgezeichneter Gesundheitszustand.»

Gunvald Larsson schien genug zu wissen.

Der Arzt wandte sich zum Gehen.

«Einen Augenblick, Doktor», bat Kollberg.

«Ja?»

«Sie waren ja lange Jahre Kommissar Nymans Arzt und kannten ihn gut.»

«Ja, das stimmt.»

«Was war Nyman für ein Mensch?»

«Abgesehen vom allgemeinen Gesundheitszustand», ergänzte Gunvald Larsson.

«Ich bin kein Psychiater», antwortete Blomberg und schüttelte den Kopf, «meine Stärke ist die innere Medizin.»

Kollberg ließ sich jedoch dadurch nicht abweisen und fragte hartnäckig: «Sie müssen sich doch irgendeine Meinung über ihn gebildet haben?»

«Stig Nyman war wohl, wie wir alle, ein ziemlich komplexer Charakter», erwiderte Blomberg ausweichend.

«Weiter haben Sie nichts zu sagen?»

«Nein.»

«Danke.»

«Auf Wiedersehen», sagte Gunvald Larsson.

Damit war das Gespräch beendet.

Als der Fachmann für innere Medizin sich entfernt hatte, begann Gunvald Larsson mit einer seiner dummen Angewohnheiten, mit der er seine Umgebung jedes Mal nervös machte. Er zog an seinen langen Fingern, schön systematisch einen nach dem andern, bis die Gelenke knackten. Mehrmals musste er zweimal oder öfter ziehen. Das galt besonders für den rechten Zeigefinger, der erst beim achten Ziehen knackte.

Kollberg sah sich sein Tun mit Abscheu an. Schließlich fragte er: «Larsson?»

«Ja?»

«Warum tust du das?»

«Das ist meine Sache.»

Kollberg dachte über die Frage nach, die ihn beschäftigte. Nach einer Weile wandte er sich wieder an Larsson: «Kannst du dir vorstellen, welche Überlegungen der Mann, der Nyman umgebracht hat, angestellt hat? Ich meine, nach der Tat?»

«Woher wissen wir denn, dass es ein Mann war?»

«Nur sehr wenige Frauen können mit so einer Waffe umgehen und noch weniger haben Schuhgröße 45. Kannst du dich in seine Situation hineinversetzen?»

Gunvald Larsson sah ihn verständnislos aus seinen hellen blauen Augen an. «Nein, kann ich nicht. Wie, zum Teufel, soll ich das können?» Er hob den Kopf, strich sich das blonde Haar aus der Stirn und horchte auf: «Was ist denn das für ein Radau da draußen?»

Von irgendwoher aus der Nähe hörte man Rufe und aufgeregte Stimmen.

Kollberg und Gunvald Larsson standen sofort auf und gingen auf die Straße hinaus. Dort sahen sie einen der schwarzweißen Kleinbusse der Polizei stehen und fünf junge Polizisten, die in etwa fünfzehn Meter Entfernung und unter der Leitung eines älteren uniformierten Polizeibeamten dabei waren, einen Schwarm von Zivilisten zurückzudrängen.

Die Polizisten hatten eine Kette gebildet, und ihr Vorgesetzter schwang drohend den Gummiknüppel über seinem kurz geschnittenen grauen Haar.

Unter den Zivilisten waren mehrere Pressefotografen, Pflegerinnen in weißen Kitteln, ein Taxifahrer in Uniform und einige andere Männer und Frauen unterschiedlichen Alters. Die übliche Mischung Neugieriger. Mehrere von ihnen protestierten in verschiedener Lautstärke, und einer der Jüngeren nahm einen Gegenstand vom Boden auf, eine leere Bierdose. Er warf damit nach den Polizisten, ohne jedoch zu treffen.

«Ran an sie, Jungs!», kommandierte der Truppführer. «Jetzt reicht's aber.»

Mehrere seiner Leute zogen die weißen Gummiknüppel und wollten damit zuschlagen.

«Stopp!», brüllte Gunvald Larsson mit dröhnender Stimme.

Kaum einer rührte sich mehr.

Gunvald Larsson trat vor und fragte: «Was ist hier los?»

«Ich lasse den Platz vor der Absperrung räumen», antwortete der ältere Polizist.

Die goldenen Streifen an seinen Ärmeln wiesen ihn als Ersten Polizeiassistenten aus.

«Aber hier gibt's doch verdammt nochmal nichts abzusperren», wies ihn Gunvald Larsson ärgerlich zurecht.

«Da hat er Recht, Hult», sagte Kollberg. «Woher hast du diese Burschen geholt?»

«Eine Einsatzgruppe vom fünften Distrikt», antwortete der Mann und nahm automatisch Grundstellung ein. «Die waren bereits hier, und ich hab das Kommando übernommen.»

«Hör sofort auf mit diesem Blödsinn», befahl Gunvald Larsson. «Stell eine Wache auf die Treppe, damit kein Unbefugter das Gebäude betritt. Ich bezweifle, dass selbst das notwendig ist. Und dann schick die Übrigen auf schnellstem Weg zurück zur Revierwache. Da werden sie sicher nötiger gebraucht.»

Aus dem Polizeibus hörte man das Knacken und Rauschen des Kurzwellensenders, und eine metallisch klingende Stimme sagte:

«Erster Polizeiassistent Hult wird gebeten, die Einsatzzentrale anzurufen, zur weiteren Meldung an Kommissar Beck.»

Hult hatte immer noch den Gummiknüppel in der Hand und stierte auf die beiden Kollegen von der Kriminalpolizei.

«Na?», fragte Kollberg. «Willst du nicht die Einsatzzentrale anrufen? Sieht aus, als ob dich jemand sucht.»

«Alles zu seiner Zeit», brummte der Mann. «Im Übrigen bin ich freiwillig hier.»

«Ich glaub nicht, dass hier Freiwillige gebraucht werden», entgegnete Kollberg.

Er irrte sich aber.

«Es läuft ja alles wie am Schnürchen», sagte Gunvald Larsson. «Ich bin jedenfalls mit meiner Arbeit hier fertig.»

Er irrte sich ebenfalls.

Gerade als er den ersten großen Schritt zu seinem Auto getan hatte, peitschte ein Schuss, und jemand rief um Hilfe, gellend und angstvoll.

Gunvald Larsson blieb abrupt stehen und blickte auf seine Uhr. Es war zehn Minuten nach zwölf.

Auch Kollberg horchte schlagartig auf.

War es das, worauf er gewartet hatte?

21

«Was diesen Eriksson betrifft», begann Melander und schob den Aktenstapel zur Seite, «so ist das eine lange Geschichte. Ihr kennt sicher einen Teil davon.»

«Geh mal davon aus, dass wir überhaupt nichts wissen, und fang von vorn an», bat Martin Beck.

Melander lehnte sich auf seinem Stuhl zurück und fing an, seine Pfeife zu stopfen.

«Na schön, also von Anfang an. Åke Eriksson, 1935 in Stockholm geboren. Einziges Kind. Vater Dreher. 1954 Abgang von der Realschule, anschließend Militärdienst, und als er den hinter sich hatte, Bewerbung bei der Polizei. Mit der Beförderung zum Polizeiaspiranten begann er mit der Freiwilligen-Unterführer-Ausbildung.»

Er steckte sorgfältig seine Pfeife an und paffte kleine Rauchwolken über die Tischplatte. Rönn, der an der anderen Seite des Schreibtischs saß, hustete laut und vorwurfsvoll. Melander ließ sich dadurch nicht beeindrucken, er qualmte weiter und fuhr fort:

«Ja, das wäre in kurzen Worten die erste und vergleichsweise uninteressante Hälfte von Erikssons Leben gewesen. Ab 1956 ging er Streife in Katarina. Über die folgenden Jahre ist nicht viel zu sagen, er war, soweit man das verfolgen kann, ein mittelmäßiger Polizist, weder besonders gut noch besonders schlecht. Klagen oder Beschwerden gegen ihn hat es nicht gegeben, aber ich kann mich auch nicht erinnern, dass er sich in irgendeiner Weise ausgezeichnet hat.»

«War er die ganze Zeit lang in Katarina?», fragte Martin Beck, der an der Tür stand und einen Arm auf den Aktenschrank gestützt hatte.

«Nein. In den ersten vier Jahren hat er in drei oder vier verschiedenen Revieren Dienst getan», antwortete Melander. Er schwieg und zog die Stirn in Falten. Nahm die Pfeife aus dem Mund und zeigte mit dem Stiel auf Martin Beck. «Zum Thema zurück», fuhr er fort. «Ich hab gesagt, dass er in keinem Punkt besonders auffiel. Das ist falsch, er war ein ausgezeichneter Schütze. Kam bei Wettkämpfen immer auf einen sehr guten Platz.»

«Ja», bestätigte Rönn, «daran kann ich mich sogar erinnern. Er war gut mit der Pistole.»

«Er war auch ausgezeichnet auf große Distanzen», ergänzte Melander. «Und während der ganzen Zeit machte er mit seiner Freiwilligen-Unterführer-Ausbildung weiter; seinen Urlaub verbrachte er meistens in FUA-Lagern.»

«Du hast gesagt, dass er in jenen Jahren in drei oder vier verschiedenen Revieren gearbeitet hat. War er dabei auch in Stig Nymans Revier?», fragte Martin Beck.

«Eine Zeit lang ja. Im Herbst 1957 und das ganze Jahr 1958 über. Dann bekam Nyman ein neues Revier.»

«Weißt du, wie Nyman sich damals Eriksson gegenüber verhalten hat? Er konnte ja ziemlich gemein mit Leuten umgehen, die er nicht mochte.»

«Nichts deutet darauf hin, dass er Eriksson härter angefasst hätte als die anderen jungen Kerle. Erikssons Beschwerden über Nyman beziehen sich auch weniger auf Dinge, die in dieser Zeit vorgefallen sind. Aber wenn man Nymans Methoden kennt, mit denen er Muttersöhnchen zu Männern machte, wie er sich auszudrücken pflegte, kann man annehmen, dass auch Åke Eriksson seinen Teil davon abbekommen hat.»

Melander hatte sich die meiste Zeit über an Martin Beck gewandt, jetzt blickte er zu Rönn hinüber, der zusammengesunken auf dem Besucherstuhl hockte und so aussah, als ob er jeden Moment einschlafen würde. Martin Beck folgte seinem Blick und sagte:

«'ne Tasse Kaffee könnte jetzt nicht schaden, nicht wahr, Einar?»

Rönn schreckte hoch und murmelte: «Nein, vielleicht nicht. Ich hol mal welchen.»

Er schlurfte aus dem Zimmer, und Martin Beck blickte ihm nach und überlegte einen Augenblick, ob er selbst ebenso mitgenommen aussah.

Als Rönn mit dem Kaffee zurückkam und sich in den Sessel fallen ließ, sagte Martin Beck:

«Also weiter, Fredrik.»

Melander legte die Pfeife zur Seite und nippte nachdenklich an dem Kaffee. «Teufel auch, der schmeckt aber scheußlich.» Er schob den Plastikbecher zur Seite und griff wieder nach seiner geliebten Pfeife.

«Ja also, Anfang 1959 hat Åke Eriksson dann geheiratet. Ein Mädchen namens Marja, fünf Jahre jünger als er und Finnin. Sie war seit einigen Jahren in Schweden und arbeitete als Assistentin in einem Fotoatelier. Ihr Schwedisch war nicht besonders gut, was eine gewisse Bedeutung hat im Hinblick darauf, was später passierte. Im ersten Jahr ihrer Ehe kam dann ein Kind, worauf sie ihre Arbeit aufgab und Hausfrau wurde. Als das Kind anderthalb Jahre alt war, also im Sommer 1961, starb Marja Eriksson unter Umständen, die ihr kaum vergessen haben dürftet.»

Rönn nickte sorgenvoll und zustimmend. Oder wirkte es nur so, weil er kurz vor dem Einschlafen war?

«Haben wir nicht», sagte Martin Beck. «Doch erzähl trotzdem weiter.»

«Ja, an diesem Punkt kommt vielleicht Stig Nyman mit ins Spiel. Und Harald Hult, der zu der Zeit Erster Polizeikonstapel in Nymans Revier war. Auf deren Wache ist Marja Eriksson nämlich gestorben. In einer Ausnüchterungszelle in der Nacht zwischen dem 26. und 27. Juni 1961.»

«Waren Nyman und Hult in dieser Nacht auf dem Revier?», fragte Martin Beck.

«Nyman war anwesend, als sie hereingebracht wurde, ging aber bald danach nach Hause, der Zeitpunkt ist nicht genau festzustellen gewesen. Hult war in jener Nacht auf Streife, aber es ist sicher, dass er sich auf der Wache befand, als man ihren Tod feststellte.» Melander bog sich eine Heftklammer zurecht und fing an, seine Pfeife auszukratzen. «Bald danach wurde eine Untersuchung angeordnet und der Verlauf des Vorfalls rekonstruiert. Folgendes scheint geschehen zu sein: An dem Tag, also dem 26. Juni, war Marja Eriksson zusammen mit ihrer Tochter nach Vaxholm gefahren. Der Fotograf, bei dem sie früher gearbeitet hatte, hatte sie gebeten, ihm bei einer Auftragsarbeit vierzehn Tage lang zu helfen, und während dieser Zeit sollte die Freundin das Kind zu sich nehmen. Am späten Nachmittag fuhr Marja zurück in die Stadt. Åke Eriksson hatte Dienst bis sieben Uhr abends, und sie wollte vor ihm zurück sein. Eriksson tat zu dieser Zeit wohlgemerkt nicht Dienst in Nymans Revier.»

Martin Beck wurden langsam die Beine lahm, wie er da stand und am Aktenschrank hing. Da die beiden vorhandenen Stühle besetzt waren, ging er ans Fenster und lehnte sich gegen das Fensterbrett. Mit einem Nicken bat er Melander weiterzumachen.

«Marja Eriksson war zuckerkrank und musste regelmäßige Insulinspritzen haben. Nur wenige wussten von ihrer Krankheit, die Freundin in Vaxholm zum Beispiel hatte keine Ahnung davon. Marja Eriksson ging sehr sorgfältig mit den Spritzen um, schon weil sie wusste, dass sie anfällig war und nicht ungestraft leichtsinnig sein durfte. Aber ausgerechnet an diesem Tag hatte sie aus irgendeinem Grund die Spritze zu Hause vergessen.»

Sowohl Martin Beck als auch Rönn ließen Melander jetzt

nicht aus den Augen, so als ob sie ahnten, dass sie seine nächsten Worte genau überprüfen müssten.

«Am Abend kurz nach sieben wurde Marja Eriksson von zwei Polizisten aus Nymans Distrikt entdeckt. Sie saß, scheinbar völlig apathisch, auf einer Bank. Sie sprachen sie an, kamen dann aber bald zu der Überzeugung, dass sie entweder unter Rauschgifteinfluss stand oder total betrunken war, schleppten sie zu einem Taxi und brachten sie auf die Wache. Beim Verhör sagten beide aus, dass sie nicht sicher gewesen seien, was sie dort mit ihr machen sollten, denn die Frau sei völlig unzurechnungsfähig gewesen. Der Taxifahrer sagte später, dass sie in einer unverständlichen Sprache geredet hätte, also Finnisch, und dass es im Wagen zu gewissen Handgreiflichkeiten gekommen sei. Die beiden Polizisten stritten das natürlich ab.»

Melander machte eine lange Pause, in der er umständlich mit seiner Pfeife hantierte.

«Tja, zuerst haben die beiden Konstapler ausgesagt, dass Nyman sich die Frau angesehen und ihnen befohlen hätte, sie in eine Ausnüchterungszelle zu stecken. Nyman bestritt, die Frau überhaupt zu Gesicht bekommen zu haben, und bei einem späteren Verhör hatten die Burschen es sich überlegt und sagten, dass Nyman wohl anderweitig beschäftigt gewesen sein musste, als sie mit ihr eintraten. Sie selbst waren gezwungen gewesen, sich unverzüglich wieder auf den Weg zu machen, um einen anderen eiligen Auftrag auszuführen. Der Aussage des Wachhabenden im Arrestlokal nach hatten die beiden Polizisten selbst den Entschluss gefasst, sie einzusperren. Jeder schob also die Schuld auf einen anderen. Da aus der Zelle kein Geräusch zu hören gewesen war, hatte die Arrestwache geglaubt, sie schliefe. Eine Möglichkeit, sie zur Kriminalpolizei abzutransportieren, hatte sich während der fast drei Stunden nicht ergeben. Als die Ablösung kam, schloss der Nachtwächter die Zelle auf und stellte fest, dass sie nicht mehr lebte. Zu diesem Zeitpunkt war Hult auf dem Revier, er telefonierte nach einem Krankenwagen, konnte sie aber nicht mehr an ein Krankenhaus abschieben, da sie bereits tot war.»

«Wann genau starb sie?», fragte Martin Beck.

«Man fand heraus, dass sie eine Stunde vor Öffnung der Zelle gestorben war.»

Rönn reckte sich und gab zu bedenken: «Wenn man zuckerkrank ist … ich meine, haben nicht Leute mit solchen Krankheiten einen Ausweis oder so was, aus dem hervorgeht, woran sie leiden und wie man ihnen helfen kann?»

«Stimmt», antwortete Melander. «Und den hatte Marja Eriksson auch bei sich, in ihrer Handtasche. Aber wie du wahrscheinlich weißt, war das Problem ja, dass sie nie durchsucht worden ist. Auf der Wache hatten sie kein weibliches Personal, sie hätte also hier bei der Kriminalpolizei durchsucht werden müssen. Wenn sie hierher gebracht worden wäre.»

Martin Beck nickte.

«Später beim Verhör sagte Nyman aus, dass er weder die Frau noch ihre Tasche gesehen hätte, und die beiden Polizisten und der Wachhabende im Arrestlokal mussten die Verantwortung allein übernehmen. Soviel ich weiß, sind sie mit einer Verwarnung weggekommen.»

«Wie reagierte Åke Eriksson, als er erfuhr, was passiert war?», wollte Martin Beck wissen.

«Er bekam einen Schock und war zwei Monate lang krankgeschrieben. Wurde, soviel ich weiß, völlig apathisch. Als seine Frau nicht nach Hause kam, hatte er schließlich entdeckt, dass sie die Spritze vergessen hatte. Zuerst rief er alle Krankenhäuser an, und dann setzte er sich ins Auto und fuhr umher, um nach ihr zu suchen, es dauerte daher eine gute Zeit, bis er erfuhr, dass sie nicht mehr am Leben war. Ich glaube nicht, dass sie ihm gleich die ganze Wahrheit gesagt haben, aber nach und nach muss er spitzgekriegt haben, wie es dazu gekommen war, denn im September reichte er seine erste Anzeige gegen Nyman und Hult ein. Aber da war die Untersuchung bereits zu den Akten gelegt worden.»

22

In Melanders Zimmer war es still geworden.

Melander hatte die Hände hinter dem Kopf verschränkt und starrte an die Decke, Martin Beck lehnte sich an das Fensterbrett und blickte abwartend und nachdenklich zu Melander hinüber, und Rönn saß einfach nur da.

Schließlich fragte Martin Beck: «Was geschah mit Åke Eriksson nach dem Tod seiner Frau? Ich meine, wie hat er die Sache seelisch verkraftet?»

«Ich bin kein Psychiater, und auf das Urteil eines Experten können wir nicht zurückgreifen, denn soviel ich weiß, ist er nicht mehr zum Arzt gegangen, seit er im September 1961 wieder gesundgeschrieben worden ist. Vielleicht hätte er es tun sollen.»

«Aber er wurde anders nach diesem Vorfall, oder?»

«Ja, es ist offensichtlich, dass er eine Art Persönlichkeitswandel durchmachte.» Er legte die Hand auf den Stapel mit Akten, die Strömgren aus verschiedenen Büros zusammengetragen hatte. «Habt ihr das hier durchgelesen?», erkundigte er sich.

Rönn schüttelte den Kopf, und Martin Beck sagte:

«Nur zum Teil. Das hat Zeit. Ich glaube, wir bekommen schneller ein klares Bild, wenn du uns eine Zusammenfassung gibst.» Er überlegte, ob er ein paar lobende Worte hinzufügen sollte, ließ es aber sein, weil er wusste, dass Melander für Schmeicheleien nicht empfänglich war.

Melander nickte und biss auf seine Pfeife. «Okay», sagte er. «Als Åke Eriksson wieder zum Dienst zurückkam, war er verschlossen und still und blieb so oft wie möglich für sich allein. Die Kameraden versuchten ihn aufzumuntern, was ihnen aber nicht gelang. Zuerst hatten sie viel Geduld mit ihm, denn alle wussten, was vorgefallen war, und er tat ihnen Leid, aber da er nie ein Wort mehr sagte, als für den Dienst unbedingt nötig war, und ihnen niemals zuhörte, gingen sie ihm schließlich aus dem Weg und waren froh, wenn sie nicht enger mit ihm zusammenarbeiten mussten. Früher war er bei den Kameraden beliebt gewesen, und sie hofften noch, dass er wieder der Alte werden würde, wenn die Zeit der schlimmsten Trauer vorüber war. Stattdessen wurde er immer unausstehlicher, nörgelte herum, war schlechter Laune und erledigte seine Arbeit übertrieben pedantisch. Er fing an, Briefe mit Beschwerden, Drohungen und Beschuldigungen zu verschicken, und lange Jahre hindurch hat er das periodisch wiederholt. Wir haben wohl alle solche Briefe bekommen, nehme ich an.»

«Ich nicht», widersprach Rönn.

«Du hast vielleicht keinen an dich selbst adressierten bekommen, aber die an das Dezernat für Gewaltverbrechen gerichteten hast du sicher gesehen, nehme ich an.»

«Doch.»

«Es fing damit an, dass er Nyman und Hult beim Justizombudsmann anzeigte. Diese Anzeige hat er mehrmals eingeschickt. Dann hat er alle möglichen Leute wegen Dienstvergehen angezeigt, sogar den Oberstatthalter. Mich hat er angezeigt und dich, Martin, auch. Stimmt's?»

«Stimmt. Weil ich keine Ermittlungen wegen des Mordes an

seiner Frau eingeleitet habe. Das ist schon lange Zeit her, und ich hatte ihn tatsächlich vergessen.»

«Als ungefähr ein Jahr seit dem Tod seiner Frau vergangen war, hatte er sich in seinem Revier so unmöglich gemacht, dass der Kommissar dort seine Versetzung beantragte.»

«Was hat er denn für Gründe angegeben?», fragte Martin Beck.

«Der Kommissar war ein feiner Kerl und hatte offensichtlich bei vielen Dingen, die Eriksson betrafen, beide Augen zugedrückt. Aber schließlich ging es nicht mehr so weiter, auch wegen der anderen Jungs nicht. Er sagte, dass Eriksson das Arbeitsklima verderbe, dass es für die Männer schwierig sei, weiter mit ihm zusammenzuarbeiten, und dass es darum besser sei, wenn er in einen ganz neuen Distrikt käme, wo er sich vielleicht besser zurechtfände. So ungefähr war das formuliert. Also wurde Eriksson im Sommer 1962 in ein anderes Revier versetzt. Dort machte er sich auch nicht besonders beliebt, vor allem deckte ihn der neue Chef nicht in der gleichen Weise, wie der andere es getan hatte. Seine Kameraden beschwerten sich über ihn und er bekam diesen und jenen Punkt angekreidet.»

«Weshalb?», wollte Martin Beck wissen. «Hat er Zivilpersonen zu hart angefasst?»

«Das nicht. Er war nie brutal, eher zu freundlich, meinten viele. Er verhielt sich vollkommen korrekt allen gegenüber, mit denen er zu tun hatte. Nein, der Fehler war offenbar seine lächerliche Kleinlichkeit. Er konnte sich stundenlang mit Dingen befassen, die in einer Viertelstunde erledigt werden konnten. Er verbiss sich in Nebensächlichkeiten, und es konnte passieren, dass er gegebene Befehle einfach nicht befolgte und sich stattdessen mit ganz anderen Sachen befasste, die ihm selbst wichtiger schienen. Er überschritt seine Befugnisse, indem er sich in Dinge einmischte, deren Erledigung anderen

Kameraden übertragen worden war. Er beurteilte und tadelte sowohl die Arbeitsweise seiner Kameraden als auch die seiner Vorgesetzten; tatsächlich liefen alle seine Beschwerden und Anzeigen darauf hinaus, dass die Leute von der Polizei ihre Arbeit nicht vorschriftsmäßig taten. Vom Aspiranten in seinem eigenen Revier bis zum Polizeimeister. Sicher hat er sich auch über den Innenminister beschwert, der ja damals der oberste Befehlshaber der Polizei war.»

«Hat er sich denn selbst für perfekt gehalten?», erkundigte sich Rönn. «Vielleicht litt er an Größenwahnsinn.»

«Ich bin, wie gesagt, kein Psychiater. Aber es scheint so, als ob er nicht nur Nyman und seine Leute, sondern alle Polizeibeamten für den Tod seiner Frau verantwortlich machte.»

Martin Beck ging zurück zum Aktenschrank und nahm seine Lieblingsstellung mit einem Arm auf dem Schrank wieder ein.

«Du meinst, dass er einem Polizeikorps, in dem so etwas passieren kann, ganz einfach die für diesen Beruf notwendige Qualifikation abgesprochen hat.»

Melander nickte und sog an seiner Pfeife, die ausgegangen war. «Das könnte ich mir gut vorstellen.»

«Weiß man etwas über sein Privatleben während dieser Zeit?», fragte Martin Beck.

«Nicht viel. Er war ja so etwas wie ein einsamer Wolf und hatte keine Freunde unter den Kollegen. Die Lehrgänge der Freiwilligen-Unterführer-Ausbildung hatte er seit seiner Eheschließung nicht mehr besucht. Nur sein Schießtraining verfolgte er weiter, aber darüber hinaus beteiligte er sich nicht an den sportlichen Veranstaltungen der Polizei.»

«Wie war es mit seinen persönlichen Verhältnissen? Er hatte doch eine Tochter, die jetzt – wie alt ist?»

«Elf», warf Rönn ein.

«Ja», fuhr Melander fort. «Um die kümmerte er sich nun

ganz allein. Die Wohnung, die seine Frau und er sich nach der Eheschließung genommen hatten, hatte er behalten.»

Melander hatte keine Kinder, aber Rönn und Martin Beck dachten an die täglichen Schwierigkeiten, die ein allein stehender Vater hat, der dazu noch bei der Polizei ist.

«Hatte er denn niemanden, der auf das Kind aufpasste, beispielsweise, wenn er im Dienst war?», fragte Rönn misstrauisch.

Sein Sohn war gerade sieben Jahre alt geworden. Während dieser sieben Jahre hatte sich Rönn öfter, vor allen Dingen im Urlaub und an freien Tagen, darüber gewundert, wie es ein Kind in bestimmten Perioden seines Lebens fertig brachte, zwei erwachsene Menschen von morgens bis abends ununterbrochen zu beschäftigen.

«Bis 1964 hatte er für die Kleine einen Platz in einer Kindertagesstätte. Da seine beiden Eltern noch am Leben waren, konnten sie auf das Kind aufpassen, wenn er Abend- oder Nachtdienst hatte.»

«Und später? Nach 1964? Wie ist es ihm da ergangen?» Martin Beck sah Melander fragend an.

«Er wurde im August 1964 rausgeschmissen. Keiner hat ihn vermisst. Diejenigen, die mit ihm zu tun hatten, wollten ihn so schnell wie möglich vergessen. Aus diesen oder jenen Gründen.»

«Weiß man, welche Arbeit er danach gefunden hat?», fragte Martin Beck.

«Er hat sich im Oktober des gleichen Jahres um einen Nachtwächter-Posten beworben, aber ich weiß nicht, ob er den Job bekommen hat. Dann haben wir ihn aus den Augen verloren.»

«Hat man ihn rausgeschmissen, weil das Maß voll war oder warum sonst?», wollte Rönn wissen.

«Wie meinst du das?»

«Ich meine, hatte er zu viele Minuspunkte bekommen oder hatte er was Besonderes angestellt?»

«Das Maß war natürlich übervoll, aber der direkte Anlass für seine Entlassung war ein Verstoß gegen die Disziplin. Am Freitag, dem 7. August, war Åke Eriksson nachmittags als Posten vor der amerikanischen Botschaft eingeteilt worden. Vergesst nicht, dass sich alles im Jahre 1964 abspielte, noch ehe die großen Demonstrationen gegen den Krieg in Vietnam begonnen hatten. Damals hatte man, wie ihr euch sicher erinnern könnt, nur einen Einzelposten routinemäßig als Wache vor der US-Botschaft. So was übernahmen die Kameraden ungern, war ja auch langweilig, da rumzustehen oder auf und ab zu latschen.»

«Aber damals war es noch nicht verboten, mit dem Gummiknüppel in der Öffentlichkeit zu jonglieren», unterbrach Martin Beck.

«Ich kann mich besonders an einen Mann erinnern», sagte Rönn. «Der war einmalig geschickt. Wenn Eriksson genauso gut gewesen ist, hätte er vielleicht im Zirkus damit auftreten können.»

Melander blickte nachlässig zu Rönn hinüber, dann sah er auf seine Armbanduhr. «Ich habe Saga versprochen, dass ich zum Mittagessen zu Hause bin. Wenn ich jetzt weitermachen kann …»

«Entschuldige, mir fiel nur dieser Kerl ein», murmelte Rönn. «Sprich weiter.»

«Wie gesagt, Eriksson sollte die Botschaft bewachen, aber darum kümmerte er sich ganz einfach nicht. Er ging hin und löste den Kollegen ab, der die Wache vor ihm gehabt hatte. Und dann machte er sich einfach aus dem Staub. Die Sache war so, dass Eriksson einige Wochen vorher alarmiert worden war und zu Fredrikshovsgatan gefahren war, wo man einen Hausmeister im Keller tot aufgefunden hatte. Er hatte einen

Strick um ein Rohr im Heizungsraum gelegt und sich daran aufgehängt, ganz zweifellos ein Selbstmord. In einem verschlossenen Kellerraum fand man ein Lager von gestohlenen Gegenständen: Kameras, Radio- und Fernsehgeräte, Möbel, Teppiche, Bilder, na eben ein Haufen mit Sachen, die im Laufe des vorhergehenden Jahres gestohlen worden waren. Der Hausmeister war Hehler, und innerhalb von wenigen Tagen konnte man auch die Einbrecher festnehmen, die seinen Keller als Versteck benutzten. Eriksson hatte damit nur insofern zu tun, als er nach dem Alarm mit einer Streife hinfuhr; als er und seine Kollegen den Tatort abgesperrt und unsere Leute hingerufen hatten, brauchten sie nur noch ihre Meldung über den Selbstmord zu schreiben, und die Sache war für sie ausgestanden. Aber Eriksson bildete sich ein, dass nicht alles ordnungsgemäß bearbeitet worden war. Wenn ich mich richtig erinnere, glaubte er teils, dass der Hausmeister ermordet worden war, teils, dass er noch weitere Mitglieder der Einbrecherbande fassen könnte. Statt vor der Botschaft zu patrouillieren, die er eigentlich gar nicht hätte verlassen dürfen, verbrachte er den ganzen Nachmittag damit, die Mieter in Fredrikshovsgatan zu verhören und dort herumzuschnüffeln. An einem normalen Tag hätte vielleicht niemand bemerkt, dass er seinen Posten verlassen hatte, aber zufällig fand gerade an diesem Nachmittag die erste richtige Demonstration vor der Botschaft statt. Zwei Tage vorher hatten die USA Nord-Vietnam überfallen und die gesamte Küste mit Bomben belegt, und nun hatten sich einige hundert Menschen zu einem Protestmarsch gegen diesen Angriffskrieg versammelt. Da niemand mit einer Demonstration gerechnet hatte, wurde das eigene Sicherheitspersonal der Botschaft völlig überrascht, und da unser Freund Eriksson nicht an seinem Platz war, dauerte es eine ganze Weile, ehe die Polizei überhaupt auftauchte. Die Demonstration war friedlich, die Leute bildeten Sprechchöre und standen mit ihren Plakaten herum, während eine Abordnung hineinging und dem Botschafter einen Protestbrief überreichte. Aber wie ihr wisst, war die Schutzpolizei damals nicht auf Demonstrationen vorbereitet und benahm sich wie bei Krawallen üblich, und daraus wurde ein ziemlicher Tumult. Die Leute wurden haufenweise auf die Polizeiwachen geschleppt und nicht wenige von ihnen übel zugerichtet. Alle Schuld wurde auf Åke Eriksson geschoben, und weil er mutwillig gegen die Disziplin verstoßen hatte, wurde er unmittelbar danach vom Dienst freigestellt und erhielt wenige Tage später seine Entlassungspapiere. Ab, Åke Eriksson.» Melander stand auf. «Und ab, Fredrik Melander», fuhr er fort. «Das Mittagessen möchte ich nicht verpassen. Ich hab überhaupt keine Lust, heute noch zu arbeiten. Wenn ihr mich unbedingt braucht, wisst ihr ja, wo ich zu erreichen bin.»

Er steckte Tabaksbeutel und Pfeife ein und zog sich den Mantel über. Martin Beck setzte sich auf seinen Stuhl.

«Glaubt ihr wirklich, dass dieser Eriksson Nyman erstochen hat?» Melander blieb in der Tür stehen.

Rönn zuckte die Achseln, und Martin Beck schwieg ebenfalls.

«Ich finde, das hört sich unwahrscheinlich an. Wenn er so was hätte tun wollen, dann doch vor zehn Jahren, als seine Frau gestorben war. So lange halten Rache- und Hassgefühle selten an. Ihr seid auf der falschen Spur. Trotzdem viel Glück. Hej.» Er ging hinaus.

Rönn blickte zu Martin Beck und sagte: «Tja, wahrscheinlich hat er Recht.»

Martin Beck blätterte abwesend in den Akten, die auf dem Tisch vor ihm lagen, dann sagte er: «Melander hat doch etwas von den Eltern erwähnt. Vielleicht wohnen die noch da, wo sie vor zehn Jahren gewohnt haben.»

Er fing an, zielbewusster in dem Stapel von Papieren zu blättern. Rönn sah ihm schweigend und ohne großes Interesse zu. Schließlich fand Martin Beck, was er gesucht hatte.

«Hier ist die Adresse. Gamla Södertäljevägen in Segeltorp.»

23

Der Wagen war ein schwarzer Chrysler mit weißen Kotflügeln und zwei blauen Lampen auf dem Dach. So als ob das noch nicht ausreichte, war auf der Motorhaube, der Kofferraumklappe und beiden Seitentüren in großen, deutlich lesbaren weißen Buchstaben das Wort POLIZEI geschrieben.

Obwohl das Kennzeichen mit einem B begann und das Auto demzufolge zum Bezirk Stockholm-Land gehörte, fuhr es jetzt in voller Fahrt bei Norrtull über die Stockholmer Stadtgrenze. Von Uppsalavägen kommend, entfernte es sich immer mehr von der Polizeiwache Solna.

Der Streifenwagen war neu und so ausgerüstet, dass allen Anforderungen der modernen Zeit Genüge getan war, nur dass all die technischen Finessen die Leistung der Besatzung nicht wesentlich verbessern konnten. Sie bestand aus den Polizisten Karl Kristiansson und Kurt Kvant, zwei stattlichen blonden Männern aus Skåne, deren Abenteuer und Schicksal als Streifenbeamte nun bald zwölf Jahre lang dauerten und einige erfolgreiche und eine große Zahl misslungener Einsätze umfassten.

Gerade jetzt waren sie wieder auf dem besten Wege, in Schwierigkeiten zu geraten.

Vier Minuten zuvor hatte sich Kristiansson nämlich genötigt gesehen, Röven festzunehmen. Weder ein unglücklicher

Zufall noch übertriebener Eifer waren der Anlass für dieses Missgeschick. Ganz im Gegenteil, die Ursache war eine offensichtlich beabsichtigte und rücksichtslose Provokation.

Es hatte damit angefangen, dass Kvant bei dem Zeitungskiosk am Haga-Terminal bremste und anhielt. Dann zog er seine Brieftasche heraus, borgte Kristiansson einen Zehn-Kronen-Schein und dieser stieg aus dem Wagen.

Kristiansson war ständig blank, das lag daran, dass er sein ganzes Geld für Fußballwetten ausgab. Nur zwei Personen wussten von dieser Leidenschaft.

Der eine war Kvant, denn zwei Männer in einem Streifenwagen sind in hohem Maße aufeinander angewiesen und sind nicht in der Lage, Geheimnisse voreinander zu verbergen. Die andere Person war Kristianssons Frau, die Kerstin hieß und dem gleichen Laster verfallen war. In der Tat vernachlässigten die beiden seit einiger Zeit sogar ihr Sexualleben, denn sie verbrachten fast ihre gesamte gemeinsame freie Zeit damit, Tippzettel auszufüllen und unglaublich komplizierte Systeme auszuarbeiten, die auf einer Kombination von Wahrscheinlichkeitsfaktoren und durch Zufall entstandenen Reihen basierten. Letztere stammten von den minderjährigen Kindern der beiden, die die Zahlen mit nur für diesen Zweck angefertigten Würfeln ermittelten.

Am Kiosk kaufte Kristiansson *Idrottsbladet* und zwei andere Sportzeitungen sowie eine Maus aus Weingummi für Kvant. Mit der rechten Hand steckte er das Wechselgeld ein. In der linken hielt er die Zeitungen, und während er sich wieder dem Auto zuwandte, überflog er die erste Seite von *Alla Rätts*. Er hatte sich völlig auf die Frage konzentriert, wie seine Favoritenmannschaft Millwall das schwere Auswärtsspiel gegen Portsmouth an diesem Tag durchstehen würde, als er eine schmeichlerische Stimme sagen hörte:

«Herr Kommissar, Sie haben dies hier verloren.»

Kristiansson merkte, wie etwas seinen Jackenärmel berührte. Automatisch zog er die rechte Hand aus der Tasche und schloss die Finger um einen Gegenstand, der auffallend kalt und klebrig war. Zuckte zusammen, blickte auf und sah zu seinem nicht geringen Schrecken Röven neben sich stehen.

Dann sah er sich den Gegenstand in seiner Hand an.

Karl Kristiansson stand auf einem öffentlichen Platz, um sich herum viele Leute, er war im Dienst, trug die Uniform mit blanken Knöpfen und ein Koppel, an dem in einer weißen Tasche die Pistole und in einer Schlaufe der Gummiknüppel hingen. In der Hand hielt er eine gekochte Schweinepfote.

«Jedem das Seine! Hoffentlich passt se! Sonst kannst du se dir in Arsch stecken!»

Brüllte Röven und bog sich vor Lachen.

Röven war ein Bettler und Hausierer ohne festen Wohnsitz. Seinen Spitznamen, der so viel wie «Hintern» bedeutete, hatte er aus nahe liegenden Gründen erhalten, denn sein betreffender Körperteil war so gewaltig, dass Kopf, Arme und Beine wie unbedeutende Anhängsel wirkten. Er war nicht größer als eins fünfzig und damit 36 Zentimeter kleiner als Kristiansson und Kvant.

Was den Mann so abstoßend machte, war allerdings nicht sein Wuchs, sondern seine Kleidung. Röven trug zwei Mäntel, die bis zu den Füßen reichten, drei Jacken, vier Hosen und fünf Westen, wodurch er zusammen ungefähr 50 Taschen hatte. Er war bekannt dafür, dass er unter anderem nicht unbedeutende Summen in bar mit sich herumtrug, stets in Münzen und immer höchstens Zehn-Öre-Stücke.

Kristiansson und Kvant hatten Röven bisher bereits genau elfmal festgenommen, aber nur zweimal hatten sie ihn zur Wache gebracht. Nämlich die beiden ersten Male, und damals auch nur aus Unkenntnis und Mangel an Erfahrung.

Beim ersten Mal hatte er 1230 Ein-Öre-Stücke, 2037 Fünf-

Öre-Stücke und ein einziges Zehn-Öre-Stück in 43 Taschen gehabt. Die Durchsuchung hatte drei Stunden gedauert, und bei der nachfolgenden Gerichtsverhandlung war er immerhin zu einer Strafe von 10 Kronen wegen Beamtenbeleidigung verurteilt worden, außerdem war die Schweineschnauze, die er auf den Kühler des Streifenwagens gelegt hatte, von Amts wegen eingezogen worden; aber Kristiansson und Kvant hatten vor Gericht als Zeugen erscheinen müssen, noch dazu an einem ihrer freien Tage.

Der zweite Fall war nicht so glimpflich abgelaufen. Röven hatte diesmal nicht weniger als 320 Kronen und 93 Öre in 62 Taschen. Die Durchsuchung hatte ganze sieben Stunden gedauert, und um das Maß voll zu machen, war er danach von einem Richter freigesprochen worden, der jederlei Verständnis vermissen ließ, keinen Sinn für den Klang und die Eigenheiten des Dialekts der Leute aus Skåne hatte und der deshalb nichts Diffamierendes und keine Schmähung in den mundartlichen Ausdrücken erkennen konnte. Als Kvant unter großen Schwierigkeiten eines der von Röven gebrauchten Worte in «Jauchewagen» übersetzt hatte, sah sich der Richter veranlasst, mit säuerlicher Miene darauf hinzuweisen, dass Kristiansson und nicht der Streifenwagen mit diesem Ausdruck bedacht worden war und das Gericht es für unwahrscheinlich hielt, dass man einen viertürigen Plymouth überhaupt beleidigen könne, zumal wenn man ihn mit einem Fahrzeug vergleicht, das ebenfalls in der täglichen Praxis bei der Ausübung eines Berufs benutzt wird.

Röven stammte ebenso wie Kristiansson und Kvant vom flachen Land und verstand es, seine Worte zu wählen.

Als Kvant dann auch noch der Fehler unterlief, den Angeklagten mit Röven anstatt mit Carl Fredrik Gustaf Oscar Jönsson-Käck zu bezeichnen, war die Partie endgültig verloren. Das Gericht zog die Anklage zurück und ermahnte Kvant, im

Gerichtssaal keine zweideutigen, fragwürdigen, mundartlichen und schwer zu verstehenden Ausdrücke zu benutzen.

Und nun war es wieder so weit.

Kristiansson blickte sich verstohlen um und sah in lauter erwartungsvoll grinsende oder bereits breit lachende Gesichter.

Um das Maß voll zu machen, zog Röven eine weitere Schweinepfote aus einer seiner vielen Taschen und schrie: «Die kommen von einem von euern Verwandten und Kollegen, der neulich abgekratzt is. Sein letzter Wille war, die sollen weiterbenutzt werden von einem, der genau so 'n großes Schwein is, wie er eins war. Un dass ihr euch bald wieder sehen werd ins Jammertal von allen beschissenen Säuen. In der größten Bratpfanne, die's in der Hölle gibt!»

Kristianssons ratlose Augen suchten Kvant, aber der hatte der Szene den Rücken zugewandt und deutete dadurch an, dass ihn diese Sache wenig oder gar nichts anging.

«Se sehen gut aus mit den Klauen, Herr Kommissar», brüllte Röven weiter, «fehlt nur noch der Ringelschwanz. Aber auch das lässt sich machen.»

Er suchte mit der anderen Hand in seiner Kleidung.

Überall waren jetzt fröhliche Mienen zu sehen und jemand, der weiter weg stand und nicht gleich zu erkennen war, rief laut:

«So isses richtig. Gib's ihm ordentlich!»

Beunruhigt über Kristianssons Unsicherheit, schrie Röven plötzlich laut: «Scheißbullen, Greiferschweine, Sauhunde.»

Die Zuschauer murmelten erwartungsvoll Beifall.

Kristiansson streckte den Schweinefuß aus, um seinem Gegner eins damit zu versetzen. Gleichzeitig suchte er verzweifelt nach einem Ausweg. Schon hörte er Tausende von Münzen in den versteckten Taschen klappern.

«Er legt die Pfoten an mich», rief Röven weinerlich, in gut gespielter Angst. «An mich, einen armen alten Invaliden. Der

Scheißkerl legt Hand an einen ehrlichen Handelsmann, bloß weil ich ihn menschenfreundlich behandelt hab. Lass los, du Schweinehund.»

Jetzt, als es Ernst wurde, war Kristiansson die Schweinepfote im Wege, und er konnte nicht so kräftig zufassen, wie es eigentlich notwendig gewesen wäre; doch Röven vereinfachte die Angelegenheit, indem er einfach die Autotür aufriss und sich auf den Rücksitz flegelte, bevor Kristiansson noch Gebrauch von seinem für diesen Zweck gut zu gebrauchenden Werkzeug machen konnte.

Kvant sagte, ohne sich umzudrehen: «Verdammt, Kalle, wie kannst du so blöd sein. Den Kopf direkt in das Maul von Röven zu legen. Alles ist deine Schuld.»

Er ließ den Motor an.

«Herrgott nochmal», war Kristianssons einzige Reaktion.

«Wo will er hingebracht werden?», fragte Kvant wütend.

«Solnavägen 92», antwortete der Festgenommene freundlich.

Röven war keinesfalls dumm. Er wollte zur Hauptwache des Bereichs gefahren werden. Mit kaum zu verhehlender Freude bereitete er sich darauf vor, durchsucht zu werden. Dabei würden die Beamten sein Geld zählen müssen.

«Wir können ihn nicht einfach irgendwo in unserem Distrikt rausschmeißen, das Risiko ist zu groß», überlegte Kvant.

«Fahrt mich doch zur Wache», bat Röven. «Gebt per Funk durch, dass wir kommen, dann können die schon Wasser aufsetzen. Ich trinke gern 'ne Tasse Kaffee bei euch, während ihr mit dem Zählen anfangt.» Er schüttelte sich nachdrücklich.

Und richtig. Eine große Anzahl von Kupfermünzen rasselte und klapperte bedrohlich in seinen verschiedenen Taschen und Kleidungsstücken.

Röven zu durchsuchen war Aufgabe des oder der Polizisten,

die dämlich genug gewesen waren, ihn festzunehmen, das war eine unumstößliche Regel, auch wenn sie nirgends nachzulesen war.

«Frag ihn, wohin er gefahren werden will», wandte sich Kvant an Kristiansson.

«Das hast du doch schon selbst getan.»

«Ich hab ihn nicht gegriffen», widersprach Kvant. «Ich hab ihn erst gesehen, als er ins Auto kam.»

Eine von Kvants Spezialitäten war, nichts zu sehen und nichts zu hören.

Kristiansson wusste nur eine Möglichkeit, an Rövens schwache Seite heranzukommen. Er klingelte mit dem Kleingeld in seiner Tasche.

«Wie viel?», fragte Röven skeptisch.

Kristiansson nahm heraus, was er an Wechselgeld beim Einkauf auf seinen Zehner zurückbekommen hatte, warf einen Blick darauf und antwortete: «Sechs fünfzig, mindestens.»

«Das ist Bestechung», lamentierte der Festgenommene.

Weder Kristiansson noch Kvant waren sich über die juristische Seite des Falles völlig im Klaren. Hätte er ihnen Geld angeboten, wäre es einwandfrei versuchte Beamtenbestechung gewesen. Aber hier war es ja umgekehrt.

«Außerdem reichen sechs fünfzig nicht. Ich brauch das Geld für eine Flasche Südwein.»

Kvant zog seine Brieftasche hervor und legte einen Zehn-Kronen-Schein hin. Röven griff sofort zu.

«Fahrt mich nach Systembolaget», befahl er.

«Nicht hier in Solna», widersprach Kvant, «das Risiko ist uns nun wirklich nicht zuzumuten.»

«Na, dann nach Sigtunagatan. Da kennen sie mich, und in Vasaparken hab ich ein paar Freunde zu sitzen, oben beim Pissoir.»

«Wir können uns nicht leisten, ihn direkt vorm Schnapsladen abzusetzen», wandte Kristiansson besorgt ein, als sie an der Post und Tennstopet vorbeifuhren und dann Dalagatan weiter in südlicher Richtung.

«Ich biege hier in den Park ab», schlug Kvant vor, «fahr ’n Stück rein und schmeiß ihn raus.»

«Ihr habt noch nicht für die Schweinepfoten geblecht», beschwerte sich Röven.

Sie schlugen trotzdem nicht zu. Beide waren ihm körperlich weit überlegen, und außerdem war es nicht ihre Art, Leute zu verprügeln; das taten sie nur, wenn es sich wirklich nicht vermeiden ließ.

Darüber hinaus war keiner von ihnen besonders diensteifrig. Kvant meldete zwar fast alles, was er sah und hörte, aber er war dafür bekannt, verschwindend wenig zu sehen oder zu hören. Kristiansson war ein ausgemachter Faulpelz; er versuchte alles zu vermeiden, was den Dienst erschweren und unnötigen Ärger bringen konnte.

Kvant bog direkt am Eastman-Institut in den Park ein. Die Bäume und Sträucher waren kahl und die ganze Anlage öde und verlassen. Gleich bei der Einfahrt hielt er an.

«Steig hier aus, Kalle. Ich fahr noch ’n Stück weiter und setz ihn dann so unauffällig wie möglich ab. Wenn einer kommt, der Ärger machen könnte, dann gib mit der Trillerpfeife das übliche Signal.»

Im Auto roch es wie gewöhnlich nach Fußschweiß, aber jetzt vor allen Dingen nach Fusel und den säuerlichen Kleidern des Festgenommenen.

Kristiansson nickte und stieg aus. Die Zeitungen ließ er auf dem Rücksitz liegen, aber die Schweinepfote hatte er immer noch in der Hand.

Der Wagen verschwand hinter ihm. Er ging die paar Schritte zurück zur Straße und sah sich um, entdeckte aber nichts Außergewöhnliches.

Doch trotz seiner Bierruhe fühlte er sich irgendwie unruhig und wartete ungeduldig darauf, dass Kvant mit dem Auto zurückkam und sie sich so schnell wie möglich in die Sicherheit des eigenen Bezirks zurückbegeben konnten. Er würde sich damit abfinden müssen, bis zum Ende der Schicht Kvants schlechte Laune und das Gerede über seine Eheprobleme über sich ergehen zu lassen. Aber das kannte er schon. Er selbst mochte seine Frau gern, und sie verstand ja auch eine Menge vom Fußballtoto. Aber es lag ihm nicht, dauernd darüber zu reden.

Kvant ließ auf sich warten. Entweder verhielt er sich sehr vorsichtig, um nicht gesehen zu werden, oder Röven hatte seine Forderung heraufgesetzt.

Vor der Treppe des Eastman-Instituts befand sich ein freier Platz und in der Mitte ein runder steinerner Brunnen oder was das nun vorstellen sollte. Auf der anderen Seite des Brunnens stand ein schwarzer Volkswagen geparkt, und zwar so offensichtlich gegen alle Vorschriften, dass nicht einmal ein so arbeitsscheuer Polizist wie er ihn übersehen konnte. Kristiansson dachte zwar nicht im Traum daran, etwas zu unternehmen, aber da er sich langweilte, ging er langsam um das kreisrunde Bassin herum. Er konnte ja wenigstens so tun, als ob er sich den Wagen ansah, dessen Besitzer sich offenbar einbildete, er könnte so wie auf dem Festland parken, und das mitten im Herzen der Hauptstadt von Schweden, dem Land, in dem fast alles verboten ist. Hingehen und sich einen geparkten Wagen ansehen ist außerdem eine Tätigkeit, die zu nichts verpflichtet.

Das Prunkstück von Brunnen hatte einen Durchmesser von ungefähr vier Metern, und als Kristiansson drum herum gegangen war, meinte er für einen Moment den Reflex eines Sonnenstrahls in einem der Fenster ganz oben in dem gegenüberliegenden Haus zu sehen.

Den Bruchteil einer Sekunde später hörte er einen kurzen, scharfen Knall, und im gleichen Augenblick wurde sein rechtes Knie von einem Schlag getroffen, der das Bein unter ihm wegzureißen schien. Er taumelte rückwärts und fiel über die Steinkante ins Becken des Brunnens, dessen Boden um diese Jahreszeit mit Tannenzweigen, halbverfaultem Laub und anderem Abfall bedeckt war.

Er lag auf dem Rücken und hörte sich selbst laut schreien.

Es schien ihm, als ob weitere Schüsse fielen, aber offenbar galt keiner davon mehr ihm selbst.

Er hielt den Schweinefuß immer noch in der Hand und hatte noch nicht begriffen, dass das Mündungsfeuer etwas mit dem Knall und vor allem mit der Kugel zu tun hatte, die ihm den Knochen unterhalb des Knies durchschlagen hatte.

24

Gunvald Larsson starrte immer noch auf den Sekundenzeiger seiner Uhr, als der zweite Schuss fiel. Unmittelbar darauf knallte es noch mindestens viermal.

Seine Uhr zeigte wie die meisten in diesem Land die gutbürgerliche schwedische Zeit, das heißt fünfzehn Grad oder eine Stunde ostwärts Greenwich, und weil die Uhr einmal teuer gewesen war und im Verlauf eines ganzen Jahres nicht eine Sekunde verloren oder gewonnen hatte, waren seine Zeitangaben exakt.

Den ersten Schuss hörten sie genau zehn Minuten nach zwölf. Die nächsten vier, vielleicht fünf, fielen in rascher Reihenfolge wenige Sekunden später.

Instinkt und richtige Einschätzung von Richtung und Entfernung hatten zur Folge, dass Gunvald Larsson und Lennart

Kollberg in den folgenden zwei Minuten gleichzeitig das Gleiche taten.

Sie stürzten zum nächsten Auto, das zufällig Gunvald Larssons roter EMW war.

Gunvald Larsson ließ den Motor an und brauste davon, nicht den Weg, den er gekommen war, nämlich um den Hauptblock herum, sondern vorbei am alten Heizungsgebäude und weiter die schmale, kurvenreiche Straße zu Dalagatan hoch zwischen der Entbindungsabteilung und dem Eastman-Institut. Dann machte er um hundertachtzig Grad kehrt und fuhr auf den gepflasterten Platz vor dem Institut, bremste scharf, schleuderte und brachte den Wagen schräg zwischen dem Brunnen und der breiten Eingangstreppe zum Stehen.

Noch ehe sie die Türen geöffnet hatten und ausgestiegen waren, sahen sowohl Gunvald Larsson als auch Kollberg, dass ein uniformierter Polizist zwischen den Tannenzweigen im Brunnen auf dem Rücken lag. Auch erfassten sie, dass er verletzt, aber am Leben war und dass verschiedene andere Personen sich in der Nähe befanden. Davon lagen drei am Boden, verletzt, tot oder in Deckung, und die Übrigen standen wie versteinert, wahrscheinlich auf dem Fleck, auf dem sie sich befunden hatten, als die Schüsse fielen. Gleichzeitig mit ihnen stoppte auf der Ausfahrt von Vasaparken ein Streifenwagen mit einem Konstapel am Lenkrad, welcher, kaum dass der Wagen hielt, die linke Vordertür öffnete.

Sie sprangen gleichzeitig aus ihrem Fahrzeug, Gunvald Larsson nach links und Kollberg nach rechts.

Gunvald Larsson hörte den nächsten Schuss nicht, merkte aber, wie ihm seine chinesische Pelzmütze vom Kopf gerissen wurde und auf der Treppe landete, dabei hatte er das Gefühl, als ob ihm jemand eine glühende Gabel quer über die Kopfhaut gezogen hätte. Er hatte sich noch nicht aufgerichtet, da wurde sein Kopf zur Seite geschlagen; er hörte einen Schuss und einen pfeifenden Querschläger und hastete mit zwei riesigen Sprüngen die acht Treppenstufen hinauf und drückte sich gegen die Steinwand an der linken Seite des durch Pfeiler unterteilten Eingangs. Er fasste sich an die Wange und hatte die Hand voll Blut. Das Geschoss hatte eine starke, blutende Furche in seine Kopfhaut gezogen; die schöne Ziegenfelljacke war hin. Jetzt und für alle Zeit.

Kollberg reagierte ebenso schnell wie Gunvald Larsson. Er warf sich zurück ins Auto, rutschte geistesgegenwärtig über die Rücklehne und landete auf dem Rücksitz. Unmittelbar darauf durchschlugen zwei Geschosse das Autodach und bohrten sich in die Polsterung des Vordersitzes. Von seinem Platz aus konnte er Gunvald Larsson in der Tür stehen sehen, an die linke Wand gepresst und offenbar verletzt. Er wusste, dass er so schnell wie möglich den Wagen verlassen und die Treppe erreichen musste. Beinahe automatisch stieß er mit dem Fuß die rechte Vordertür auf und sprang hinten links hinaus. Drei Schüsse peitschten, alle auf die rechte Seite des Wagens gerichtet, aber da war Kollberg schon auf der Straße, griff nach der nächsten der vier eisernen Geländerstreben, schwang sich die Treppenstufen hinauf, ohne sie überhaupt zu berühren, und landete mit dem Kopf und der rechten Schulter in Gunvald Larssons Magengrube. Dann atmete er tief ein, richtete sich auf und blieb, dicht an die Wand gedrückt, schräg hinter Gunvald Larsson stehen. Der gab einen Grunzlaut von sich, wahrscheinlich vor Verblüffung oder weil er keine Luft mehr bekam.

Kurze Zeit, fünf oder zehn Sekunden lang, geschah nichts. Das war offenbar eine Feuerpause.

Der verletzte Polizist lag immer noch im Brunnen, und sein Kollege stand, mit der Pistole in der Hand, neben dem Streifenwagen und sah sich verblüfft um. Vermutlich hatte er Kollberg und Gunvald Larsson nicht bemerkt und begriff nicht, was vor sich ging. Dann erblickte er endlich in acht Meter Entfernung seinen verwundeten Kameraden und setzte sich in Bewegung, immer noch mit ratlosem Gesicht und der Pistole in der Faust.

«Verdammt, wie kommen die beiden Schafsköpfe hierher», murmelte Gunvald Larsson. Und in der nächsten Sekunde brüllte er: «Kvant! Halt! In Deckung!»

Wo denn, dachte Kollberg sofort.

In der Nähe gab es nämlich keine Deckung.

Gunvald Larsson schien das auch gemerkt zu haben, denn er sagte nichts mehr. Und dann geschah nichts weiter, als dass der blonde Konstapel zusammenzuckte, auf den Eingang starrte und dann weiterging. Wahrscheinlich konnte er die beiden Männer, die im Schatten der Tür standen, nicht sehen.

Ein roter Doppeldeckerbus fuhr auf Dalagatan in südlicher Richtung vorbei. Jemand schrie gellend um Hilfe.

Der Konstapel hatte jetzt den Brunnen erreicht, kniete sich auf den Rand des Bassins und beugte sich über den Verletzten.

An der Innenseite des Steinrandes befand sich ein Absatz, der vermutlich für Kinder gedacht war, die im Sommer dort saßen und mit nackten Füßen im Wasser planschten. Die Lederjacke glänzte in der Sonne, als der Polizist seine Pistole auf den Absatz legte, um die Hände frei zu haben. Sein breiter Rücken zeigte nach oben in den Himmel, und die beiden Gewehrgeschosse trafen ihn mit weniger als einer Sekunde Abstand, das erste in den Nacken und das zweite mitten zwischen die Schulterblätter.

Kurt Kvant knickte, ohne einen Laut von sich zu geben, zusammen und fiel mit dem Oberkörper über seinen Kollegen. Kristiansson sah noch die Wunde, die das erste Geschoss bei seinem Austritt zwischen dem Kehlkopf und dem Kragen aufriss, dann fühlte er das Gewicht von Kvants Körper über seinen Hüften und verlor vor Schmerz, Schreck und Blutverlust das Bewusstsein. So lagen die beiden über Kreuz auf den Tannenzweigen, der eine ohnmächtig und der andere tot.

«Verdammt», fluchte Gunvald Larsson. «Schöne Scheiße.»

Für Kollberg hatte die ganze Angelegenheit etwas Unwirkliches.

Er hatte darauf gewartet, dass etwas Außergewöhnliches passieren würde. Jetzt war es passiert, aber es kam ihm vor, als ob sich dies alles in einer anderen Welt abspielte und nicht dort, wo er selbst noch lebte und arbeitete.

Wieder geschah etwas. Ein kleiner blond gelockter Junge, mit moosgrüner Steppjacke, zweifarbig in verschiedenen Blautönen gemaserten Niethosen und grünen Gummistiefeln mit Reflexbändern, trat in das gepflasterte Quadrat und steuerte zögernd auf den Brunnen zu. Er konnte nicht älter als fünf Jahre sein.

Kollberg fühlte ein Zucken in den Gliedern, die automatische Vorbereitung, aus dem Schutz der Tür hervorzustürzen und das Kind in seine Arme zu reißen. Gunvald Larsson musste das bemerkt haben, denn ohne den Blick von der makabren Szene zu wenden, legte er seine große, blutige Hand auf Kollbergs Brust und sagte:

«Warte!»

Der Junge stand an der Steinbrüstung und starrte auf die über Kreuz liegenden Körper. Dann steckte er den linken Daumen in den Mund, hob die rechte Hand an das Ohrläppchen und fing an zu weinen.

Stand einen Moment nur so da, mit leicht geneigtem Kopf, und die Tränen liefen ihm über die runden Wangen. Dann drehte er sich hastig um und lief den gleichen Weg, den er gekommen war, zurück. Über den Bürgersteig und die Straße. Hinaus aus dem gepflasterten Geviert. Zurück ins Leben.

Es fiel kein Schuss.

Gunvald Larsson sah auf seine Uhr.

12 Uhr 12 und 27 Sekunden.

Er sagte vor sich hin: «Zwei Minuten und 27 Sekunden.»

Kollbergs Gedanken bewegten sich in der gleichen Richtung: Zwei Minuten und 27 Sekunden sind objektiv betrachtet keine besonders lange Zeit.

Aber in bestimmten Fällen kann das sehr lange sein. Ein guter schwedischer Sprinter, Björn Malmroos zum Beispiel, schafft theoretisch in dieser Zeit vierzehnmal die Hundertmeterstrecke. Und das ist 'ne ganze Menge.

Zwei Polizisten beschossen, der eine mit Sicherheit schon tot. Wahrscheinlich auch der andere.

Gunvald Larsson fünf Millimeter am Tode vorbei, er selbst eine knappe Handbreit.

Außerdem der Junge mit der moosgrünen Steppjacke.

Das ist auch 'ne ganze Menge.

Lennart Kollberg blickte auf seine eigene Uhr.

Die zeigte schon zwanzig Minuten nach.

Er war in manchen Dingen ein Perfektionist, aber immer ließ sich das nicht aufrechterhalten.

Andererseits war es eine russische Uhr, Marke Exacta, und er hatte 63 Kronen dafür bezahlt. Über drei Jahre lang war sie richtig gegangen, und wenn er nur das Uhrwerk in regelmäßigen Abständen aufzog und sie nachstellte, würde sie noch eine Weile taugen.

Gunvald Larssons Uhr hatte 1500 gekostet.

Kollberg hob die Hände, sah sie sich an, formte damit einen Trichter vor dem Mund und brüllte: «Hallo! Hallo! Alle, die mich hören: Hier wird scharf geschossen! Gehen Sie in Deckung!» Er holte tief Luft und wiederholte: «Hallo! Hallo! Hier spricht die Polizei! Es wird scharf geschossen! Gehen Sie in Deckung!»

Gunvald Larsson drehte sich nach ihm um und betrachtete

ihn mit einem merkwürdigen Ausdruck in den porzellanblauen Augen.

Dann sah sich Gunvald Larsson die Tür an, die in das Institutsgebäude hineinführte. Sie war um diese Zeit an einem Sonnabend natürlich verschlossen. Das ganze große Haus war mit Sicherheit leer. Er schob sich an der Tür entlang und legte sich mit übermenschlicher Kraft dagegen.

Es schien ein beinahe unmögliches Unterfangen, aber er schaffte es tatsächlich. Kollberg folgte ihm ins Haus hinein. Die nächste Tür war aus Glas und nicht abgeschlossen, doch er drückte sie ebenfalls ein. Splitter flogen umher.

Sie fanden ein Telefon.

Gunvald Larsson hob den Hörer ab, wählte 90-000 und ließ sich die Alarmzentrale der Polizei geben.

«Hier Gunvald Larsson. Im Gebäude Dalagatan 34 befindet sich ein Wahnsinniger, der vom Dach oder der obersten Etage aus mit einem Schnellfeuergewehr schießt. Im Brunnen vor dem Eastman-Institut liegen zwei tote Polizisten. Alarm durchgeben an alle Reviere der Innenstadt. Dalagatan absperren und Västmannagatan von Norra Bantorget bis Karlbergsvägen und Odengatan von Odenplan bis S:t Eriksplan. Außerdem alle Querstraßen in diesem Bereich. Nach Westen von Västmannagatan und in südlicher Richtung von Karlbergsvägen. Habt ihr verstanden? Was? Vorgesetzte Stellen informieren? Na klar, gebt das weiter an alle! Moment noch. Schickt keine Streifenwagen zu der Adresse. Und kein uniformiertes Personal. Treffpunkt …» Er senkte den Hörer und runzelte die Stirn.

«Odenplan», half Kollberg.

«Genau, Odenplan ist richtig. Wie bitte? Ich bin im Haus des Eastman-Instituts. In einigen Minuten geh ich rüber und versuch, ihn mir zu schnappen.»

Er warf den Hörer auf die Gabel und ging zum nächsten

Wasserhahn. Feuchtete ein Handtuch an und wischte sich das Blut aus dem Gesicht. Nahm noch ein Handtuch und wickelte es um seinen Kopf. Beinahe sofort sickerte es rot durch den provisorischen Verband.

Dann knöpfte er den Ziegenfellmantel und das Jackett auf. Zog seine Pistole, die er mit einer Klammer an der rechten Hüfte befestigt trug. Er blickte finster auf die Waffe, dann auf Kollberg und fragte: «Was hast du für 'n Schießeisen?»

Kollberg schüttelte den Kopf.

«Ach so, ja. Du bist ja so 'ne Art Pazifist.»

Seine Pistole war ungewöhnlich wie alle seine persönlichen Besitztümer. Eine Smith & Wesson .38 Master, die er sich angeschafft hatte, weil er die Standardwaffe der schwedischen Polizei, die Walther 7,65, nicht mochte.

«Weißt du was», sagte Gunvald Larsson, «ich habe dich schon immer für einen verdammten Idioten gehalten.»

Kollberg nickte. «Hast du dir überlegt, wie wir über die Straße kommen sollen?», fragte er nur.

25

Das Haus in Segeltorp konnte man kaum als ansehnlich bezeichnen. Ein Einfamilienhaus aus Holz, das, der Bauweise nach zu urteilen, vor mehr als einem halben Jahrhundert als Sommerhaus errichtet worden war. Die ursprüngliche Farbe war an einigen Stellen bis auf das Holz abgeplatzt, aber man konnte immer noch sehen, dass das Haus vor langer Zeit einmal hellgelb gewesen war mit weißen Eckbalken und Fensterrahmen. Der Zaun, der das im Vergleich zum Haus relativ große Grundstück umgab, war vor nicht allzu langen Jahren dunkelrot gestrichen worden, ebenso das Treppengeländer, die Haustür und das Geländer einer kleinen Veranda.

Das Haus stand ziemlich weit von der Straße zurück, und da das Tor offen war, fuhr Rönn die steile Auffahrt hinauf bis an die Rückseite des Hauses.

Martin Beck stieg aus, atmete mehrmals tief durch und sah sich um. Ihm war etwas übel, wie häufig nach Autofahrten.

Das Grundstück war verwildert und voller Gestrüpp. Ein halb zugewachsener Gartenweg führte zu einer alten, verrosteten Sonnenuhr, die feierlich und nutzlos auf einem von hohen Büschen umgebenen Zementsockel stand.

Rönn schlug die Wagentür zu und sagte: «So langsam habe ich Hunger. Meinst du, dass wir uns 'ne kleine Pause gönnen können, wenn wir hier fertig sind?»

Martin Beck sah auf seine Uhr. Rönn aß normalerweise um diese Zeit zu Mittag, es war schon zehn nach zwölf. Er selbst legte keinen Wert auf regelmäßige Mahlzeiten und unterbrach seine Arbeit deswegen nicht. Seine Hauptmahlzeit aß er am liebsten abends in aller Ruhe.

«Na klar», antwortete er. «Komm, gehen wir hinein.»

Sie gingen um die Ecke, die Treppe hinauf und klopften an die Tür. Ein Mann in den Siebzigern öffnete sofort.

«Treten Sie ein.»

Dann schwieg er und sah neugierig zu, wie sie ihre Mäntel in dem kleinen, engen Flur auszogen.

«Treten Sie ein», sagte er noch einmal und wich zur Seite, um ihnen Platz zu machen.

Am anderen Ende des Flurs befanden sich zwei Türöffnungen. Durch die eine kam man in eine kleine Diele, von der aus eine Treppe ins Obergeschoss oder auf den Dachboden führte. Durch die andere gelangte man ins Wohnzimmer. Die Luft darin war muffig und feucht, und im Raum herrschte ein Halbdunkel, da die hohen Blattpflanzen auf den Fensterbrettern mit ihren schlangenartigen Ranken nur wenig Tageslicht hindurchließen.

«Setzen Sie sich doch», bat der Mann. «Meine Frau kommt gleich mit dem Kaffee.»

Den größten Teil des Zimmers nahm eine rustikale Sitzgruppe ein, ein Sofa mit steiler Lehne aus Fichtenholz mit gestreiften Sitzkissen und vier Stühle in der gleichen Art um einen großen Tisch mit massiver und schön gemaserter Holzplatte. Martin Beck und Rönn setzten sich jeder in eine Ecke des Sofas. In der hinteren Ecke des Raums befand sich eine halb offene Tür, durch die sie ein verschrammtes Mahagonibett und einen Kleiderschrank mit ovalen Spiegeln an den Türen sehen konnten. Der Mann ging hin und schloss die Tür, ehe er sich auf einen der Stühle auf der anderen Seite des Tischs setzte.

Er war mager und ging gebeugt, und die Haut in seinem Gesicht und auf dem kahlen Schädel war grau und mit hellbraunen Altersflecken bedeckt. Über dem grau und schwarz karierten Hemd trug er eine handgestrickte Jacke.

«Ich hab grad, als wir den Wagen hörten, zu meiner Frau gesagt, wie schnell Sie es geschafft haben. Ich war mir nicht sicher, ob ich den Weg am Telefon richtig beschrieben hatte.»

«Es war nicht schwer herzufinden», bemerkte Rönn.

«Die Herren sind ja auch von der Polizei, Sie finden sich wohl überall zurecht in der Stadt und in den Außenbezirken. Åke hat durch seine Arbeit bei der Polizei die Stadt auch sehr gut kennen gelernt.»

Er nahm eine zerdrückte Packung John Silver aus der Tasche und reichte sie über den Tisch. Sowohl Martin Beck als auch Rönn schüttelten den Kopf.

«Sie wollen mit uns über Åke sprechen. Wie ich schon am Telefon gesagt habe, weiß ich nicht, wann er von hier weggefahren ist; Mutter und ich waren der Meinung, er würde hier übernachten, aber er ist dann doch wohl nach Hause gefahren. Manchmal übernachtet er nämlich hier. Heute hat er Geburtstag, da haben wir geglaubt, er würde hier bleiben, dann hätten wir ihm Kaffee ans Bett gebracht.»

«Hat er ein Auto?», fragte Rönn.

«Ja, einen Volkswagen. Ah, da kommt Mutter mit dem Kaffee.»

Er stand auf, als seine Frau aus der Küche kam. Sie trug ein Tablett, das sie auf dem Tisch abstellte. Dann wischte sie sich die Handflächen am Rock ab und gab den beiden Besuchern die Hand.

«Fru Eriksson», murmelte sie, als sie aufstanden und ihre Namen sagten.

Sie goss Kaffee ein und stellte das Tablett neben sich auf den Fußboden, bevor sie sich neben ihren Mann setzte und die Hände auf die Knie legte. Sie schien gleichaltrig mit ihm zu sein, das Haar war silbrig weiß, und sie hatte sich eine harte Dauerwelle mit kleinen, festen Locken machen lassen. Aber ihr rundes Gesicht war beinahe faltenlos, und die rote Farbe auf ihren Wangen schien echt zu sein. Sie starrte auf ihre Hände. Nur einmal warf sie Martin Beck einen scheuen Blick zu – ob aus Angst oder allgemeiner Schüchternheit gegenüber Fremden, konnte er nicht entscheiden.

«Wir möchten Ihnen einige Fragen stellen, die Ihren Sohn betreffen, Fru Eriksson», begann er. «Wenn ich Ihren Mann richtig verstanden habe, war Ihr Sohn gestern Abend hier. Wissen Sie, wann er weggegangen ist?»

Sie wandte sich zu ihrem Mann um, so als ob sie hoffte, dass er ihr die Antwort abnehmen würde, aber er rührte in seinem Kaffee und schwieg.

«Nein», antwortete sie unsicher. «Das weiß ich nicht. Er muss gegangen sein, als wir uns schon hingelegt hatten.»

«Und wann war das?»

Wieder blickte sie zu ihrem Mann hin. «Wann war das wohl, Otto?»

«Halb elf. Vielleicht elf. Wir gehen sonst früher schlafen, aber da Åke hier war … es wird wohl gegen elf gewesen sein.»

«Sie haben also nicht gehört, wann er ging?»

«Nein», antwortete der Mann. «Weshalb wollen Sie das überhaupt wissen? Ist ihm was passiert?»

«Nein», beruhigte ihn Martin Beck. «Nicht dass wir wüssten. Das sind nur ein paar Routinefragen. Sagen Sie, wo arbeitet Ihr Sohn eigentlich jetzt?»

Die Frau starrte wieder auf ihre Hände, und der Mann antwortete:

«Bei einer Fahrstuhlfirma – als Monteur. Es ist jetzt ein Jahr her, dass er da angefangen hat.»

«Und vorher, was hat er da gemacht?»

«Tja, mal dies, mal jenes. 'ne Zeit lang hat er bei 'ner Klempnerfirma gearbeitet, dann war er Taxifahrer und Nachtwächter, und ehe er zu dieser Fahrstuhlfirma ist, hat er 'n Lastwagen gefahren. Das war, als er sich für diese neue Sache umschulen ließ, das mit den Fahrstühlen.»

«Als er gestern Abend hier war, wirkte er da anders als sonst? Worüber haben Sie gesprochen?»

Der Mann antwortete nicht gleich, und die Frau nahm einen Keks, den sie vor sich auf dem Teller in kleine Stücke brach. Schließlich sagte er:

«Er war eigentlich so wie immer. Gesprochen hat er nicht viel, aber das war ja in letzter Zeit immer so. Er machte sich wohl Sorgen wegen der Miete und dann dieser Sache mit Malin.»

«Malin?», fragte Rönn.

«Ja, das Mädchen. Die haben ihm das Mädchen weggenommen. Und jetzt wird er wohl auch noch die Wohnung los.»

«Entschuldigung», unterbrach Martin Beck. «Ich habe nicht

richtig verstanden. Wer hat ihm die Tochter weggenommen? Sie meinen doch wohl seine Tochter?»

«Ja, Malin», bestätigte der Mann und streichelte den Arm seiner Frau. «Ich hab gedacht, Sie wüssten das. Das Jugendamt hat ihm Malin weggenommen.»

«Warum?», fragte Martin Beck.

«Warum hat die Polizei seine Frau ermordet?»

«Bitte beantworten Sie die Frage. Warum hat man ihm das Kind weggenommen?»

«Ach Gott, die haben's ja schon früher versucht, und nun haben sie's endlich schriftlich, dass er nicht in der Lage ist, sich um sein Kind zu kümmern. Wir haben natürlich angeboten, sie zu uns zu nehmen, aber wir sind zu alt, sagen die. Und die Wohnung hier ist nicht gut genug.»

Die Frau sah zu Martin Beck, aber als ihre Blicke sich trafen, blickte sie schnell in ihre Kaffeetasse. Leise, aber entrüstet sagte sie: «Als ob sie's bei fremden Menschen besser hätte! Auf jeden Fall ist's hier gesünder als in der Stadt.»

«Sie haben Ihre Enkeltochter doch früher schon bei sich gehabt, nicht wahr?»

«Ja, viele Male», bestätigte die Frau. «Auf dem Boden ist ein Zimmer, da darf sie wohnen, wenn sie hier ist. Åkes altes Zimmer.»

«Bei seinen unterschiedlichen Arbeitszeiten konnte Åke nicht immer auf die Kleine aufpassen, wenn sie aus dem Kindergarten kam», ergänzte der Mann. «Die sagen, er sei unstet, was das auch immer bedeuten soll. Ich glaube, die meinten damit, dass er Schwierigkeiten hatte, seinen Arbeitsplatz zu behalten. Das ist heutzutage nicht so einfach. Die Arbeitslosigkeit wird ja von Tag zu Tag schlimmer. Aber er ist immer gut zu Malin gewesen.»

«Wann ist das passiert?», fragte Martin Beck.

«Mit Malin? Vorgestern haben sie sie abgeholt.»

«War er sehr erregt deswegen, als er gestern Abend hier war?», fragte Rönn.

«Ja, das war er wohl, aber gesagt hat er nicht viel. Und dann ging es ja auch um die Miete; wir haben leider keine Möglichkeit, ihm zu helfen. Wir haben nur eine kleine Rente.»

«Konnte er die Miete nicht zahlen?»

«Nein. Und nun wird er wohl bald rausgeworfen werden. Bei den hohen Mieten heutzutage fragt man sich direkt, wie Leute sich überhaupt eine Wohnung leisten können.»

«Wo wohnt er?»

«Dalagatan. Ein neues, schönes Haus. Was anderes hat er nicht gefunden, als sie das Haus, in dem er vorher gewohnt hat, abgerissen haben. Damals hat er besser verdient, da hat er wohl geglaubt, dass er es schafft. Aber die Wohnungsangelegenheit war nicht so wichtig, das Schlimmste war ganz klar die Sache mit dem Mädchen.»

«Das mit dem Jugendamt möchte ich gern etwas genauer wissen», bat Martin Beck. «Die nehmen einem Vater doch nicht ohne weiteres das Kind weg.»

«Nein?»

«Es wird jedenfalls behauptet, dass vorher genaue Untersuchungen angestellt werden.»

«Das mag sein. Da war auch einer da und hat mit mir und meiner Frau gesprochen und sich das Haus angesehen und alle möglichen Fragen über Åke gestellt. Åke ist nicht besonders heiter, nicht nachdem Marja gestorben war, das verstehen Sie vielleicht. Die sagten, dass seine depressive Art, dass er immer so trübselig ist, sich nachteilig auf die Psyche des Kindes auswirken würde; ich erinnere mich, dass sie das so gesagt haben, die müssen sich ja immer so vornehm ausdrücken. Und dass seine verschiedenen Arbeitsstellen mit unregelmäßigen Arbeitszeiten nicht gut wären. Na ja, und dann hatte er es ja finanziell nicht leicht, konnte die Miete nicht bezahlen, und dann waren da 'n paar Nachbarn in dem Haus, die haben sich bei der Jugendbehörde beklagt, dass er Malin so oft nachts allein ließ und dass sie nichts Richtiges zu essen kriegt und so.»

«Wissen Sie, mit wem das Jugendamt noch gesprochen hat?»

«Mit seinen Arbeitgebern. Ich glaube, die haben versucht, alle Chefs aufzutreiben, bei denen Åke beschäftigt gewesen ist.»

«Seine Vorgesetzten bei der Polizei auch?»

«Aber sicher. Der Chef war wohl der wichtigste, könnte ich mir denken.»

«Und er hat offenbar keine besonders gute Beurteilung abgegeben?», fragte Martin Beck.

«Nein. Åke sagte, dass der schon damals, als die Behörde vor ungefähr einem Jahr anfing, seinen Fall zu bearbeiten, eine Art Begutachtung geschrieben hätte, die ihm alle Chancen kaputtgemacht hätte, das Kind zu behalten.»

«Wissen Sie, wer diese Beurteilung abgegeben hat?»

«Ja. Das war dieser Kommissar Nyman, der auch Åkes Frau liegen und sterben ließ, ohne einen Finger zu rühren.»

Martin Beck und Rönn wechselten einen schnellen Blick.

Fru Eriksson sah erst zu ihrem Mann, dann zu ihnen, ängstlich, wie sie auf die neuen Anschuldigungen ihres Mannes reagieren würden. Denn jetzt wurde ja ein Kollege beschuldigt. Sie reichte den Kuchenteller über den Tisch, erst zu Rönn, der sich rasch ein großes Stück Zuckerkuchen nahm, dann zu Martin Beck, der den Kopf schüttelte.

«Hat Ihr Sohn über Kommissar Nyman gesprochen, als er gestern Abend hier war?»

«Er sagte nur, dass es dessen Schuld wäre, dass sie Malin weggeholt haben. Weiter nichts. Er war nie sehr gesprächig, unser Åke, aber gestern war er einsilbiger als sonst. Oder nicht, Karin?»

«Ja», bestätigte die Frau und schob die Krümel auf ihrem Teller hin und her.

«Was hat er hier gestern Abend gemacht?»

«Er hat mit uns Abendbrot gegessen. Dann haben wir eine Weile ferngesehen. Danach ist er rauf in sein Zimmer, und wir haben uns hingelegt.»

Martin Beck war aufgefallen, dass das Telefon draußen im Flur stand. Er fragte: «Hat er irgendwann im Laufe des Abends telefoniert?»

«Warum wollen Sie das alles wissen? Hat Åke was angestellt?»

«Ich muss Sie bitten, so freundlich zu sein und zuerst unsere Fragen zu beantworten. Hat er von hier aus gestern Abend telefoniert?»

Das Paar ihm gegenüber saß einen Augenblick schweigend da. Dann antwortete der Mann:

«Vielleicht. Ich weiß nicht. Åke kann das Telefon benutzen, wann er will.»

«Sie haben also nicht gehört, dass er telefoniert hat?»

«Nein. Wir saßen vor dem Fernseher. Ich kann mich erinnern, dass er hinausging und die Tür hinter sich zumachte, und das tut er nicht, wenn er nur aufs Klo geht. Das Telefon steht in der Diele, und wenn der Fernseher an ist, macht man am besten die Tür zu, wenn man nicht gestört werden will. Wir hören auch nicht mehr so gut, da stellen wir den Ton ziemlich laut.»

«Wann ist das denn gewesen? Als er telefonierte, meine ich?»

«Das weiß ich wirklich nicht. Aber wir haben einen Spielfilm gesehen, und es war mitten im Film. Vielleicht um neun rum. Warum wollen Sie das wissen?»

Martin Beck antwortete nicht. Rönn hatte den Zuckerkuchen in sich hineingestopft und sagte plötzlich:

«Ihr Sohn war doch ein sehr ausgezeichneter Schütze, wenn ich mich richtig erinnere. Damals einer der besten im Polizeikorps. Wissen Sie, ob er immer noch Waffen hat?»

Die Frau sah Rönn mit stolzem Blick an, und der Mann richtete sich auf. Es war in den letzten zehn Jahren sicher nur selten vorgekommen, dass jemand anerkennend über ihren Sohn gesprochen hatte.

«Ja», bestätigte der Mann. «Åke hat viele schöne Preise gewonnen. Er hat sie leider nicht hier, sondern in seiner Wohnung in Dalagatan. Und was die Waffen betrifft …»

«Er sollte sie verkaufen», unterbrach die Frau. «Die waren doch teuer, und er braucht das Geld jetzt so nötig.»

«Wissen Sie, was er für Waffen hat?», fragte Rönn.

«Ja. Ich habe mich selbst für den Schießsport interessiert, als ich noch jünger war. In erster Linie hat Åke seine Waffen von der Heimwehr oder dem zivilen Bevölkerungsschutz oder wie man das jetzt nennt. Er hat sich freiwillig bis zum Offizier hinaufgedient, eine gute Leistung, wenn ich das mal selbst sagen darf.»

«Wissen Sie, was für Waffen er hat?», wiederholte Rönn seine Frage noch einmal.

«Erst mal sein Mausergewehr. Dann hat er eine Pistole, mit der hat er schon viele erste Preise gewonnen.»

«Welches Fabrikat?»

«Eine Hammerli International. Er hat sie mir gezeigt. Und dann hat er noch …»

«Ja?»

Der Mann zögerte. «Ich weiß nicht. Er hat ja für beides einen Waffenschein, wie Sie sich denken können …»

«Wir haben nicht vor, Ihrem Sohn Schwierigkeiten zu machen, weil er vielleicht keinen Waffenschein hat», versicherte Martin Beck. «Was hat er sonst noch?»

«Ein amerikanisches Johnson-Schnellfeuergewehr. Aber dafür müsste er auch eine Genehmigung haben; er hat das Gewehr öfter bei Wettbewerben benutzt.»

«Keine schlechte Sammlung», murmelte Martin Beck.

«Und weiter?», fragte Rönn.

«Seinen alten Karabiner von der Heimwehr. Aber der taugt nichts. Der steht übrigens oben im Schrank. Aber bei dem sind die Züge ausgeleiert, und außerdem haben diese Karabiner immer schlecht geschossen. Alle anderen Sachen hat er nicht hier bei uns.»

«Nein, die hat er natürlich zu Hause in Dalagatan», warf Rönn hin.

«Ja, das möchte ich annehmen. Er hat zwar immer noch sein Zimmer hier oben, aber alles Wichtige hat er natürlich bei sich zu Hause. Na, wenn er die schöne Wohnung nicht behalten darf, kann er jederzeit wieder hier unterkommen, bis er was anderes gefunden hat. Das Zimmer auf dem Boden ist nicht besonders groß.»

«Haben Sie was dagegen, wenn wir es uns mal ansehen?», fragte Martin Beck.

Der Mann sah ihn unschlüssig an. «Bitte, das können Sie machen. Aber viel zu sehen gibt's da nicht.»

Die Frau stand auf und schüttelte die Kuchenkrümel von ihrem Rock. «Oh, ich war heut noch gar nicht oben und hab noch nicht aufgeräumt.»

«Keine Sorge», beruhigte sie ihr Mann. «Ich hab heut Morgen nachgesehen, ob Åke die Nacht oben geschlafen hat. Es sieht aus wie immer. Åke ist ordentlich.» Er drehte sich um und fuhr gedämpft fort: «Åke ist ein feiner Kerl. Seine Schuld ist es nicht, dass er es jetzt so schwer hat. Wir haben unser Leben lang gearbeitet und versucht, ihn so gut wie möglich zu erziehen. Aber alles ist schief gegangen, für ihn und auch für uns. Als ich ein junger Arbeiter war, hab ich 'n festen Glauben gehabt; ich hab geglaubt, alles würde nur immer besser werden. Jetzt ist man alt, und keiner kümmert sich um einen und alles ist schlimmer geworden. Wenn man gewusst hätte, wie das alles kommen würde, hätte man sich keine Kinder angeschafft. Sie haben uns ja vorn und hinten betrogen, die ganze Zeit über.»

«Wer?», fragte Rönn.

«Die Politiker. Die Bonzen. Die, von denen man geglaubt hat, sie würden auf unserer Seite stehen. Alles Verbrecher.»

«Na, dann zeigen Sie uns mal das Zimmer», bat Martin Beck.

«Ja», sagte der Mann.

Er ging voraus in die Diele und die steile, knarrende Holztreppe hinauf. Gleich am Ende der Treppe befand sich eine Tür, die er aufmachte.

«So, dies ist also Åkes Zimmer. Früher hat's hier natürlich gemütlicher ausgesehen, als er noch ständig hier wohnte, aber als er heiratete, hat er die meisten Möbel mitgenommen. Jetzt ist er ja nur noch selten bei uns.»

Er blieb stehen und hielt die Tür auf, und Martin Beck und Rönn traten in die kleine Dachkammer. In der Dachschräge befand sich ein Fenster. Die Wände waren mit einer ausgeblichenen Blumenmustertapete bedeckt. In der Schmalseite einer Wand war eine übertapezierte Tür, hinter der sich wahrscheinlich ein Abstellraum oder ein eingebauter Schrank verbarg. Ein schmales Feldbett mit einer grauen Militärdecke darauf stand an der Wand. An der Decke hing ein gelber Lampenschirm mit langen, schmutzigen Fransen.

Über dem Bett hing ein Bild – ein kleines blondlockiges Mädchen, das mit einem Lamm im Arm auf einer grünen Wiese saß – mit einem gesprungenen Deckglas.

Unter dem Fußende des Bettes stand ein rosa Nachttopf aus Kunststoff.

Eine Illustrierte lag aufgeschlagen auf dem Tisch, daneben

ein Kugelschreiber und auf einen der Stühle hatte jemand ein rotweiß gestreiftes Küchenhandtuch geworfen.

Sonst gab es nichts im Zimmer.

Martin Beck nahm das Handtuch vom Stuhl. Es war fleckig und vom vielen Waschen dünn geworden. Er hielt es gegen das Licht. Die Flecken waren gelb und erinnerten an den Fettrand, den man in Dosen mit echter Gänseleberpastete findet. Das gelbe Fett machte das Tuch beinahe durchsichtig, und Martin Beck rieb den Stoff nachdenklich zwischen den Fingern, ehe er ihn hochhob und daran roch. Im gleichen Augenblick, als ihm aufging, um welche Art Flecke es sich handelte und wie sie entstanden waren, sagte Rönn:

«Guck mal hier, Martin.»

Er stand am Tisch und deutete auf die Zeitung. Martin Beck beugte sich hinunter und sah, dass am oberen rechten Rand über dem Kreuzworträtsel etwas mit einem Kugelschreiber notiert worden war. Neun Namen, in Dreiergruppen aufgeteilt.

Die Zeilen waren ungerade und jeder der Druckbuchstaben war mehrmals nachgezogen. Er las die Namen der ersten Spalte:

STIG OSCAR NYMAN †
PALMON HARALD HULT †
MARTIN BECK †

Er stellte weiter fest, dass in den restlichen Spalten unter anderen die Namen von Melander, dem Oberintendenten und dem Rikspolischef auftauchten. Und Kollbergs.

Dann wandte er sich zu dem Mann in der Tür. Der stand mit der Hand an der Klinke und sah sie fragend an.

«Wo genau auf Dalagatan wohnt Ihr Sohn?», fragte Martin Beck.

«Nummer 34. Aber …»

«Gehen Sie runter zu Ihrer Frau. Wir kommen gleich nach.»

Der Mann ging langsam die Treppe hinunter. Auf der untersten Stufe drehte er sich um und sah Martin Beck verwirrt an, aber der bedeutete ihm mit einem Wink, dass er weiter ins Wohnzimmer gehen sollte. Dann wandte Martin Beck sich an Rönn.

«Ruf Strömgren an oder wen du gerade erreichen kannst. Gib ihm die Nummer hier durch und sag, dass er sich sofort mit Kollberg in Sabbatsberg in Verbindung setzen und ihn bitten soll, so schnell wie möglich hier anzurufen. Hast du die Sachen im Auto, dass wir hier Fingerabdrücke nehmen können?»

«Na klar.»

«Gut. Aber erst anrufen.»

Rönn ging hinunter zum Telefon in der Diele.

Martin Beck sah sich in der engen Dachkammer um. Dann blickte er auf seine Uhr. Zehn Minuten vor eins. Er hörte, wie Rönn in drei großen Sätzen die Bodentreppe hinaufhastete.

Martin Beck sah Rönns bleiches Gesicht und die unnatürlich weit aufgerissenen Augen und wusste, dass die Katastrophe, die er den ganzen Tag vorausgeahnt hatte, eingetroffen war.

26

Kollberg und Gunvald Larsson befanden sich immer noch im Erdgeschoss des Eastman-Instituts, als die Sirenen ihren Gesang anstimmten. Zuerst hörte man den Ton von einem einzelnen Einsatzwagen, der aus Richtung Kungsholmen zu kommen schien und über S:t Eriksbron fuhr. Dann fielen andere Autos in anderen Teilen der Stadt in den Chor ein, das Heulen tönte von allen Seiten, erfüllte die Luft, kam aber nicht näher.

Sie befanden sich im Mittelpunkt eines schweigenden Kreises. Ungefähr so, wie wenn man in einer Sommernacht auf eine Wiese tritt und die kleinen Grillen rundherum hören da, wo man steht, mit ihrem Zirpen auf, dachte Kollberg.

Er hatte gerade vorsichtig auf Dalagatan hinausgespäht und festgestellt, dass sich dort inzwischen nichts neues Grausiges ereignet hatte. Die beiden Polizisten lagen zwar noch in dem runden Bassin, aber außer ihnen waren keine Toten oder Verwundeten auf der Straße zu sehen. Die Personen, die vorher da gewesen waren, hatten sich davongemacht, auch die, die sich auf den Boden geworfen hatten. Offenbar waren sie also nicht verletzt gewesen.

Gunvald Larsson hatte die Frage, wie sie über die Straße kommen sollten, noch nicht beantwortet. Stattdessen biss er sich nachdenklich auf die Unterlippe und starrte an Kollberg vorbei auf eine Reihe weißer Zahnarztkittel, die an Haken an einer Wand des Raumes hingen.

Die Alternative war klar.

Entweder sie gingen über das gepflasterte Quadrat und über die Straße oder sie stiegen aus einem der Fenster, die zu Vasaparken hin lagen, und machten einen Umweg.

Aber keine der beiden Möglichkeiten sagte ihnen zu. Die erste war reiner Selbstmord und die zweite kostete sie zu viel Zeit.

Kollberg spähte wieder hinaus, ohne die Gardine zu berühren.

Er nickte zu der Fontäne hinüber mit ihren übernaturalistischen Brunnenfiguren – einem Globus mit einem Kind, das auf der skandinavischen Halbinsel kniete, und zwei über Kreuz liegenden Polizisten – und fragte: «Kennst du die beiden?»

Gunvald Larsson nickte. «Eine Streife aus Solna. Kristiansson und Kvant.» Nach kurzem Schweigen fuhr er fort: «Was hatten die hier zu suchen?»

Kollberg antwortete mit einer Gegenfrage, die interessanter war: «Und warum wollte jemand den beiden ans Leben?»

«Warum will uns dieser Jemand ans Leben?»

Das war auch eine gute Frage.

Offenbar war irgendwer stark daran interessiert. Jemand, der mit einem Schnellfeuergewehr ausgerüstet war und der nicht nur zwei Polizisten niedergemäht hatte, sondern auch alles daransetzte, Kollberg und Gunvald Larsson zu erledigen. Der aber nicht beabsichtigte, seine Waffe gegen jedermann zu richten, obwohl zu Anfang genügend lebende Ziele da gewesen waren.

Warum?

Eine Antwort lag auf der Hand. Der Schütze hatte Kollberg und Gunvald Larsson erkannt. Er wusste, wer sie waren, und wollte sie tatsächlich töten.

Hatte der Betreffende Kristiansson und Kvant auch erkannt?

Nicht unbedingt, aber da sie Uniform trugen, waren sie leicht zu identifizieren gewesen. Als was?

«Scheint einer zu sein, der was gegen Polizisten hat», murmelte Kollberg.

«Mmm», stimmte Gunvald Larsson zu. Er wog die schwere Pistole in seiner Hand und fragte: «Hast du gesehen, ob das Schwein vom Dach oder aus einer der Wohnungen schießt?»

«Nein. Darauf hab ich wirklich nicht achten können.»

Draußen auf der Straße tat sich jetzt etwas. Nichts Außergewöhnliches, aber in dieser Situation doch bemerkenswert.

Ein Krankenwagen kam langsam aus südlicher Richtung angefahren. Hielt an, setzte zurück bis dicht an den Brunnen und blieb stehen. Zwei Männer in weißen Kitteln stiegen aus, öffneten die Türen auf der Rückseite und zogen zwei Tragbahren heraus. Sie bewegten sich ruhig und offensichtlich ohne Hast. Einer von ihnen blickte hinauf zu dem Mietshaus mit den neun Etagen. Nichts geschah.

Kollberg schnitt eine Grimasse.

«Ja», bestätigte Gunvald Larsson, «da haben wir unsere Chance.»

«Schöne Chance.»

Kollberg war nicht sehr begeistert, aber Gunvald Larsson hatte schon Pelzmantel und Jackett ausgezogen und suchte zielbewusst zwischen den weißen Kitteln.

«Ich will sie jedenfalls wahrnehmen», rief er. «Dieser hier sieht groß genug aus.»

«Gibt sicher bloß drei Größen», erwiderte Kollberg.

Gunvald Larsson nickte, schob die Pistole ins Halfter und zwängte sich in den Kittel. Der saß ihm um die Schultern herum viel zu stramm.

Kollberg schüttelte den Kopf und streckte den Arm nach dem größten Kittel aus, den er finden konnte. Trotzdem ließ er sich nicht über dem Bauch zuknöpfen.

Er hatte das dunkle Gefühl, als ob sie beide aussahen wie ein Komiker-Duo in einer Klamotte aus der Stummfilmzeit.

«So geht's vielleicht», meinte Gunvald Larsson.

«Vielleicht ist das richtige Wort.»

«Okay?»

«Okay!»

Sie gingen die Treppe hinunter quer über den gepflasterten Platz und dicht an den beiden Sanitätern vorbei, die gerade Kvant auf die erste Tragbahre gelegt hatten.

Kollberg blickte auf den Toten. Er erkannte ihn. Ein Konstapel, den er verschiedentlich gesehen hatte und der einmal etwas Bemerkenswertes getan hatte. Was? Einen gefährlichen Sexualverbrecher festgenommen? Irgend so etwas.

Gunvald Larsson war schon halb über die Straße. Er sah sehr merkwürdig aus in dem viel zu engen Arztkittel und mit dem weißen Lappen um den Kopf. Die beiden Krankenträger glotzten ihm verblüfft nach.

Ein Schuss peitschte.

Kollberg rannte über die Straße.

Aber diesmal galt das Geschoss nicht ihm.

Ein schwarzweißer Polizeibus fuhr mit heulendem Martinshorn in südlicher Richtung Odengatan entlang. Der erste Schuss fiel, als er mitten vor Sigtunagatan war, gleich darauf folgte ein Feuerstoß. Gunvald Larsson trat ein paar Schritte auf den Bürgersteig vor, um besser sehen zu können. Der Wagen fuhr schneller, dann begann er zu schleudern und zu schlingern. Als er die Kreuzung Odengatan–Dalagatan hinter sich hatte und nicht mehr zu sehen war, hörten die Schüsse auf. Gleich darauf hörte man das Unheil verkündende Krachen von Blech.

«Idioten», war Gunvald Larssons einziger Kommentar. Er trat zu Kollberg in die Haustür, schlug den weißen Kittel auf, zog die Pistole heraus und sagte: «Er ist auf dem Dach, so viel ist schon mal klar. Jetzt werden wir weitersehen.»

«Ja, eben war er auf dem Dach», bestätigte Kollberg.

«Wie meinst du das?»

«Ich glaub nicht, dass er vorhin von dort geschossen hat.»

«Wir werden's ja sehen.»

Das Gebäude hatte zwei Ausgänge zur Straße hin. Dies war der nördliche, und den nahmen sie sich zuerst vor.

Der Fahrstuhl war außer Betrieb, und auf der unteren Treppe standen einige erschrockene Mieter.

Der Anblick, den Gunvald Larsson in dem aufgeplatzten Kittel, mit dem blutigen Kopftuch und der Pistole in der Hand bot, war nicht dazu angetan, die Leute zu beruhigen. Kollbergs Dienstausweis steckte in seinem Jackett, und das lag im Haus auf der anderen Seite der Straße. Und wenn Gunvald Larsson irgendwelche Papiere bei sich hatte, so vermied er es jedenfalls sorgfältig, sie zu zeigen.

«Platz da», sagte er streng.

«Bleiben Sie alle im Erdgeschoss», wies Kollberg sie an.

Es war nicht leicht, drei Frauen, ein Kind und einen alten Mann zu beruhigen. Wahrscheinlich hatten alle mit angesehen, was draußen vor ihren Fenstern vorgefallen war.

«Keine Aufregung», fuhr Kollberg fort. «Hier kann Ihnen nichts passieren.»

Er überdachte diese Bemerkung und lächelte gequält.

«Die Polizei ist ja jetzt hier», fügte Gunvald Larsson über die Schulter hinzu.

Der Fahrstuhl stand zwischen dem fünften und sechsten Stock. Im Stockwerk darüber war die Schiebetür offen, und sie konnten in den Schacht hinuntersehen. Der Fahrstuhl schien beschädigt zu sein. Irgendjemand hatte ihn absichtlich unbrauchbar gemacht. Dieser Jemand war mit großer Wahrscheinlichkeit der Mann auf dem Dach. Nun wussten sie also wieder etwas mehr über ihn. Er war ein guter Schütze, kannte sie beide von Ansehen und verstand etwas von Fahrstühlen.

Immerhin etwas, dachte Kollberg.

Eine Treppe höher stießen sie auf eine Eisentür. Sie war geschlossen und verriegelt und wahrscheinlich von der anderen Seite verbarrikadiert, wie, war nicht so schnell festzustellen.

Dagegen konnten sie sich ohne Schwierigkeiten davon überzeugen, dass die Tür mit normalen Mitteln nicht zu öffnen war.

Gunvald Larsson zog die dichten blonden Augenbrauen zusammen.

«Hat keinen Zweck, dagegen zu donnern», meinte Kollberg. «Wir schaffen's doch nicht.»

«Wir können die Tür von einer tiefer gelegenen Wohnung

aufbrechen, dann aus dem Fenster klettern und so versuchen raufzukommen.»

«Ohne Leitern und Seile?»

«Hast Recht. Das geht nicht.»

Gunvald Larsson dachte einige Minuten nach, dann fragte er: «Was willst du denn auch oben auf dem Dach anfangen, ohne Pistole?»

Kollberg antwortete nicht.

«Im anderen Treppenhaus wird es natürlich das Gleiche sein.»

Damit hatte Gunvald Larsson durchaus Recht, allerdings mit einer Ausnahme: Ein geschäftiger älterer Herr, der behauptete, pensionierter Armeehauptmann zu sein, hielt die wenigen Leute in diesem Teil des Hauses unter strenger Aufsicht.

«Ich werde die Zivilisten sicherheitshalber in den Keller schicken», schnarrte er.

«Ausgezeichnet», lobte Gunvald Larsson. «Das machen Sie nur, Herr Hauptmann.»

Ansonsten alles wie gehabt. Verschlossene Eisentür, offene Fahrstuhltüren und zerstörter Fahrstuhlmechanismus. Möglichkeit weiterzukommen: gleich null.

Gunvald Larsson kratzte sich nachdenklich mit dem Pistolenlauf am Kinn.

Kollberg blickte nervös auf die Waffe. Schöne Pistole, geputzt und gut gepflegt, mit Griffflächen aus geriffeltem Walnussholz. Sie war gesichert. Ihm war bisher nie aufgefallen, dass zu Gunvald Larssons vielen schlechten Angewohnheiten auch eine Lust zu unnötigen Schießereien gehörte. Plötzlich fragte er:

«Hast du mal jemand erschossen?»

«Nein. Warum fragst du?»

«Weiß nicht.»

«Was machen wir jetzt?»

«Ich glaub, wir sollten machen, dass wir zum Odenplan kommen», schlug Kollberg vor.

«Vielleicht.»

«Wir sind die Einzigen, die einen Überblick haben. Wir wissen jedenfalls ungefähr, was passiert ist.»

Man sah Gunvald Larsson an, dass ihm dieser Vorschlag nicht gefiel. Er riss sich ein Haar aus dem linken Nasenloch und betrachtete es eingehend.

«Ich möchte den Kerl vom Dach runter haben.»

«Aber wir kommen nicht rauf.»

«Das stimmt.»

Sie gingen hinunter in das Erdgeschoss.

Gerade als sie im Begriff waren, das Haus zu verlassen, hörten sie vier Schüsse.

«Worauf schießt er jetzt?», wollte Kollberg wissen.

«Den Streifenwagen. Er trainiert.»

Kollberg blickte auf das leere Polizeiauto und sah, dass sowohl der Suchscheinwerfer als auch die Blinklichter zerschossen waren.

Sie verließen das Haus, hielten sich dicht an der Wand und bogen an Observatoriegatan sofort nach links ab. Kein Mensch war zu sehen.

Gleich nachdem sie um die Ecke waren, zogen sie die weißen Kittel aus und ließen sie auf den Bürgersteig fallen.

Über sich hörten sie einen Hubschrauber, aber sehen konnten sie ihn nicht.

Es wehte ein leichter Wind, und es war bitterkalt trotz der trügerischen Sonne.

«Hast du dir die Namen von den Leuten da oben gemerkt?», fragte Gunvald Larsson.

Kollberg nickte.

«Es gibt offenbar zwei Atelierwohnungen, eine davon steht zur Zeit leer.»

«Und die andere?»

«Da wohnt ein gewisser Eriksson. Mit seiner Tochter, soviel ich verstanden habe.»

«Aha.»

Noch einmal zusammengefasst: Ein Mann, der ein guter Schütze war, ein Schnellfeuergewehr besaß, Kollberg und Gunvald Larsson kannte, einiges von Fahrstühlen verstand und eventuell Eriksson hieß.

Sie beschleunigten ihre Schritte.

Sirenen heulten nah und fern.

«Man muss wohl doch von außen an ihn heran», überlegte Kollberg.

Gunvald Larsson schien nicht davon überzeugt. «Vielleicht», sagte er.

Auf Dalagatan und in der näheren Umgebung trafen sie kaum eine Menschenseele, desto mehr Leute liefen auf Odenplan umher. Es wimmelte förmlich von schwarzweißen Polizeiwagen und uniformierten Polizisten auf diesem dreieckigen Platz, und wie man sich denken konnte, hatte dieses Aufgebot eine große Menge von Zuschauern angelockt. Die eiligst angeordneten Absperrungen hatten eine Verkehrsstauung zur Folge, die sich bereits in der gesamten Innenstadt bemerkbar machte, sich aber an dieser Stelle am schlimmsten auswirkte. Odengatan war bis hinunter zu Valhallavägen von Autos verstopft, die weder vor noch zurück konnten; ein Dutzend Autobusse hatte sich in dem Wirrwarr auf dem Platz ineinander verkeilt, und die vielen freien Taxis, die schon zu Beginn auf dem Platz gestanden hatten, machten alles nur noch unübersichtlicher. Die Taxifahrer hatten ihre Wagen verlassen und sich unter die Polizisten und die Zuschauer gemischt.

Keiner hatte eine Ahnung, was eigentlich los war.

Dauernd kamen mehr Menschen hinzu aus allen Richtungen, vor allem aber aus der U-Bahn-Station. Eine Reihe von Polizisten auf Motorrädern, zwei Feuerwehrwagen und ein Hubschrauber der Verkehrsüberwachung vervollständigten das Bild. Hier und da versuchte eine Gruppe von Polizisten sich Ellbogenfreiheit zu verschaffen; ohne Erfolg.

Schlimmer hätte es unter der Leitung des seligen Nyman auch nicht aussehen können, dachte Kollberg, als Gunvald Larsson und er sich einen Weg zur U-Bahn-Station bahnten, wohin offenbar der Schwerpunkt der Aktivitäten verlegt worden war.

Dort trafen sie auch auf einen Bekannten, mit dem zu sprechen sich möglicherweise lohnen würde, nämlich Hansson vom Fünften. Oder genauer gesagt: Polizeiassistent Norman Hansson, einen Veteranen vom Distrikt Adolf Fredrik, der sein Revier in- und auswendig kannte.

«Machst du hier den Boss?», fragte Kollberg.

«Nein, um Gottes willen.» Hansson sah sich aufgeregt um.

«Wer hat denn das Kommando über dieses Trara?»

«Da reißen sich scheint's mehrere drum, aber Intendent Malm ist gerade gekommen. Er sitzt in dem Befehlswagen da hinten.»

Sie drängten sich zu dem Wagen durch.

Malm war ein durchtrainierter, eleganter Mann von Mitte vierzig, mit einem freundlichen Lächeln und lockigen Haaren. Dem Gerücht nach verschaffte er sich seine gute Kondition durch Reitausflüge in Djurgården. Seine politische Zuverlässigkeit war über jeden Zweifel erhaben und seine auf dem Papier erworbenen Verdienste ausgezeichnet, nur die fachlichen Qualitäten waren fragwürdig. Es gab Leute, die bezweifelten, dass er überhaupt etwas von seinem Fach verstand.

«Ist ja schrecklich, wie du aussiehst, Larsson», begrüßte er sie.

«Wo ist Beck?», fragte Kollberg.

«Ich hab ihn noch nicht erreicht. Und wie dem auch sei, dies ist ein Fall für Spezialisten.»

«Was für Spezialisten?»

«Für Ordnungsfragen natürlich», antwortete Malm gereizt. «Leider ist der Polizeimeister verreist und der Chef der Schutzpolizei hat dienstfrei. Ich hab allerdings mit dem Rikspolischef gesprochen. Er ist in Stocksund und ...»

«Ausgezeichnet», unterbrach Gunvald Larsson.

«Wie meinst du das?», fragte Malm misstrauisch.

«Dass er sich außerhalb der Schussweite befindet», antwortete Gunvald Larsson unschuldig.

«Was? Na, jedenfalls hab ich hier das Kommando übernommen. Versteh ich recht, dass ihr vom Tatort kommt? Wie beurteilt ihr die Lage?»

«Da sitzt ein verrückter Hund auf dem Dach und schießt mit einem Schnellfeuergewehr auf Polizisten», berichtete Gunvald Larsson.

Malm sah ihn erwartungsvoll an, aber Gunvald Larsson sprach nicht weiter. Er schlug die Arme um den Oberkörper, um sich aufzuwärmen.

«Er hat sich verbarrikadiert», erklärte Kollberg. «Und die angrenzenden Dächer sind niedriger. Außerdem hält er sich zeitweise in den Atelierwohnungen da oben auf. Noch haben wir ihn nicht zu Gesicht bekommen. Mit anderen Worten, es ist schwer, an ihn heranzukommen.»

«Ach was, da gibt es Möglichkeiten», entgegnete Malm überlegen. «Uns stehen doch alle Mittel zur Verfügung.»

Kollberg wandte sich an Hansson: «Was ist aus dem Wagen geworden, der auf Odengatan beschossen wurde?»

«Sauerei», antwortete der mürrisch. «Zwei Mann verletzt, einer am Arm und der andere am Bein. Darf ich einen Vorschlag machen?»

«Na, was denn?», fragte Gunvald Larsson.

«Dass wir von hier weggehen. An einen Platz innerhalb der Absperrungen, zum Beispiel auf das Grundstück des Gaswerks an Torsgatan.»

«Wo der alte Gasbehälter stand?», wollte Kollberg wissen.

«Ganz recht. Der ist jetzt abgerissen. Da wird ein Verkehrsknotenpunkt gebaut.»

Kollberg seufzte. Der alte Ziegelsteinbau war eine Sehenswürdigkeit gewesen, und hoch gestellte Persönlichkeiten hatten sich für seine Rettung eingesetzt. Aber natürlich umsonst. Konnte denn etwas wichtiger sein als ein Verkehrsknotenpunkt?

Kollberg schüttelte den Kopf. Warum schweiften seine Gedanken bloß dauernd ab? Wahrscheinlich war er übermüdet.

«Können dort Hubschrauber landen?», fragte Malm.

«Ja.»

Malm warf Gunvald Larsson einen Blick zu: «Und ist der Platz … außer Reichweite des Schützen?»

«Ja. Es sei denn, das Schwein hat auch einen Granatwerfer.»

Malm machte eine lange Pause. Dann blickte er seine Mitarbeiter an und sagte mit fester, klarer Stimme: «Meine Herren. Ich habe eine Idee. Wir begeben uns einzeln auf das Gelände des Gaswerks an Torsgatan. Treffen uns dort …» Er sah auf seine Uhr. «In zehn Minuten.»

27

Als Martin Beck und Rönn in Torsgatan ankamen, war es halb zwei, und inzwischen schien alles unter Kontrolle zu sein.

Malm hatte sich im alten Pförtnerhäuschen an der westlichen Einfahrt des Krankenhauses eingerichtet und um sich herum nicht nur einen umfassenden technischen Apparat aufbauen lassen, sondern auch die meisten der Polizeibeamten versammelt, die bis jetzt eine Rolle in diesem Drama gespielt hatten. Sogar Hult war da, und Martin Beck sprach ihn sogleich an:

«Ich hab nach dir gesucht.»

«So, warum?»

«Das ist jetzt unwichtig. Es war nur so, dass Åke Eriksson deinen Namen genannt hat, als er gestern Abend bei Nyman zu Hause angerufen hat.»

«Åke Eriksson?»

«Ja.»

«Åke Reinhold Eriksson?»

«Ja.»

«War er es, der Stig Nyman umgebracht hat?»

«Sieht so aus.»

«Und der sitzt jetzt da oben?»

«Ja, offenbar.»

Hult fragte nicht mehr weiter und verzog kaum das Gesicht, aber er ballte die fleischigen Hände so hart zur Faust, dass die Knöchel sich als weiße Flecken unter der Haut abzeichneten.

Der Mann auf dem Dach hatte, soweit man das beobachten konnte, nichts Neues unternommen, nachdem er vor einer Stunde das Zielschießen auf den leeren Streifenwagen veranstaltet hatte.

Obwohl man das Haus mit Ferngläsern abgesucht hatte, war tatsächlich nicht festzustellen, ob er noch am Leben war. Und die Polizei hatte immer noch keinen Schuss abgegeben.

«Aber das Netz zieht sich zusammen», bemerkte Malm zufrieden.

Die Redensart war so abgedroschen, dass niemand auch nur mit den Mundwinkeln zuckte, nicht mal innerlich. Außerdem traf sie in diesem Fall tatsächlich zu.

Der ganze Block, zu dem das Haus gehörte, war von Polizisten besetzt. Die meisten hatten tragbare Funkgeräte bei sich und konnten sowohl untereinander als auch mit der Zentrale im Funkwagen, der vor dem Pförtnerhaus stand, Verbindung halten. Tränengas-Fachleute hatten sich auf den Dachböden in den angrenzenden Häusern verteilt, und Scharfschützen lagen an Punkten bereit, die man für strategisch wichtig hielt.

«Es gibt nur zwei solche Punkte», stellte Gunvald Larsson fest. «Das Dach des Bonnier-Hauses und den Lampenraum über der Kuppel der Gustav-Vasa-Kirche. Glaubt ihr, dass der Hauptpastor Einspruch erhebt, wenn die Polizei einen Scharfschützen auf den Kirchturm schickt?»

Keiner hörte ihm richtig zu.

Der Plan für die nächsten Aktionen war fertig. Zuerst sollte der Mann auf dem Dach eine Möglichkeit bekommen, sich freiwillig zu stellen. Falls er nicht darauf einging, war er gewaltsam festzunehmen oder nötigenfalls zu erschießen. Das Leben von weiteren Polizisten sollte nicht aufs Spiel gesetzt werden. Der entscheidende Einsatz musste von außen kommen.

Leiterwagen der Feuerwehr standen auf Observatoriegatan und Odengatan bereit; sie sollten eingesetzt werden, wenn die Lage es erforderlich machte. Besetzt waren sie mit Feuerwehrleuten, denn irgendwer musste ja den technischen Teil erledigen, aber auch mit Polizisten in Feuerwehruniformen.

Martin Beck und Rönn konnten einige wichtige Einzelheiten beitragen. Dass Eriksson, immer unter der Voraussetzung, dass er es wirklich war, mit einem amerikanischen Johnson-Schnellfeuergewehr und einem normalen Repetiergewehr, wie die Armee sie benutzte, bewaffnet war, beide wahrscheinlich mit Zielfernrohr. Außerdem einer Wettkampfpistole der Marke Hammerli.

«Johnson Automatic», bemerkte Gunvald Larsson. «Scheiße. Gewicht keine sieben Kilo; unheimlich handlich; damit kannst du umgehen wie mit 'ner MP. Hat 'n ganz schwachen Rückstoß und 'ne Feuergeschwindigkeit von 160 Schuss in der Minute.»

Der Einzige, der ihm zuhörte, war Rönn. Und der sagte nur: «Soso.» Dann gähnte er. Gegen die Natur kann keiner an.

«Der trifft mit dem Mausergewehr eine Laus auf einer Visitenkarte auf sechshundert Meter Entfernung. Bei gutem Licht und 'n bisschen Glück legt er einen Mann auf mehr als tausend Meter Entfernung um.»

Kollberg, der über einen Stadtplan gelehnt stand, nickte.

«Überleg mal, was er alles abknallen kann, wenn's ihm Spaß macht», fuhr Gunvald Larsson fort.

Er hatte sich damit amüsiert, bestimmte Entfernungen auszurechnen. Von dem Dach aus, auf dem Eriksson sich verschanzt hatte, waren es hundertfünfzig Meter bis zur Kreuzung Odengatan–Hälsingegatan, zweihundert Meter bis zum Hauptgebäude des Sabbatsberg-Krankenhauses, dreihundert bis zur Gustav-Vasa-Kirche, fünfhundert bis zum Bonnierhaus, tausend Meter bis zum ersten Hochhaus auf Hötorget und elfhundert bis zum Rathaus.

Malm wischte solche Reflexionen überlegen und gereizt beiseite. «Ja, ja», sagte er. «Aber daran wollten wir jetzt nicht denken.»

Der Einzige, der kaum einen Gedanken an Tränengasbomben und Hubschrauber, Wasserkanonen und Handfunkgeräte verschwendete, war Martin Beck.

Er stand still für sich in einer Ecke, und nicht nur weil er in geschlossenen Räumen eine gewisse Platzangst bekam, zumal wenn auch noch mehrere Personen darin waren. Er dachte an Åke Eriksson und die Umstände, die diesen Mann in die groteske und desperate Lage gebracht hatten, in der er sich jetzt offensichtlich befand. Vielleicht hatte sich sein Geist jetzt völlig verwirrt, und er war zu keinem Gespräch oder irgendwelchen menschlichen Kontakten mehr fähig; aber das war keineswegs bewiesen. Auf jeden Fall musste irgendjemand die Verantwortung dafür auf sich nehmen. Nyman nicht; abgesehen davon, dass er tot war, hatte er niemals verstanden, was Verantwortung für einen Menschen eigentlich bedeutete oder dass so ein Begriff überhaupt existierte. Natürlich auch nicht Malm; für den war Eriksson nichts weiter als ein gefährlicher Irrer auf einem Dach, und zu diesem Menschen hatte die Polizei keine andere Beziehung als die der Ordnungsmacht, deren Aufgabe es ist, ihn so oder so unschädlich zu machen.

Aber er selbst wurde sich immer stärker der Ahnung einer Schuld bewusst. Einer Schuld, die er vielleicht abtragen konnte, indem er in irgendeiner Form dafür büßte.

Zehn Minuten später schoss der Mann auf dem Dach auf einen Konstapel, der sich an der Ecke Odengatan–Torsgatan aufhielt. Fünfhundert Meter von dem Fenster entfernt, von dem aus der Schuss offenbar abgegeben worden war. Das Erstaunliche war nicht die Entfernung, sondern eher die Tatsache, dass es dem Schützen gelungen war, den Polizisten trotz der Sichtbehinderung durch die entlaubten Äste des Parks ins Visier zu bekommen.

Der Schuss traf den Konstapel in die Schulter und wäre tödlich gewesen, wenn der Mann keine kugelsichere Weste getragen hätte.

Eriksson gab nur diesen einen Schuss ab, vielleicht um seine Aufmerksamkeit und Treffsicherheit zu demonstrieren, oder es war eine reine Reflexhandlung gewesen. Der Beweis, dass er auf Polizisten schoss, wo immer er sie erreichen konnte.

«Kann er das Mädchen da oben bei sich haben, als Geisel?», fragte Kollberg plötzlich.

Rönn schüttelte den Kopf.

Das Mädchen war in guten Händen, außer Gefahr.

Außer Gefahr vor ihrem Vater? War sie bei ihm jemals in Gefahr gewesen?

Kurz danach war alles für das entscheidende Unternehmen vorbereitet.

Malm sah sich die für solche Aufgaben speziell ausgebildeten Polizisten an, die den Schützen festnehmen sollten. Oder ihn umlegen, wenn es sich nicht anders machen ließ. Und wahrscheinlich würde es sich nicht anders machen lassen. Niemand glaubte im Ernst daran, dass sich der Mann auf dem Dach widerstandslos ergeben würde. Aber die Möglichkeit bestand natürlich. Es war schon oft in vergleichbaren Fällen vorgekommen, dass der Desperado, wie Personen wie Eriksson im allgemeinen Jargon genannt wurden, plötzlich jeden Widerstand aufgab und sich der physischen Übermacht auslieferte.

Die Spezialisten, die den Terror beenden sollten – dieser alte, abgedroschene Ausdruck wurde nach wie vor benutzt; man hatte wohl noch keinen anderen gefunden –, waren zwei junge Polizisten, die speziell für den Nahkampf ausgebildet waren.

Martin Beck ging ebenfalls hinaus und sprach mit ihnen.

Der eine hatte rote Haare und hieß Lenn Axelsson. Sein Lächeln und der Versuch, selbstsicher aufzutreten, machten ihn sympathisch. Sein blonder Kollege wirkte ernster, aber ebenso Vertrauen erweckend. Beide hatten sich freiwillig gemeldet, obwohl die Zugehörigkeit zu dem speziellen Kommando, dem sie angehörten, eigentlich voraussetzte, dass auch schwierige Aufträge ohne Zögern und auf freiwilliger Basis ausgeführt wurden.

Beide machten einen aufgeweckten und sympathischen Eindruck, und ihr Selbstvertrauen auch angesichts der gestellten Aufgabe wirkte beinahe ansteckend. Axelsson riss Witze und erzählte eine alte Geschichte aus seiner Aspirantenzeit, als er sich einmal ungeschickt an Martin Beck herangemacht hatte; jetzt konnte er darüber lachen. Martin Beck, der sich nicht an diesen Fall erinnerte, lachte kurz mit, um dem anderen den Spaß nicht zu verderben. Irgendwie sah es so aus, als ob alles reibungslos ablaufen müsste. Diese beiden waren gute, zuverlässige Leute, theoretisch und praktisch ausgebildet. Solche Männer gab's nicht mehr viele im Polizeikorps, vielseitig verwendbar, mutig und weit intelligenter als der Durchschnitt.

Beide Männer waren gut ausgerüstet, mit Panzerweste und schusssicherem Unterleibsschutz. Stahlhelm mit Plexiglas-Visier, Gasmaske und als wichtigster Waffe einer leichten, wirkungsvollen Maschinenpistole, die in Schweden KPIST genannt wird. Sie hatten Tränengasgranaten bei sich, um für alle Fälle gerüstet zu sein, und waren körperlich gut durchtrainiert, sodass sie – sollte es zu einem Handgemenge kommen – einen Mann wie Åke Eriksson leicht überwältigen konnten.

Der Angriffsplan sah bestechend einfach und zielgerichtet aus. Der Mann auf dem Dach sollte zuerst durch einen massiven Einsatz von Tränengas kampfunfähig gemacht werden. Danach würden tief fliegende Hubschrauber die Spezialisten zu beiden Seiten des Verbrechers absetzen. So von zwei Seiten gleichzeitig angegriffen, blieb dem durch das Gas außer Gefecht Gesetzten praktisch keine Chance.

Nur Gunvald Larsson schien der Plan nicht zu passen. Er nahm sich aber zusammen und machte sich lediglich mit der Bemerkung unbeliebt, er halte nach wie vor den Angriff vom Innern des Hauses her für sinnvoller.

«Jetzt bleibt es so, wie ich befohlen habe», erwiderte Malm. «Wir wollen keine Heldentaten liefern. Die beiden Burschen sind für solche Fälle ausgebildet und haben eine Chance von neun zu eins. Es ist sogar damit zu rechnen, dass einer von beiden ohne einen Kratzer davonkommt. Also jetzt keine amateurmäßigen Vorschläge oder Einwände mehr. Verstanden?»

«Verstanden!», antwortete Gunvald Larsson. «Heil Hitler!»

Malm fuhr zusammen, als ob er sich an einem glühenden Eisen verbrannt hätte. «Das vergess ich dir nicht», zischte er. «Darauf kannst du Gift nehmen.»

Auch alle anderen sahen Gunvald Larsson vorwurfsvoll an, und Rönn, der ihm am nächsten stand, sagte leise:

«Das war eine ziemlich dumme Bemerkung, Gunvald.»

«Findest du?», fragte Gunvald Larsson trocken.

Dann lief die Schlussphase an, ohne Hast und systematisch. Ein Lautsprecherwagen fuhr durch das Krankenhausgelände und baute sich an einem Platz auf, der vom Dach aus beinahe einsehbar war. Aber nur beinahe. Der Lautsprecher wurde eingeschaltet, und Malms Stimme dröhnte zu dem belagerten Haus hinauf. Er sagte genau das, was man von ihm billigerweise erwarten konnte:

«Hallo! Hallo! Hier spricht Intendent Malm. Ich kenne Sie nicht, Herr Eriksson, und Sie kennen mich nicht. Aber ich kann Ihnen als Fachmann versichern, dass das Spiel für Sie aus ist. Sie sind umzingelt. Wir wollen jedoch nicht mehr Gewalt anwenden, als notwendig ist, besonders nicht im Hinblick auf die unschuldigen Frauen und Kinder und die anderen Zivilisten, die sich noch in der Gefahrenzone befinden. Sie haben genug und mehr als genug Unheil verursacht, Eriksson. Jetzt haben Sie zehn Minuten Zeit, um sich zu ergeben. Wie ein Mann von Ehre. Ich appelliere an Ihre Einsicht: Zeigen Sie Mitgefühl, und Sie können das Gleiche von uns erwarten.»

Das hörte sich gut an.

Aber es kam keine Antwort. Nicht einmal ein Schuss.

«Ich frag mich, ob er sein Schicksal in die eigenen Hände genommen hat», sagte Malm zu Martin Beck gewandt.

Ja, die Sprache war wahrhaftig armselig.

Genau zehn Minuten später starteten die Hubschrauber.

Sie zogen einen weiten Bogen, erst ziemlich hoch, aber dann näherte jeder sich aus entgegengesetzter Seite dem Dach mit den Balkons mit den Teppichstangen und den beiden Atelierwohnungen.

Zur selben Zeit wurden das Dach und die hoch gelegenen Wohnungen von allen Seiten mit Tränengasgranaten eingedeckt. Ein Teil durchschlug die Fensterscheiben und explodierte im Innern der Räume, aber die meisten landeten auf dem Dach und den Balkons.

Gunvald Larsson war wohl derjenige, der sich den besten Platz ausgesucht hatte, um den Verlauf der Schlussphase zu beobachten. Er war auf das Dach des Bonnier-Hauses gestiegen und lag hinter der Brustwehr. Als die Tränengasgranaten platzten und sich die schädlichen Gaswolken über den Dächern ausbreiteten, richtete er sich auf und hob das Fernglas an die Augen.

Die Hubschrauber führten ihr Zangenmanöver tadellos durch. Der aus südlicher Richtung Kommende näherte sich genau nach Plan als Erster dem Dach.

Jetzt stand die Maschine dicht über dem südlichen Teil des Dachs. Die Plexiglashaube wurde geöffnet und der Angreifer am Seil hinuntergelassen. Es war der rothaarige Axelsson; er sah gefährlich aus in seinem schusssicheren Aufzug. Die Maschinenpistole hielt er mit beiden Händen fest im Anschlag; Gasgranaten hingen an seinem Gürtel.

Nur einen halben Meter über dem Boden schwebend, schob er den Gesichtsschutz hoch und fing an, die Gasmaske aufzusetzen. Er kam dem Dach näher und näher – die Maschinenpistole schussbereit in der rechten Armbeuge.

Jetzt musste Eriksson, wenn er es war, durch die Gaswolken angestolpert kommen und seine Waffen wegwerfen.

Als die Füße des rothaarigen sympathischen Axelsson nur noch zwanzig Zentimeter über den Dachplatten hingen, peitschte ein einziger Schuss. Schusssichere Schutzhauben haben ihren Wert, aber sie können niemals das ganze Gesicht abdecken.

Trotz der Entfernung konnte Gunvald Larsson alle Einzelheiten erkennen. Den Körper, der zusammenzuckte und dann schlaff wurde, sogar das Einschussloch genau zwischen den Augen.

Der Hubschrauber machte einen Satz in die Höhe, stand einige Sekunden still und flog dann mit dem toten Polizisten, der am Seil unter der Kabine hin und her schaukelte, über die Hausdächer und das Krankenhausgelände davon. Die Maschinenpistole hing immer noch an ihrem Riemen, und die Arme und Beine des Toten bewegten sich träge und schlaff im Wind.

Die Gasmaske war nicht mehr als bis zur Hälfte über das Gesicht gezogen.

Gunvald Larsson konnte jetzt zum ersten Mal für einen kurzen Moment den Mann auf dem Dach erkennen. Eine lange Gestalt im Overall, die schnell ihre Stellung in der Nähe des Schornsteins wechselte. Er konnte keine Waffe sehen, erkannte aber deutlich, dass der Mann eine Gasmaske trug.

Der von Norden kommende Hubschrauber hatte nun seinen Teil des Zangenmanövers abgeschlossen. Er stand jetzt einige Meter über dem Dach, die Plexiglashaube war bereits geöffnet, und Sturmjäger Nummer zwei stand zum Absprung bereit.

Da kam die Geschossgarbe. Der Mann auf dem Dach hatte wieder seine Johnson Automatic genommen und feuerte in nicht ganz einer Minute über hundert Schuss ab. Der Schütze selbst war nicht zu sehen, aber der Abstand war so kurz, dass fast jedes Geschoss treffen musste.

Der Hubschrauber drehte ab nach Vasaparken, schwankte und verlor an Höhe, verfehlte nur um Handbreit das Dach des Eastman-Instituts, versuchte mit aufheulendem Motor sich aufzurichten, legte sich schwerfällig auf die Seite und schlug mit lautem Krach mitten im Park auf dem Boden auf und blieb wie eine angeschossene Krähe auf der Seite liegen.

Der erste Hubschrauber war bereits an seinen Ausgangspunkt zurückgekehrt, zwischen seinen Kufen hing langsam schaukelnd ein toter Polizist. Er landete auf dem Gelände des Gaswerks. Axelssons Leiche schlug auf der Erde auf und wurde einige Meter mitgeschleift.

Die Rotoren blieben stehen.

Und dann folgte in ohnmächtiger und sinnloser Wut ein Kugelhagel aus Hunderten von verschiedenen Waffen auf das Haus in Dalagatan, aber ohne auf ein bestimmtes Ziel gerichtet zu sein und daher nutzlos.

Die Polizei feuerte sinnlos, wahrscheinlich um sich Mut zu machen. Es wurde aus unmöglichen Winkeln und hoffnungslosen Entfernungen geschossen.

Vom Bonnier-Haus und aus der Gustav-Vasa-Kirche fiel kein Schuss.

Es dauerte einige Minuten, ehe der Feuerzauber nachließ und aufhörte.

Dass jemand Åke Eriksson getroffen hatte (wenn er es überhaupt war), schien völlig ausgeschlossen.

28

Das Hauptquartier war ein außergewöhnlich hübsches gelbes Holzhaus mit schwarzem Blechdach, angebauter Veranda und einem hohen Rauchfang auf dem Schornstein.

Zwanzig Minuten nach der missglückten Luftlandung litt der größte Teil der Anwesenden immer noch an den Folgen des Schocks.

«Er hat den Hubschrauber abgeschossen», murmelte Malm kopfschüttelnd wohl zum zehnten Mal.

«Aha, das hast du also auch bemerkt», murmelte Gunvald Larsson, der gerade von seinem Beobachtungsposten zurückgekommen war.

«Ich muss militärische Unterstützung anfordern», überlegte Malm.

«Tja», sagte Kollberg zweifelnd.

«Doch. Das ist die einzige Möglichkeit.»

Die einzige Möglichkeit, die Verantwortung ohne großen Prestigeverlust auf jemand anderen abzuwälzen, dachte Kollberg. Was konnte das Militär schon ausrichten?

«Was kann denn das Militär in einem solchen Fall tun?», fragte Martin Beck.

«Das Haus mit Bomben belegen», antwortete Gunvald Larsson. «Den Stadtteil unter Artilleriebeschuss nehmen. Oder ...»

Martin Beck sah ihn fragend an: «Oder was noch?»

«Fallschirmjäger einsetzen. Man braucht vielleicht gar keine Männer dazu, kann Polizeihunde an Fallschirmen absetzen.»

«Spöttische Bemerkungen sind im Augenblick wirklich überflüssig», wies Martin Beck ihn zurecht.

Gunvald Larsson schwieg. Statt seiner warf Rönn ein, der aus irgendeinem Grund diesen Augenblick gewählt hatte, um seine Notizen durchzusehen: «Ich sehe hier, dass Eriksson gerade heute 36 Jahre alt wird.»

«Verdammt komische Art, seinen Geburtstag zu feiern», kommentierte Gunvald Larsson. «Aber wartet mal, wenn wir auf der Straße das Polizeiorchester aufbauen und *Happy Birthday to You* spielen lassen, freut er sich vielleicht. Dann landen wir eine vergiftete Marzipantorte mit 36 Kerzen auf dem Dach.»

«Sei still, Gunvald», fuhr Martin Beck ihn an.

«Wir haben die Feuerwehr noch nicht eingesetzt», brummte Malm.

«Das stimmt», bestätigte Kollberg. «Aber es war ja auch nicht die Feuerwehr, die Erikssons Frau umkommen ließ. Er passt sehr genau auf, und wenn er merkt, dass sich verkleidete Polizisten unter den Feuerwehrmännern befinden, dann …» Er brach ab.

«Was hat denn Erikssons Frau damit zu tun?», erkundigte sich Malm.

«'ne ganze Menge.»

«Ach so, diese alte Geschichte. Aber an dem, was du sagst, ist was dran. Irgendwer kann ihn vielleicht dazu überreden, aufzugeben. Die Verlobte zum Beispiel.»

«Hat er nicht», sagte Rönn.

«Trotzdem. Vielleicht die Tochter oder die Eltern?»

Kollberg schüttelte sich. Das Gefühl, dass der Intendent sich seine Fachkenntnisse im Kino angeeignet hatte, wurde immer stärker.

Malm stand auf und ging hinaus zu den Autos.

Kollberg sah Martin Beck lange und fragend an. Aber Martin Beck wich seinem Blick aus, sah irgendwie sorgenvoll und verschlossen aus, wie er da in dem alten Pförtnerhäuschen an der Wand lehnte.

Die Situation bot auch keinen Anlass zu übertriebenem Optimismus.

Drei Menschen waren bereits tot, Nyman, Kvant und Axelsson, und nach dem Absturz des Hubschraubers war die Zahl der Verletzten auf sieben gestiegen. Das war eine traurige Bilanz. Kollberg hatte keine Zeit für Gefühle oder zum Nachdenken gehabt, als er vor dem Eastman-Institut in Lebensgefahr geschwebt hatte, aber jetzt hatte er Angst. Einerseits davor, dass Eriksson plötzlich sein Prinzip aufgab, nur auf Polizisten zu schießen. Denn in dem Moment war die Katastrophe unausweichlich da. Zu viele Menschen befanden sich in seiner Reichweite, die meisten auf dem Krankenhausgelände oder in den Wohnhäusern am Odengatan. Und was blieb zu tun übrig? Wenn es sehr eilig wurde, gab es nur einen Ausweg. Auf irgendeine Weise das Dach zu stürmen. Und was würde das an Blut kosten?

Kollberg fragte sich, worüber Martin Beck nachdachte. Es kam selten vor, dass er in diesem Punkt unsicher war. Dass es gerade jetzt der Fall war, machte ihn nervös. Aber nur kurze Zeit, denn jetzt zeigte sich der Intendent in der Tür, und im gleichen Moment hob Martin Beck den Kopf und sagte:

«Das ist ein Einmannunternehmen.»

«Für wen?»

«Mich.»

«Das kann ich nicht zulassen», widersprach Malm sofort.

«Entschuldige, aber das ist eine Sache, die ich selbst zu bestimmen habe.»

«Einen Augenblick mal», fuhr Kollberg dazwischen, «wie kommst du zu dieser Entscheidung? Aus technischen Gründen? Oder moralischen?»

Martin Beck sah ihn an und schwieg.

Für Kollberg war die Antwort klar. Sowohl als auch.

Und wenn Martin Beck diesen Entschluss einmal gefasst hatte, so war Kollberg nicht der Mann, der sich dagegen auflehnte. Dafür kannten sie sich allzu gut und viel zu lange.

«Wie willst du die Sache angehen?», fragte Gunvald Larsson.

«Ich stelle mir vor, ich versuche aus einem zum Hof gelegenen Fenster der obersten Etage mit einer Enterleiter auf den nördlichen Balkon mit dem Teppichklopfgerüst hinaufzukommen.»

«Das könnte gehen», meinte Gunvald Larsson.

«Dann müssten wir Eriksson weglocken», überlegte Kollberg. «Wo willst du ihn hin haben?»

«Am liebsten auf das Dach der nördlichen Atelierwohnung, an der Straßenseite», antwortete Martin Beck.

Kollberg zog die Stirn in Falten und legte den linken Daumen an die Oberlippe.

«Da wird er nicht hingehen», gab Gunvald Larsson zu bedenken. «Ein guter Schütze kann ihn von da runterholen.»

«Wartet mal», bat Kollberg. «Wenn ich die Bauweise des Dachs richtig begriffen habe, dann liegen die Atelierwohnungen wie viereckige Kisten auf dem eigentlichen Hausdach. Sie liegen einige Meter vom Rand des Dachs entfernt, und zwischen dem Metalldach auf den Ateliers und dem äußeren Rahmen befindet sich ein schräg nach innen abfallendes Glasdach, so eine Art Oberlicht, das wie ein Graben an der Dachkante entlangläuft.»

Martin Beck blickte ihn an.

«Ja, das ist richtig», fuhr Kollberg fort, «und ich glaube, dass er genau da gelegen hat, als er auf das Auto auf Odengatan geschossen hat.»

«Und da riskierte er noch nicht, selbst getroffen zu werden», fiel Gunvald Larsson ein. «Jetzt kann ihn ein Scharfschütze vom Dach des Bonnier-Hauses oder dem Kirchturm … nein, vom Bonnier-Haus schafft er das wohl nicht.»

«Und an den Kirchturm hat er nicht gedacht», sagte Kollberg. «Da sitzt ja auch keiner von uns.»

«Leider», bestätigte Gunvald Larsson.

«Okay, um ihn da hinzukriegen oder mindestens zu erreichen, dass er auf das obere Dach geht, muss man was anstellen, das seine Aufmerksamkeit erregt.»

Kollberg genehmigte sich eine Denkpause, und die anderen schwiegen.

«Moment mal – das Haus liegt doch etwas weiter zurück von der Straße als die Übrigen in der Reihe. Schätzungsweise zwei Meter ... Wenn wir in einer dieser Hausecken, ganz dicht an der Wand, irgendeinen Rabatz machen, dann muss er auf das obere Dach, um sehen zu können. Er wird kaum wagen, sich über die Brüstung des unteren Dachs zu lehnen. Man könnte einen der Feuerwehrwagen ...»

«Ich will keine Feuerwehrmänner mit hineinziehen», unterbrach Martin Beck.

«Wir können die Polizisten einsetzen, die schon in Feuerwehruniformen stecken. Wenn die sich dicht an der Wand halten, kann er sie kaum erreichen.»

«Wenn er keine Handgranate bei sich hat», warf Gunvald Larsson missmutig ein.

«Und was sollen die machen?», fragte Martin Beck.

«Lärm schlagen», antwortete Kollberg. «Ich werd mich darum kümmern ... Aber du musst verdammt leise sein.»

Martin Beck nickte.

«Ja», sagte Kollberg, «du weißt Bescheid.»

Malm blickte nachdenklich zu Martin Beck. Schließlich fragte er: «Muss dies als ein freiwilliger Einsatz angesehen werden?»

«Ja.»

«Ich muss zugeben, dass ich dich bewundere», sagte Malm. «Aber ich verstehe dich nicht, aufrichtig gesagt.»

Darauf gab Martin Beck keine Antwort.

Fünfzehn Minuten später betrat er das Haus in Dalagatan. Er hielt sich dicht an der Hauswand und trug unterm Arm die Teile der Leichtmetallleiter, die er oben zusammenkoppeln musste.

Gleichzeitig bog ein Feuerwehrauto mit laut heulenden Sirenen um die Ecke von Observatoriegatan.

Er trug das kleine Kurzwellen-Sprechfunkgerät unter dem

Mantel und seine 7,65-mm-Walther im Schulterhalfter. Einem Konstapel in Zivil, der sich durch den Heizungsraum ins Haus geschlichen hatte, bedeutete er, an seinem Platz zu bleiben, und ging langsam die Treppe hinauf.

Oben angekommen, öffnete er die Wohnungstür mit einem Hauptschlüssel, den Kollberg ihm beschafft hatte, trat ein, zog Mantel und Jacke aus und hängte sie in der Garderobe auf.

Gewohnheitsmäßig sah er sich in der Wohnung um; sie war elegant und komfortabel möbliert, und er fragte sich flüchtig, wer hier wohl wohnen mochte.

Die ganze Zeit über hörte man das ohrenbetäubende Geheul des Feuerwehrautos.

Martin Beck fühlte sich ruhig und entspannt. Er öffnete das Fenster zum Hof und orientierte sich so gut es ging. Jetzt befand er sich genau unter dem Balkon an der Nordseite. Er setzte die Leiter zusammen, hob sie aus dem Fenster und hakte sie am Geländer des Balkons dreieinhalb Meter weiter oben ein.

Dann sprang er vom Fensterbrett zurück in die Wohnung und schaltete das Funkgerät ein. Sofort bekam er Kontakt mit Rönn.

Von seinem Platz auf dem Dach des Bonnier-Hauses aus, mehr als zwanzig Etagen über der Straße und fünfhundert Meter südwestlich vom Tatort entfernt, starrte Einar Rönn über das Krankenhausgelände auf das Haus in Dalagatan. Obwohl seine Augen im kalten Wind tränten, hielt er den Blick starr auf die Stelle gerichtet, die er beobachten sollte: das Dach der nördlichen Atelierwohnung.

«Nichts», sagte er in das Funkgerät, «immer noch nichts.»

Er hörte das Feuerwehrauto heulen, dann sah er einen Schatten über den kleinen, von der Sonne beleuchteten Dachstreifen hasten; er nahm die Membrane an die Lippen und sagte nicht ohne Erregung in der Stimme:

«So. Jetzt … jetzt ist er da oben. Auf dieser Seite. Er hat sich hingelegt.»

Fünfundzwanzig Sekunden später schwiegen die Sirenen. Für Rönn, der einen halben Kilometer weit entfernt war, ergab sich keine wesentliche Veränderung. Aber nur einen Augenblick später sah er wieder den Schattenfleck dort weit drüben auf dem Dach, er sah eine Person aufstehen und sagte:

«Martin, kommen!»

Jetzt klang seine Stimme wirklich aufgeregt. Niemand antwortete.

Wenn Rönn ein guter Schütze gewesen wäre, der er nicht war, und wenn er ein Gewehr mit Zielfernrohr gehabt hätte, das er nicht hatte, hätte er eine Chance gehabt, die Person dort drüben zu treffen. Wenn er zu schießen gewagt hätte, und das bezweifelte er. Unter den gegebenen Umständen konnte der Mensch, den er sah, ebenso gut auch Martin Beck sein.

Für Einar Rönn besagte es nicht viel, dass eine Sicherung in dem Feuerwehrwagen durchbrannte und das Sirenengeheul abbrach.

Für Martin Beck bedeutete es alles.

Im selben Augenblick, als er Rönns Durchsage erhielt, hatte er das Funkgerät weggelegt, sich aus dem Fenster gewunden und war blitzschnell an der Leichtmetallleiter zu dem Balkon hinaufgeklettert. Direkt vor sich hatte er die fensterlose Rückseite der Atelierwohnung gesehen mit einer schmalen, verrosteten Eisenleiter.

Als der schützende Lärm plötzlich abbrach, befand er sich auf dieser Leiter auf dem Weg nach oben, mit der Pistole in der rechten Hand.

Nach dem überlauten vibrierenden Dröhnen kam, was man als totale Stille bezeichnen konnte.

Die Mündung der Pistole stieß mit einem leicht scheppernden Laut gegen die rechte Seite der Leiter.

Martin Beck zog sich auf das Dach; er war bereits mit Kopf und Schultern oberhalb der Dachkante …

Da sah er Åke Eriksson, der zwei Meter vor ihm breitbeinig auf dem Dach stand und die Wettkampfpistole genau auf seine Brust gerichtet hatte.

Martin Beck selbst hielt seine Walther immer noch schräg nach oben gerichtet; er befand sich mitten in einer Bewegung …

Woran konnte er noch denken?

Dass alles zu spät war.

Dass er Eriksson viel besser wieder erkannte, als er erwartet hatte – den blonden Schnurrbart, das glatt nach hinten gestrichene Haar. Die Gasmaske, die er auf den Rücken geschoben hatte.

So viel konnte er noch sehen. Und die eigentümlich geformte Hammerli mit ihrem übergroßen Kolben und dem stahlblauen Korn über dem kantigen Lauf. Die Pistole starrte ihn mit dem schwarzen Auge des Todes an.

Das hatte er irgendwo gelesen.

Aber vor allen Dingen war alles zu spät.

Eriksson drückte ab. Eine Hundertstelsekunde lang sah Martin Beck die blauen Augen.

Und den Mündungsblitz.

Das Geschoss traf ihn mitten in die Brust. Wie ein Schmiedehammer.

29

Der Balkon war ungefähr zwei Meter breit und drei Meter lang. Eine schmale, verrostete Eisenleiter war mit Bolzen an der gelb verputzten Wand befestigt. Die führte hinauf zu dem mit schwarzen Metallplatten belegten Dach. An jeder der Schmalseiten befand sich eine verschlossene Tür. Die hohe Brüstung zum Hof bestand aus dicken, undurchsichtigen Glasscheiben und darüber befand sich ein Balken zwischen den Außenkanten der Seitenwände. Auf dem Boden aus glasierten Ziegeln stand ein zusammenklappbares Gestell, das zum Klopfen der Teppiche benutzt wurde.

Martin Beck lag mit dem Rücken auf dem groben Gitter aus galvanisierten Eisenstäben. Sein Kopf war nach hinten gebeugt und die Schultern lehnten gegen das dicke Rohr, das den Rahmen des Gestells bildete.

Langsam kam er zu sich, schlug die Augen auf und blickte in den klaren blauen Himmel. Aber der Himmel begann zu verschwimmen, und er schloss die Augen wieder.

Er erinnerte sich oder vielmehr fühlte noch den furchtbaren Stoß gegen seine Brust und wie er gefallen war, aber er konnte sich nicht erinnern, auf den Boden aufgeschlagen zu sein. War er in den Hof hinuntergefallen, von der obersten Kante des Hauses? Konnte man einen solchen Sturz überleben?

Martin Beck versuchte den Kopf zu heben und sich umzusehen, aber als er die Muskeln spannen wollte, durchzuckte ihn ein so heftiger Schmerz, dass er für einen Moment wieder das Bewusstsein verlor. Er versuchte es nicht noch einmal, sondern sah sich, so gut er es ohne den Kopf zu bewegen konnte, mit halb geschlossenen Augen um. Er entdeckte die Leiter, die schwarze Metallkante des Dachs und begriff, dass er nicht tiefer als ein paar Meter gefallen war.

Er schloss die Augen. Dann versuchte er die Arme und die Beine zu bewegen, schön der Reihe nach, aber der Schmerz überwältigte ihn, sobald er nur einen Muskel bewegte. Ihm wurde klar, dass er von mindestens einer Kugel in die Brust getroffen worden war; es war erstaunlich, dass er überhaupt noch lebte. Dagegen blieb das herrliche Glücksgefühl aus, das Romanfiguren in ähnlichen Situationen überkommt. Eigenartigerweise hatte er auch keine Angst.

Er überlegte, wie lange es her sein mochte, seit er getroffen worden war. War der Mann immer noch da oben auf dem Dach? Schüsse waren nicht zu hören.

Martin Beck hatte sein Gesicht gesehen, das eines Kindes und eines alten Mannes zugleich. Wie war das möglich? Und die Augen: wahnsinnig vor Schreck, Hass oder Verzweiflung oder vielleicht auch nur völlig leer.

Irgendwie hatte Martin Beck sich eingebildet, dass er diesen Mann verstand, dass er mitschuldig war und versuchen musste zu helfen, aber für den Mann auf dem Dach kam jede Hilfe zu spät. Irgendwann in den letzten 24 Stunden hatte er den endgültigen Schritt über die Grenze getan, hinein in den Wahnsinn, in eine Welt, in der nichts mehr existierte außer Rache, Gewalt und Hass.

Nun liege ich hier und sterbe vielleicht, dachte Martin Beck, und welche Schuld sühne ich mit meinem Tod?

Keine.

Er schreckte vor seiner eigenen Überlegung zurück, und ihm schien plötzlich, dass er eine Ewigkeit lang unbeweglich an diesem Platz gelegen hatte. War der Mann auf dem Dach tot oder überwältigt, war alles vorbei und er selbst vergessen, liegen gelassen, um zu sterben, allein, auf einem Balkon, wo sonst Teppiche geklopft wurden?

Martin Beck versuchte zu rufen, bekam aber nur ein Gurgeln heraus und schmeckte Blut in seinem Mund.

Er lag da, ohne sich zu rühren, und wunderte sich, woher das mächtige Brausen um ihn herum kam. Es hörte sich wie starker Wind in hohen Baumkronen an oder wie die Meeresbrandung, oder kam es vielleicht vom Ventilator einer Klimaanlage in der Nähe?

Martin Beck fühlte, wie er in ein stilles Dunkel versank, wo das Brausen aufhörte, und bemühte sich nicht, dagegen anzukämpfen. Zu dem Brausen kam jetzt ein phosphorblitzendes Flimmern in dem blutroten Licht hinter den geschlossenen Augenlidern, und bevor er wieder fiel, verstand er, dass das Sausen aus seinem Körper kam.

Sein Bewusstsein schwand und kam wieder, schwand und kam wieder, so als ob er von einer weichen, langen Dünung gewiegt wurde, und im Unterbewusstsein erkannte er undeutlich Visionen und Gedankenfetzen, die er nicht länger greifen konnte. Er hörte Gemurmel und entfernte Geräusche und Stimmen in dem lauter werdenden Brausen, aber das ging ihn nichts mehr an.

Er stürzte in einen tosenden Schacht der Dunkelheit.

30

Kollberg klopfte nervös mit den Knöcheln auf sein Kurzwellenfunkgerät.

«Was ist passiert?»

Es knisterte ein wenig im Apparat, aber das war vorläufig auch alles.

«Was ist passiert?», wiederholte er seine Frage.

Gunvald Larsson kam gerade mit langen Schritten bei ihm an. «Mit dem Feuerwehrwagen? Die hatten ’nen Kurzschluss.»

«Ich meine nicht die Feuerwehr. Was ist mit Martin passiert? Ja, hallo, hallo. Kommen!»

Es knackte, diesmal etwas kräftiger, und dann hörte man Rönns Stimme, weit entfernt und unklar. Die fragte:

«Was ist passiert?»

«Weiß nicht», schrie Kollberg. «Siehst du was?»

«Im Augenblick gar nichts.»

«Und vorher?»

«Schwer zu sagen. Ich glaub, ich hab Eriksson gesehen. Er kam nach vorn an die Dachkante und da hab ich Martin das Signal gegeben. Dann …»

«Ja?», drängte Kollberg ungeduldig. «So red schon.»

«Dann hörten auf einmal die Sirenen auf, und gleich danach ist Eriksson aufgestanden. Ich glaub das jedenfalls. Er stand aufrecht da, mit dem Rücken hierher.»

«Hast du Martin gesehen?»

«Nein.»

«Und jetzt?»

«Nichts. Es scheint niemand auf dem Dach zu sein.»

«Verdammt», brummte Kollberg und ließ die Hand mit dem Sprechfunkgerät sinken.

Gunvald Larsson grunzte missmutig.

Sie standen auf Observatoriegatan ganz nahe an der Ecke Dalagatan und keine hundert Meter von dem Haus entfernt. Malm war auch da und mit ihm viele andere.

Ein Mann in Feuerwehruniform kam und fragte: «Soll der Leiterwagen da drüben stehen bleiben?»

Malm sah Kollberg und Gunvald Larsson an. Er schien nicht mehr wild darauf zu sein, Befehle zu erteilen.

«Nein», antwortete Kollberg, «lass ihn zurückfahren. Warum die Männer unnötig der Gefahr aussetzen.»

«Sieht ganz so aus, als ob Beck da oben eins vor den Rüssel gekriegt hat», bemerkte Gunvald Larsson.

«Scheint so», bestätigte Kollberg gedämpft.

«Moment mal», unterbrach jemand. «Da kommt eine Durchsage.»

Es war Norman Hansson. Er sagte etwas in sein Funkgerät, dann wandte er sich an Kollberg. «Ich hab jetzt einen Mann oben im Kirchturm. Er meint, dass er einen liegen sieht, es könnte Beck sein.»

«Wo?»

«Auf dem nördlichen Balkon zum Hof hin.» Hansson sah Kollberg mit ernster Miene an. «Sieht aus, als ob er verletzt ist.»

«Verletzt? Bewegt er sich?»

«Jetzt nicht. Aber der Mann meint, dass er sich noch vor ein paar Minuten bewegt hat.»

Der Mann konnte richtig beobachtet haben. Vom Bonnier-Wolkenkratzer aus konnte Rönn die Hofseite des Hauses nicht einsehen. Die Kirche lag dagegen in nördlicher Richtung und außerdem zweihundert Meter näher dran.

«Wir müssen ihn da wegholen», murmelte Kollberg.

«Wir müssen überhaupt Schluss mit dem ganzen Zirkus machen», sagte Gunvald Larsson düster. Und nach einigen Sekunden fügte er hinzu: «Es war falsch, allein raufzugehen. Geradezu idiotisch.»

«Im Beisein von Leuten den Mund halten, aber hinter ihrem Rücken große Reden schwingen. Weißt du, was das ist, Larsson?», fragte Kollberg.

Gunvald Larsson sah ihn lange an. Dann antwortete er mit außergewöhnlicher Schärfe: «Wir sind hier nicht in Moskau oder Peking. Hier lesen die Bulldozer-Fahrer nicht Gorki, und die Bullen zitieren nicht Lenin. Dies ist eine wahnsinnige Stadt in einem schwachsinnigen Land. Und da oben auf dem Dach sitzt ein armer Irrer, und es wird jetzt Zeit, dass wir ihn runterholen.»

«Vollkommen richtig», erwiderte Kollberg. «Übrigens war das nicht Lenin.»

«Ich weiß.»

«Worüber, um Gottes willen, sprecht ihr eigentlich?», fragte Malm nervös.

Keiner von ihnen würdigte ihn auch nur eines Blickes.

«Okay», entschied Gunvald Larsson. «Du holst deinen Freund Beck, und ich nehm mir den anderen vor.»

Kollberg nickte. Er drehte sich um und wollte zu den Feuerwehrmännern hinübergehen, da blieb er noch einmal stehen und fragte: «Du bist dir ja wohl klar, wie deine Chancen stehen, lebend wieder vom Dach herunterzukommen? Bei deiner Methode?»

«So ungefähr», gab Gunvald Larsson zurück. Dann sah er sich die Umstehenden an und rief mit lauter Stimme: «Ich werde die Türen sprengen und das Dach von unten her stürmen. Ich brauch einen Mann zur Unterstützung. Höchstens zwei.»

Vier oder fünf junge Polizisten und ein Feuerwehrmann hoben den Arm. Direkt hinter Larsson sagte eine Stimme:

«Nimm *mich.*»

«Versteht mich nicht falsch», sagte Gunvald Larsson. «Ich kann keinen brauchen, der sich meldet, weil er sich irgendwie dazu verpflichtet fühlt. Auch keinen, der unbedingt beweisen will, dass er tüchtiger ist als die anderen … Die Möglichkeit, bei der Sache draufzugehen, ist größer, als einige von euch ahnen.»

«Wie meinst du das?», fragte Malm ärgerlich. «Was für einer soll denn das sein?»

«Es kommen nur solche in Frage, die wirklich in Kauf nehmen, dabei eine Kugel verpasst zu kriegen. Die vor Gefahr nicht zurückschrecken.»

«Nimm *mich.*»

Gunvald Larsson sah sich zu dem hinter ihm Stehenden um. «Ach so», sagte er. «Hult. Ja, gut. Dir nehm ich's ab.»

«Hallo!», rief einer, der zusammen mit mehreren Leuten auf dem Bürgersteig stand. «Ich komm gern mit.»

Ein schlanker blonder Mann von Mitte dreißig, bekleidet mit Niethosen und Pelzjacke.

«Wer sind Sie denn?»

«Ich heiße Bohlin.»

«Sind Sie Polizist?»

«Nein, Bauarbeiter.»

«Wie kommen Sie überhaupt hierher?»

«Ich wohne hier.»

Gunvald Larsson musterte ihn nachdenklich, dann sagte er: «Macht zu, gebt ihm eine Pistole.»

Norman Hansson zog seine Dienstwaffe heraus, die er einfach in der Manteltasche trug; aber Bohlin wehrte ab.

«Kann ich nicht meine eigene nehmen? Ich brauch nur 'ne Minute, um sie zu holen.»

Gunvald Larsson nickte. Der Mann lief fort und Malm sagte:

«Das ist aber gegen jede Vorschrift. Das ist … falsch.»

«Ja», bestätigte Gunvald Larsson. «Das ist verdammt falsch. Vor allen Dingen, dass jemand bereit ist, seine Pistole auszuleihen.»

Bohlin kam in weniger als einer Minute zurück, die Pistole in der Hand. Eine zehnschüssige Zweiundzwanziger, Colt Huntsman, mit langem Lauf.

«Na, dann wollen wir mal anfangen», rief Gunvald Larsson. Er machte eine Pause und blickte Kollberg nach, der mit einer langen, aufgerollten Leine unter dem Arm um die Ecke verschwand. «Wir warten, bis Kollberg Beck runtergeholt hat», fuhr er fort. «Hansson, du suchst dir einige Männer, die Sprengladungen legen können.»

Hansson nickte und ging.

Nach einer Weile sagte Gunvald Larsson: «Okay.»

Er ging um die Ecke, die beiden anderen folgten ihm. Als sie das Haus erreicht hatten, sagte er:

«Ihr nehmt die südliche Treppe und ich die andere. Wenn die Zündschnur brennt, dann nichts wie weg, am besten zwei Stock tiefer. Schaffst du das, Hult?»

«Ja.»

«Gut. Und dann noch etwas: Wenn einer den Mann da oben umlegt, wird er sich hinterher dafür zu verantworten haben.»

«Auch wenn's Notwehr gewesen ist?», erkundigte sich Hult.

«Klar. Auch bei Notwehr. Jetzt vergleichen wir die Uhren.»

Lennart Kollberg drückte auf die Klinke der Wohnungstür. Die Tür war verschlossen, aber er hatte den Hauptschlüssel schon in der Hand und öffnete schnell. Schon ehe er die Wohnung betreten hatte, sah er Martin Becks Mantel und Jacke in der Diele und das Funkgerät auf einem Tisch im Zimmer liegen. Dann wanderte sein Blick zu dem offenen Fenster und dem dahinter sichtbaren unteren Teil der Leichtmetallleiter. Sie sah ziemlich wacklig aus, und er hatte mehrere Kilo zugenommen, seitdem er zum letzten Mal auf eine solche Leiter geklettert war. Aber er wusste, dass sie dafür konstruiert war, schwerere Körper als den seinen zu tragen, und darum stieg er ohne Zögern in die Fensteröffnung.

Er vergewisserte sich, dass die beiden Seile, die er über die Schultern gelegt und über der Brust verkreuzt hatte, ihn nicht beim Klettern hindern und auch nicht an der Leiter hängen bleiben würden. Dann kletterte er langsam und vorsichtig zum Balkon hinauf.

Seitdem Rönn berichtet hatte, was er durch das Fernglas gesehen hatte, war Kollberg auf das Schlimmste vorbereitet, und er glaubte sich daher gewappnet. Aber als er sich endlich hochzog, um über das Balkongeländer zu steigen und Martin Beck einen Meter von sich entfernt blutüberströmt und leblos liegen sah, begann er doch zu keuchen.

Er sprang über das Geländer und beugte sich über Martin Becks gelblich bleiches Gesicht.

«Martin», flüsterte er, «Martin, verdammt ...»

Im gleichen Augenblick sah er die Pulsader an Martin Becks gespanntem Hals arbeiten. Kollberg legte vorsichtig die Fingerspitzen auf den Puls. Er schlug, wenn auch sehr schwach.

Er betrachtete seinen Freund. Soviel er sehen konnte, war Martin Beck nur von einem Schuss getroffen worden, mitten in die Brust.

Das Geschoss hatte ein erstaunlich kleines Loch in den Knopfstreifen des Hemdes gerissen. Kollberg öffnete das blutdurchtränkte Hemd. Aus der ovalen Form der Wunde war zu schließen, dass das Geschoss das Brustbein schräg von vorn getroffen hatte und in den rechten Teil des Brustkorbs eingedrungen war. Er konnte so schnell nicht feststellen, ob es wieder ausgetreten war oder sich noch im Körper befand.

Er blickte auf den Boden unter das Teppichklopfgerüst. Dort hatte sich eine Blutlache gebildet, nicht besonders groß, da die Wunde bereits kaum mehr blutete.

Kollberg entledigte sich der Seile, hängte eines an das oberste Querrohr des Gestells, blieb mit dem anderen in der Hand stehen und lauschte. Vom Dach hörte er keinerlei Geräusch. Er rollte das Seil aus und führte ein Ende vorsichtig unter Martin Becks Rücken herum. Er arbeitete schnell und lautlos, und als er fertig war, kontrollierte er, dass die Leine wunschgemäß um Martin Becks Oberkörper lag und alle Knoten richtig geknüpft waren. Schließlich suchte er in Martin Becks Taschen, fand ein reines Taschentuch und holte sein eigenes weniger sauberes aus der Hosentasche.

Er nahm sein Kaschmir-Halstuch ab, band es um Martin

Becks Brustkorb und legte die zwei zusammengefalteten Taschentücher zwischen den Knoten und die Wunde.

Immer noch hörte er nichts.

Nun kam der schwierigste Teil des Unternehmens.

Kollberg lehnte sich über das Balkongeländer und blickte hinunter zu dem offenen Fenster. Er schob die Leiter etwas zur Seite, sodass sie jetzt dicht neben dem Fenster hing. Dann rückte er das Gestell vorsichtig an das Geländer, nahm das lose Ende der Leine, die er um Martin Becks Brustkorb gebunden hatte, wickelte es mehrmals um den oberen Balken am Geländer, da wo vorher die Leiter gehangen hatte, und band den Rest des Seils um seine eigene Taille.

Vorsichtig hob er Martin Beck über die Brüstung, während er sich mit seinem Körper gegenstemmte, sodass sich das Seil spannte. Als Martin Beck frei auf der anderen Seite der Glaswand schwebte, lockerte Kollberg, während er die Last des Körpers mit der linken Hand festhielt, den Knoten, mit dem er das Seil um seine Mitte befestigt hatte. Dann ließ er Martin Beck langsam hinunter. Er hielt mit beiden Händen krampfhaft fest und versuchte abzuschätzen, ohne über das Geländer zu schauen, wie viel Seil er noch nachgeben musste.

Als Martin Beck seiner Berechnung nach vor dem offenen Fenster schweben musste, lehnte sich Kollberg über die Brüstung. Er ließ noch ein paar Zentimeter nach und verknotete schließlich die Leine an dem Balken über der Glaswand.

Dann nahm er die andere, unbenutzte Leine vom Gestell, hängte sie über die Schulter, kletterte schnell die Leiter hinunter und stieg in das Fenster.

Martin Beck hing scheinbar leblos einen halben Meter unter dem Fensterbrett. Sein Kopf war zur Seite gefallen, und sein Körper pendelte leicht hin und her.

Kollberg vergewisserte sich, dass seine Füße festen Halt hatten, dann lehnte er sich über die Fensterbank, packte mit beiden Händen das Seil und begann es zu sich heranzuziehen. Als er das Stück Seil fassen konnte, das er unter Martin Becks Achseln hindurchgezogen hatte, hob er ihn hoch, griff unter seine Arme und zog ihn durchs Fenster ins Zimmer herein.

Nachdem er ihn vom Seil befreit und auf den Boden gelegt hatte, kletterte er wieder die Leiter hoch, knüpfte die Leine los und ließ sie fallen. Als er wieder im Fenster stand, hakte er die Leiter ab.

So vorsichtig er konnte, nahm er den Bewusstlosen über die Schulter, dann machte er sich an den Abtransport die Treppe hinunter.

Es blieben Gunvald Larsson noch sechs Sekunden Zeit, als er merkte, dass er den vermutlich größten Fehler seines Lebens begangen hatte. Er stand vor der Eisentür, wollte gerade die Zündschnur anzünden – und hatte keine Streichhölzer bei sich! Als Nichtraucher gehörte kein Feuerzeug zu seiner Ausrüstung. Wenn er, was selten vorkam, einmal ins *Park* oder ins *Riche* zum Essen ging, steckte er immer eines der Streichholzheftchen ein, die dort als Reklame herumlagen. Aber sein letzter Besuch war schon lange her, außerdem trug er jetzt ein anderes Jackett.

Ihm klappte der Kiefer herunter, und immer noch mit vor Verwunderung offenem Mund zog er seine Pistole, entsicherte sie, hielt die Mündung so an den Zündsatz, dass der Lauf schräg auf die Eisenplatte gerichtet war, um nicht das eigene Geschoss womöglich beim Rückprall in den Bauch zu bekommen, und drückte ab. Der Querschläger sauste wie eine Wespe kreuz und quer durch das steinerne Treppenhaus, aber die Zündschnur brannte mit munter blitzender blauer Flamme. Er raste hinunter. Anderthalb Stockwerke weit – dann erzitterte das Haus, als die Tür auf der B-Treppe gesprengt wurde. Und dann krachte seine eigene, mit vier Sekunden Verspätung.

Aber er war schneller zu Fuß als Hult, und vermutlich auch schneller als Bohlin, und holte auf dem Weg nach oben ein, zwei Sekunden auf. Die Eisentür war verschwunden oder lag vielmehr dort, wo sie liegen sollte, nämlich auf dem Treppenabsatz, und gab den Blick auf die eine halbe Treppe höher gelegene Tür aus Drahtglas frei.

Er trat sie ein und befand sich auf dem Dach. Genauer gesagt dicht neben dem Schornstein zwischen den beiden Atelierwohnungen.

Er sah Eriksson sofort, der breitbeinig mit dem viel zitierten Johnson-Gewehr in den Händen auf dem oberen Dach stand. Eriksson dagegen bemerkte Gunvald Larsson nicht; seine Aufmerksamkeit war offenbar ganz von dem ersten Knall in Anspruch genommen und auf den südlichen Teil des Hauses gerichtet.

Gunvald Larsson setzte den Fuß auf den Schutzabsatz zur Straße, machte einen Satz und landete auf dem oberen Dach. Jetzt wandte Eriksson den Kopf – und erblickte ihn.

Der Abstand zwischen ihnen betrug nur vier Meter, und die Sache war klar. Gunvald Larsson hatte die Waffe auf den Mann gerichtet und den Finger am Abzug.

Aber das schien Eriksson nicht zu stören; er drehte sich weiter um und schwenkte sein Schnellfeuergewehr in die Richtung seines Angreifers. Und immer noch drückte Gunvald Larsson nicht ab.

Er stand regungslos da, die Pistole auf Erikssons Brust gerichtet, während die Gewehrmündung weiter herumschwenkte.

In diesem Augenblick schoss Bohlin. Es war ein Meisterschuss. Obwohl durch Gunvald Larsson in der Sicht behindert, erwischte er Eriksson an der linken Schulter, und das aus einer Entfernung von über zwanzig Metern.

Das Schnellfeuergewehr fiel scheppernd auf das Metalldach;

Eriksson drehte sich halb um seine Achse und fiel auf Hände und Füße.

Und dann war Hult auch schon zur Stelle und ließ die flache Seite seiner Pistole mit aller Kraft auf Erikssons Hinterkopf hinuntersausen. Der Schlag traf mit einem grausam schmatzenden Geräusch auf.

Der Mann kippte bewusstlos und mit einer blutenden Kopfwunde auf das Dach.

Hult hob noch einmal schwer keuchend seine Waffe.

«Halt!», sagte Gunvald Larsson. «Das ist mehr als genug.»

Er steckte die Pistole ins Halfter zurück, rückte das Tuch auf seinem Kopf zurecht und schnippte mit dem rechten Zeigefinger eine ölige Aschenflocke von seinem Hemd.

Jetzt war auch Bohlin auf das Dach gesprungen. Er sah sich um und fragte: «Warum, um Himmels willen, hast du nicht geschossen? Ich begreife nicht …»

«Das erwartet auch keiner», unterbrach ihn Gunvald Larsson. «Haben Sie übrigens einen Waffenschein für die Pistole?»

Bohlin schüttelte den Kopf.

«Dann werden Sie wohl Schwierigkeiten bekommen. Wollen wir ihn jetzt nach unten bringen?»

Foto: Carsten Minkwitz

Eiskalte Morde: Die ganze Welt der skandinavischen Kriminalliteratur bei rororo

Liza Marklund
Studio 6
Roman 3-499-22875-0
Auf einem Friedhof hat man eine Frauenleiche gefunden. Das Opfer war eine Tänzerin im Stripteaseclub «Studio 6». Die Journalistin Annika Bengtzon stellt wieder eigenmächtig Nachforschungen an ...
«Schweden hat einen neuen Export-Schlager: Liza Marklund.» Brigitte

Liza Marklund
Olympisches Feuer
Roman 3-499-22733-9

Karin Alvtegen
Die Flüchtige
Roman 3-499-23251-0
Mit ihrem ersten Roman «Schuld» (rororo 22946) rückte die Großnichte Astrid Lindgrens in die Top-Riege schwedischer Krimiautoren.

Willy Josefsson
Denn ihrer ist das Himmelreich
Roman 3-499-23320-7
Josefssons neuer Erfolgsroman mit neuer Heldin: Eva Ström – der erste Fall der Pastorin von Ängelholm.

Leena Lehtolainen
Alle singen im Chor
Roman 3-499-23090-9
Maria Kallio muss sich bewähren. Ein heikler Fall für die finnische Ermittlerin.

Leena Lehtolainen
Zeit zu sterben
Roman

3-499-23100-X

B 5/1